झारखंड के
चमकते सितारे

झारखंड के चमकते सितारे

बसंत हेतमसरिया

ग्रंथ अकादमी, नई दिल्ली

प्रकाशक : **ग्रंथ अकादमी**

भवन संख्या–19, पहली मंजिल, 2, अंसारी रोड, दरियागंज, नई दिल्ली–110002

सर्वाधिकार : सुरक्षित / संस्करण : प्रथम, 2023 / पेपरबैक मूल्य : तीन सौ पचास रुपए

मुद्रक : आर–टेक ऑफसेट प्रिंटर्स, दिल्ली ISBN 978-93-92013-42-3

JHARKHAND KE CHAMAKTE SIATRE

by Shri Basant Hetamsaria ₹ 350.00 (PB)

Published by **GRANTH AKADEMI**

Building No. 19, First Floor, 2, Ansari Road, Daryaganj, New Delhi-110002

मेरी यह पहली पुस्तक झारखंड के समस्त क्रांतिकारी शहीदों,
स्वतंत्रता सेनानियों और इस राज्य के निर्माण तथा
प्रगति में यथेष्ट योगदान देने वाले सभी
कार्यकर्ताओं को समर्पित है।

रबीन्द्र नाथ महतो
अध्यक्ष
झारखंड विधान सभा
राँची

RABINDRA NATH MAHATO
SPEAKER
JHARKHAND LEGISLATIVE ASSEMBLY
RANCHI

संदेश

झारखंड में शुरू से ही विकास की दृष्टि से देश का एक अग्रणी राज्य बनने की अपार संभावना रही है। लगभग पाँच दशक के लंबे आंदोलन और अनेक लोगों की शहादत के बाद सन् 2000 में झारखंड राज्य अस्तित्व में तो आ गया, लेकिन विकास की दृष्टि से देश के शीर्ष राज्यों में से एक बनने का इसका सपना अब भी पूरा नहीं हुआ है। गौर करने की बात है कि इस दिशा में कदम तो झारखंड बनने के दशकों पहले उठा लिये गए थे, फिर भी विकसित और संपन्न राज्य बनने की मंजिल तक पहुँचने के लिए अभी और सफर तय करना शेष है। भारी उद्योगों की स्थापना के रास्ते आधुनिक भारत के निर्माण के काम की शुरुआत इस झारखंड की जमीन पर ही आज से 115 साल पहले तब हुई, जब जमशेदपुर में टाटा परिवार द्वारा इस्पात संयंत्र की स्थापना की गई। इसी तरह देश का पहला नियोजित शहर बनने का गौरव भी इसी झारखंड के जमशेदपुर को है।

विकास की राह पर अपना सफर देश में सबसे पहले शुरू करने के बावजूद भी झारखंड आर्थिक और औद्योगिक विकास एवं शहरीकरण की प्रक्रिया में देश के ही कई राज्यों से काफी पीछे है और उनको बराबरी करने के लिए हमें अब भी काफी काम करना है। हेमंत सरकार इस लक्ष्य को हासिल करने के लिए कृतसंकल्पित है और इस दिशा में अपना काम कर रही है, पर यह काम हम सभी झारखंडवासियों को परस्पर विश्वास के साथ मिल-जुलकर करना है। प्रकृति ने झारखंड को अद्वितीय सौंदर्य और अकूत संसाधनों से नवाजा है। झारखंड के लोग आमतौर पर सरल, संतोषी और प्रकृतिप्रेमी होते हैं। भाषा-कला-संस्कृति से उनके बेहद लगाव और प्रकृति से अनन्य प्रेम के कारण यह नितांत आवश्यक है कि झारखंड के विकास के लिए इन संसाधनों का ईमानदार और पवित्र नीयत के साथ उपयोग हो, जिसमें झारखंड और इसके लोगों के हितों का संवर्धन और यहाँ की भाषा-कला-संस्कृति और प्रकृति का संरक्षण सर्वोपरि हो।

इस बात से कोई इनकार नहीं कर सकता कि झारखंड की अद्यतन प्रगति में मूलवासियों के साथ ही असंख्य प्रवासियों का भी उल्लेखनीय योगदान रहा है। इन प्रवासियों ने न सिर्फ झारखंड को अपनाया, बल्कि स्व-प्रेरणा एवं समर्पित भाव से अपने उद्यम, अपनी कुशलता, अपनी विशेषज्ञता के सहारे इस प्रदेश को आगे ले जाने, इसके मान-सम्मान में इजाफा करने में कोई कसर नहीं छोड़ी। इनमें हम प्रेरणा के लिए ऐसे लोगों के उदाहरण भी देख सकते हैं, जिन्होंने अपने लिए असाध्य से लगनेवाले ऊँचे लक्ष्य निर्धारित किए, अपने अनथक प्रयासों से उसे हासिल किया और इस तरह अपने क्षेत्र में न सिर्फ अपने लिए शीर्ष पर मुकाम बनाया, बल्कि पूरे देश और दुनिया में झारखंड को प्रतिष्ठा दिलाई, एक पहचान दी। इस पुस्तक के माध्यम से विभिन्न क्षेत्रों से प्रातिनिधिक तौर पर ऐसे ही कुछ लोगों के योगदान और उनकी शख्सियत को सामने लाया गया है। यह एक महत्त्वपूर्ण कार्य है, क्योंकि प्रदेश के विकास में वास्तव में जिन लोगों ने जिस तरह से भी योगदान दिया या दे रहे हैं, उनको मान्यता मिलनी चाहिए। विश्वास है कि यह पुस्तक एक नजीर पेश करेगी और अनेक लोगों को झारखंड के विकास में अपना सर्वश्रेष्ठ योगदान देने के लिए प्रेरित करेगी। इस दृष्टि से इस तरह की पुस्तक लिखने का प्रयास सराहनीय है और आशा है कि भविष्य में झारखंड के विकास को समर्पित अन्य लोगों के उल्लेखनीय योगदान को भी प्रामाणिक तथ्यों के आधार पर पुस्तकों के माध्यम से सामने लाया जाएगा।

अपने प्रदेश के विकास के शिखर पर पहुँचने और यहाँ की गरीबी को समाप्त करने का रास्ता फिलहाल भले ही लंबा और श्रमसाध्य लगता हो, पर प्रदेश की सरकार के साथ झारखंड में रहनेवाले सभी लोग मिल-जुलकर, दृढ़ संकल्प के साथ सिर्फ लक्ष्य पर अपनी नजरें टिकाकर कदम बढ़ाएँ तो निश्चित है कि हम मंजिल हासिल करेंगे। राज्य में विश्वास का वातावरण बने, हमारा झारखंड तेजी से आगे बढ़े, राज्य के हर व्यक्ति को साथ लेकर आगे बढ़े, इस निमित्त हर व्यक्ति का तन-मन-धन और कलम से भी, सहयोग और योगदान अपेक्षित है, स्वागत-योग्य है।

रबीन्द्र नाथ महतो

(रबीन्द्र नाथ महतो)

प्रस्तावना

झारखंड क्रांतिकारियों की धरती है। अन्याय के खिलाफ संघर्ष यहाँ की परंपरा रही है। इस क्षेत्र में शोषण और दमन के विरुद्ध विद्रोह की शुरुआत 18वीं शताब्दी से ही हो गई और जब-जब जुल्म बढ़ा, संघर्ष का बिगुल फूँका गया। सन् 1857 में अंग्रेजी हुकूमत के खिलाफ सैनिकों द्वारा किए गए विद्रोह को भले ही आजादी की पहली लड़ाई के तौर पर जाना जाता है, पर उससे पहले झारखंड के संताल परगना में अंग्रेजों को संताल आदिवासियों का जबरदस्त विरोध झेलना पड़ा था। सन् 1855-56 में सिदो, कान्हू के नेतृत्व में चाँद, भैरव, फूलो, झानो सहित हजारों संताल आदिवासियों ने अंग्रेजों के खिलाफ विद्रोह का झंडा बुलंद किया। इस विद्रोह में संतालों ने मालगुजारी देने से मना कर दिया और नारा दिया—'करो या मरो, अंग्रेजो हमारी माटी छोड़ो।' अंग्रेजों के खिलाफ यह संघर्ष 'संताल विद्रोह' या 'हूल क्रांति' के रूप में जाना जाता है। लगान माफी के लिए अंग्रेजों के खिलाफ 'धरती आबा' बिरसा मुंडा के नेतृत्व में 'उलगुलान' (1894, 1897-1900) हुआ, जिसे 'मुंडा विद्रोह' के नाम से भी जाना जाता है। उपनिवेशवाद और अत्याचार के खिलाफ यहाँ लड़ी गई ऐसी अनेक लड़ाइयों में झारखंड के हजारों वीरों ने अपनी शहादत दी। सन् 1947 में देश को मिली आजादी में झारखंड के इन क्रांतिकारी वीरों का अविस्मरणीय योगदान है।

संघर्ष की यह परंपरा बीसवीं सदी के प्रारंभ में शुरू हुए झारखंड अलग राज्य आंदोलन के दौरान भी जारी रही। इस आंदोलन को आदिवासी, गैर-आदिवासी सभी वर्गों का समर्थन रहा। जयपाल सिंह मुंडा के नेतृत्व में शुरू हुए इस आंदोलन ने बिनोद बिहारी महतो, शिबू सोरेन, निर्मल महतो सहित अन्य नेताओं की अगुवाई में लंबे संघर्ष के बाद आखिर सफलता पाई और 15 नवंबर, 2000 को झारखंड राज्य अस्तित्व में आया।

नया राज्य झारखंड प्राकृतिक संसाधनों से तो समृद्ध है, पर असल चुनौती रही है इसका लाभ राज्यवासियों तक पहुँचाने की। अलग राज्य बनने के 22 वर्षों के बाद भी यह सपना साकार नहीं हो पाया है। राज्य बनने के बाद अपने-अपने तरीके से राज्य में बनी विभिन्न सरकारें इस दिशा में प्रयासरत रही हैं। फिर भी इस दिशा में अभी बहुत काम बाकी है। लक्ष्य कठिन लगता है, पर इसे पाना मुमकिन है। इस लक्ष्य को हासिल करने के लिए सरकार के साथ राज्य के सभी लोगों को हर तरह का भेद-भाव भूलकर और एकजुट होकर इसमें हाथ बँटाना होगा और हर व्यक्ति के योगदान का स्वागत और सम्मान करना होगा।

इस दिशा में सरकारी प्रयासों के इतर व्यक्तिगत स्तर पर भी प्रयास होते रहे हैं। अनेक लोग राज्य बनने के बहुत पहले से ही जीवन के विभिन्न क्षेत्रों में अपनी कुशलता या उल्लेखनीय योगदान से झारखंड की बेहतरी, इसके विकास, इसकी प्रतिष्ठा में वृद्धि करने में लगे रहे। इन लोगों में ऐसे वो अनेक लोग भी शामिल हैं, जो इस क्षेत्र में बसे तो बाहर से आकर, लेकिन झारखंड के लिए उनका योगदान अप्रतिम है। इस पुस्तक में राज्य के ऐसे ही कुछ लोगों की चर्चा की गई है, जिन्होंने राजनीति, समाज-सेवा, उद्योग, साहित्य, खेल-कूद जैसे क्षेत्रों में असाधारण सफलता पाई और इस माध्यम से झारखंड और इसके नाम को रौशन करने में अपना योगदान दिया।

यह पुस्तक लिखने की प्रेरणा सिंगापुर के नागरिक मेरे छोटे भाई प्रकाश हेतमसरिया की पिछले वर्ष आई पुस्तक 'स्टोरीज ऑफ इंटेग्रेशन' से मिली, जिसमें दूसरे देशों से वहाँ आकर बसे कुछ लोगों के सिंगापुर में योगदान के बारे में लिखा गया है। सिंगापुर सरकार देश में अप्रवासी नागरिकों के एकीकरण को बहुत महत्त्व देती है और इसलिए ऐसे प्रयासों को प्रोत्साहन देती है। सिंगापुर की प्रगति हम सबसे छुपी नहीं है। मुझे लगा कि हमें भी तेजी से तरक्की की राह में आगे बढ़ने के लिए बगैर किसी भेद-भाव के उन सब लोगों को, उन्हें भी, जो बाहर से आकर यहाँ बसे, साथ लेने, सम्मान देने की जरूरत है, जो झारखंड को आगे बढ़ाने के काम में किसी-न-किसी तरह से शामिल हैं। जिस तरह एक बगीचे के खूबसूरत बनने के लिए उसमें विविध रंग, खुशबू और प्रजाति के फूल होने जरूरी हैं, उसी तरह राज्य में लोगों की विविधता और इस विविधता का स्वागत राज्य को विशिष्ट बनाने में सहायक होगा।

मैं खुद झारखंड में सन् 1903 में आकर बसे अपने परिवार की चौथी पीढ़ी का सदस्य हूँ। मेरी पहचान, मेरा वजूद झारखंड से जुड़ा है। हमने यहाँ जितना पाया है,

उसे किसी-न-किसी रूप में लौटाने की मन में सदैव तड़प रही है। अलग-अलग तरीकों से इस दिशा में कोशिश करता भी रहा हूँ। यह पुस्तक उसी दिशा में एक और प्रयास है।

इस पुस्तक पर जब काम शुरू किया तो अनुमान नहीं था कि इसमें इतना ज्यादा समय और श्रम लगेगा। राज्य के विभिन्न हिस्सों से लोगों की जानकारी इकट्ठा करने के लिए राज्य के अंदर लगभग 4 हजार कि.मी. की यात्रा की। लोगों के बारे में लिखने के लिए खुद उनसे, उनके परिवार से, मित्रों और जाननेवालों से मिला, जानकारी ली। अखबार, पत्रिकाएँ, पुस्तकें जुटाईं और पढ़ीं। ऐसे भी कुछ लोग थे, जिनके बारे में लिखना चाहता था, पर कोशिश के बावजूद उनके बारे में जानकारी नहीं मिल पाई।

फिर भी, इतना कुछ जुटाकर इस पुस्तक को यथार्थ बना पाना, अनेक लोगों के उदारतापूर्वक सहयोग से ही संभव हो सका। मैं इस पुस्तक में सहयोग और परामर्श के लिए महेश पोद्दार (सदस्य, राज्यसभा), सुनील कुमार (भा.प्र.से.), अनुज कुमार सिन्हा (प्रभात खबर), बिनय सरावगी, गोवर्धन गाड़ोदिया, बलबीर दत्त, रणेंद्र, एल.आर. सैनी, अरुण बुधिया, डॉ. मिलिंद बोर्डे, बसंत मित्तल, मेघनाथ, डॉ. लियो ए. सिंह, शेखर संवाद, यास्मीन लाल (सभी राँची), डॉ. तमिल वाणन (भा.पु.से.), उदित अग्रवाल (उदितवाणी), रोनाल्ड डिकोस्टा, सुनील खीरवाल (सभी जमशेदपुर), मनोज डालमिया (मधुपुर), डॉ. रजनी गुप्त, डॉ. शारदा प्रसाद, रणंजय कुमार उर्फ कुंटू बाबू, मौमिता बनर्जी (सभी रामगढ़), मनोज मिश्रा (अग्रसेन डीएवी स्कूल, भरेचनगर), विजय पाठक (प्रभात खबर), गौतम ओझा (सभी धनबाद), अनुप कुमार सुलतानिया (चाईबासा), तपन पटनायक (निदेशक, राजकीय छऊ नृत्य कला केंद्र, सरायकेला), प्रमोद कुमार तुलस्यान 'नवल', सैकत चट्टोपाध्याय, प्रभात मिश्रा (सभी डाल्टनगंज), बिस्मय अलंकार (हजारीबाग), राज कुमार अग्रवाल (झरिया), प्रभात खबर, प्रभात प्रकाशन (दिल्ली), पीयूष अग्रवाल और इसके राँची प्रतिष्ठान के राजेश शर्मा एवं मनोज नेगी का विशेष रूप से आभार प्रकट करना चाहूँगा।

मेरा परिवार झारखंड में है और परिवार के हर सदस्य के मन में झारखंड बसता है। झारखंड के संदर्भ में हर अच्छी खबर हमें रोमांचित करती है। इस पुस्तक को लेकर भी घर में काफी उत्साह रहा है और इसे आकार देने में मेरी पत्नी मंजू हेतमसरिया, मेरी पुत्री डॉ. नूपुर पवन बंग (हैदराबाद) एवं मेरे संयुक्त परिवार के हर सदस्य के द्वारा दिया गया योगदान सराहनीय है।

झारखंड के लोगों में खुशहाली और समृद्धि तथा अपने इस राज्य के देश के अग्रणी राज्यों में से शीघ्र एक बनने की कामना के साथ यह पुस्तक आपके सामने प्रस्तुत है।

—बसंत कुमार हेतमसरिया

गोला रोड, रामगढ़, कैंट-829122 (झारखंड)

इ-मेल : bkhetamsaria@gmail.com

अनुक्रम

पर्वतारोहण

प्रेमलता अग्रवाल

झारखंड के जमशेदपुर की प्रेमलता अग्रवाल पहली भारतीय महिला पर्वतारोही हैं, जिन्होंने सातों महाद्वीप के उच्चतम पर्वत शिखरों को फतह करने में सफलता पाई और राज्य का गौरव बढ़ाया। 20 मई, 2011 को 48 वर्ष की उम्र में जब आपने माउंट एवरेस्ट पर फतह हासिल की, तो विश्व के इस सबसे ऊँचे पर्वत शिखर पर विजय प्राप्त करने वाली आप सबसे अधिक उम्र की भारतीय महिला बन गईं। आपका यह रिकॉर्ड सन् 2018 में टूटा।

प्रेमलता अग्रवाल का जन्म 20 अक्तूबर, 1963 को दार्जिलिंग, पश्चिम बंगाल में एक संयुक्त संपन्न मारवाड़ी परिवार में हुआ। पढ़ाई में आप होशियार थीं और बहुत पढ़ना भी चाहती थीं, पर हाई स्कूल तक ही पढ़ सकीं। सन् 1981 में आपका विवाह जमशेदपुर के एक व्यवसायी परिवार में हो गया। तदोपरांत आपको दो बेटियाँ हुईं और आपकी जिंदगी पूरी तरह अपनी गृहस्थी और बच्चों में सिमटकर रह गई। अपनी फिटनेस को लेकर आप हमेशा जागरूक रहीं। इसलिए जब आपकी बेटियाँ लॉन टेनिस खेलने जे.आर.डी. टाटा स्पोर्ट्स कॉम्प्लेक्स जाने लगीं, तो आपने भी वहाँ फिटनेस सेंटर ज्वॉइन कर लिया। पर्वतारोहण पर देखी एक फिल्म ने आपको इतना प्रभावित किया कि सन् 1999 में आपने 'दलमा हिल वॉकिंग कम्पटीशन' में भाग लिया। आप इस प्रतियोगिता में तीसरे स्थान पर रहीं। इस तरह आपने पर्वतारोहण की शुरुआत 36 वर्ष की उम्र में की। मशहूर पर्वतारोही बछेंद्री पाल से जब आप सर्टिफिकेट लेने के लिए मिलीं तो पर्वतारोहण में आपकी रुचि और उम्र पर आपकी झिझक को देखते हुए उन्होंने कहा, "विल पावर स्ट्रांग होगी तो वह किसी भी उम्र में क्यों न हो, व्यक्ति कठिन-से-कठिन काम कर सकता है।"

आपके पर्वतारोहण कॅरियर की शुरुआत सन् 2000 में उत्तरकाशी में अपनी बेटी के साथ नेहरू इंस्टिट्यूट ऑफ माउंटेनियरिंग से किए 'एडवेंचर स्पोर्ट्स बेसिक कोर्स' से हुई, जिसमें आपको 'ए' ग्रेड सर्टिफिकेट मिला। इस कैंप में मिली सफलता ने आपके मन में आत्मविश्वास भर दिया। अगले साल दार्जिलिंग के हिमालयन माउंटेनियरिंग इंस्टिट्यूट से आपने बेसिक माउंटेनियरिंग कोर्स किया, जिसमें आपको 'बेस्ट ट्रेनी' चुना गया। सन् 2002 में आप उत्तरकाशी के 'एडवेंचर स्पोर्ट्स बेसिक कोर्स' में गेस्ट इंस्ट्रक्टर के रूप में शामिल हुईं। सन् 2003 में

आपको उत्तरकाशी में होने वाले माउंटेनियरिंग का एडवांस कोर्स करने का अवसर मिल गया। पर इसमें जाने के पूर्व तैयारी के दौरान पता चला कि आपको टी.बी. हो गई है। इसके बावजूद आप यह कोर्स करने गईं और इसे पूरा किया। हालाँकि इस बार आपको 'बी' ग्रेड ही मिल पाया।

पहली बार सन् 2004 में बछेंद्री पाल के नेतृत्व में आपको एक पर्वतारोहण अभियान का हिस्सा बनने का अवसर मिला। इस अभियान के लिए नेपाल जाने के पूर्व आपकी टीम को दिल्ली में तत्कालीन राष्ट्रपति डॉ. ए.पी.जे. अब्दुल कलाम से मिलने का सुअवसर मिला। इस अभियान में शामिल दस पर्वतारोही महिलाओं में से चोटी तक जाने के लिए सिर्फ चार का ही चयन हुआ, जिसमें अपने पहले अभियान के बावजूद, आप भी चुनी गईं और नेपाल की 20,600 फीट ऊँची आइसलैंड पीक, जो एक बहुत ही टेक्निकल पीक मानी जाती है, को फतह करने में आपने सफलता भी पा ली।

सन् 2005 में आपने 13 सितंबर को काराकोरम पास पर पहुँचने में सफलता पाई। काराकोरम पास भारत-चीन सीमा पर 18,300 फीट की ऊँचाई पर स्थित है। यह अभियान भी सिर्फ भारतीय पर्वतारोही महिलाओं के लिए ही था, जिसमें शामिल महिलाओं में आप सबसे कम अनुभवी पर्वतारोही थीं। इस अभियान की सफलता के बाद तीसरे दिन ही आपका दल माउंट स्टॉक कांगरी पीक के लिए रवाना हो गया। लद्दाख में लेह के समीप स्थित माउंट स्टॉक कांगरी विश्व की 31वें नंबर की सबसे ऊँची पर्वत चोटी है, जिसकी ऊँचाई 6,070 मीटर है। 17 सितंबर को आपका दल बेस कैंप पहुँचा और सभी उसी रात 1.00 बजे पीक पर चढ़ाई के लिए निकल पड़े। दल ने 18 सितंबर को सुबह 5.00 बजे माउंट स्टॉक कांगरी पीक पर पहुँचकर वहाँ तिरंगा फहरा दिया।

सन् 2007 में आपने भारत-पाक सीमा पर गुजरात के भुज से राजस्थान होते हुए पंजाब के वाघा बॉर्डर तक थार मरुस्थल में ऊँट पर 40 दिन में 2000 कि.मी. की दूरी तय करने का बेहद कठिन और साहसिक पहला भारतीय महिला अभियान पूरा किया। इस अभियान के लिए आपका नाम 'लिम्का बुक ऑफ वर्ल्ड रिकॉर्ड्स' में शामिल किया गया।

सन् 2008 में आपको अफ्रीका की सबसे ऊँची चोटी किलिमंजारो पर एक पर्वतारोहण अभियान के लिए एक महिला दल का हिस्सा बनने का अवसर मिला। अफ्रीका महाद्वीप के तंजानिया में स्थित माउंट किलिमंजारो की ऊँचाई 19,349 फीट है। यह एक स्थिर ज्वालामुखी है। आपका विदेश जाकर पर्वतारोहण करने का

यह पहला अवसर मिला था। किलिमंजारो पर चढ़ाई के लिए आसान और कठिन मिलाकर कुल सात रास्ते हैं। पर इनके दल ने मचाने रूट चुना, जो सबसे कठिन रास्ता है। इस पहाड़ पर मौसम बहुत तेजी से बदलता रहता है, इस कारण इसे 'गिरगिट की तरह रंग बदलने वाला पहाड़' कहते हैं। इस अभियान में जो सबसे बड़ी चुनौती सामने आई, वह थी वहाँ की ठंड। छह-सात लेयर कपड़े पहनने पर भी ठंड बर्दाश्त के बाहर थी। तमाम चुनौतियों से पार पाते हुए 28 जून की सुबह 8 बजे आप अपने दल के कुछ साथियों के साथ किलिमंजारो की चोटी पर पहुँचने में सफल रहीं।

किलिमंजारो के सफल अभियान के बाद लौटने पर बछेंद्री पाल ने आपको एवरेस्ट की तैयारी करने को कहा। सन् 2010 में बड़ी बेटी की शादी की जिम्मेदारी से मुक्त होने और परिवार की सहमति मिलने के बाद आप एवरेस्ट फतह की तैयारी में लग गईं। इसकी तैयारी के क्रम में सन् 2010 में माउंट आबू में रॉक क्लाइंबिंग का प्रशिक्षण, सिक्किम में स्नो क्राफ्ट और आइंस्टाइन क्राफ्ट और पहली बार बी ग्रेड मिलने की टीस के कारण दार्जिलिंग में दुबारा एडवांस कोर्स किया। इस क्रम में डर भी लगा, हिम्मत ने जवाब भी दिया, पर लक्ष्य पूरा करने के अपने मकसद पर आप अटल रहीं। तैयारी के बाद एवरेस्ट अभियान के लिए आप 25 मार्च, 2011 को अपने पति, दोनों बेटियों के साथ काठमांडू पहुँचीं। सबके लौट जाने पर यह जानकर कि उनकी बेटी नहीं, बल्कि वे खुद इस अभियान पर जा रही हैं, उनके स्तब्ध शेरपा ने हतोत्साहित करते हुए उनसे कहा, "आपकी उम्र और काया इस जोखिम भरे अभियान के लिए उपयुक्त नहीं है। आपकी उम्र की महिला को अपने नाती-पोतों के साथ खेलना चाहिए।" आपको यह सुनकर बुरा तो बहुत लगा पर उसका अविश्वास बेवजह नहीं था, क्योंकि पूरे अभियान के दौरान उसे ही आपके साथ रहना था।

आपने एवरेस्ट पर जाने के दो रास्तों—साउथ फेस और नॉर्दर्न फेस में से साउथ फेस का रास्ता चुना था, जिससे होकर सन् 1953 में पहली बार हिलेरी और तेनजिंग एवरेस्ट पर पहुँचने में सफल हुए थे। 29 मार्च को अपने शेरपा के साथ आप लुकला आ गईं। साउथ फेस से एवरेस्ट पर जाने के लिए काठमांडू से लुकला होकर ही जाना होता है। 13 अप्रैल को बेस कैंप पहुँचने से पहले आपने सन् 2004 के बाद एक बार फिर आइसलैंड पीक की चढ़ाई की, जिससे कुछ प्रैक्टिस हो जाए और शरीर वहाँ के तापमान के अनुरूप ढल जाए। बेस कैंप पहुँचकर अभ्यास और अभियान संबंधी तैयारी चलती रही। सारी तैयारी के बावजूद चोटी पर जाने का आपका पहला प्रयास रास्ते में बर्फीली आँधी चलने के कारण सफल न

हो पाया और मंजिल के काफी करीब तक पहुँचने के बाद मन न होने पर भी बेस कैंप तक वापस लौटना पड़ा। उस समय आपको बछेंद्री जी की यह हिदायत याद आई कि 'प्रकृति से लड़ने का प्रयास मत करो। पहाड़ कहीं नहीं जाएगा, इसलिए पहले अपनी जान बचाओ। जान बच जाए तो फिर दोबारा प्रयास करो।' दरअसल, पर्वतारोहण बहुत ही महँगा स्पोर्ट्स है। अधिकांश भारतीय पर्वतारोहियों के लिए बिना प्रायोजक के एवरेस्ट जैसा अभियान करना मुश्किल है। आपका अभियान टाटा स्टील द्वारा प्रायोजित था। तब मन में यही चिंता सता रही थी कि दुबारा अभियान के लिए पैसा नहीं मिला तो अभियान कैसे होगा ? पर कुछ दिनों के इंतजार के बाद मौसम अनुकूल होने पर दुबारा अभियान शुरू हुआ और आखिर 19 मई को अपनी दृढ़ इच्छा-शक्ति के दम पर दुनिया की सबसे ऊँची चोटी माउंट एवरेस्ट पर आपने तिरंगा फहराने में सफलता पा ली। लौटते समय तेज पेट दर्द को बर्दाश्त करते हुए बेस कैंप लौटकर आपने सफलतापूर्वक अपना एवरेस्ट अभियान पूरा किया।

माउंट एवरेस्ट फतह के बाद आपके सामने सबसे बड़ा सवाल था—अब आगे क्या ? संयोग से आपकी निगाह टाटा स्टील के दफ्तर में कंपनी के एक स्लोगन 'कर विजय हर शिखर' पर पड़ी और इसे ही आपने अपना अगला लक्ष्य बना लिया। आपने तय किया कि आप 'सेवन सम्मिट' करेंगी, यानी विश्व के सातों महाद्वीपों की सबसे ऊँची चोटियों पर पहुँचेंगी। अब तक आप दो सम्मिट, एवरेस्ट और किलिमंजारो कर चुकी थीं; पाँच और करनी थीं। टाटा स्टील ने भी आपके 'सेवन सम्मिट' अभियान को सहयोग देने का प्रस्ताव स्वीकार कर लिया।

आपने अपने तीसरे सम्मिट के लिए दक्षिण अमेरिका महाद्वीप के एकांकागुआ पीक को चुना। अर्जेंटीना के मेंडोजा प्रांत के निकट स्थित इस पहाड़ की ऊँचाई 22,837 फीट है और यह एशिया के बाहर सबसे ऊँचा पहाड़ है। इस अभियान दल के सदस्यों में तीन भारत, दो ब्राजील, दो चिली, दो अर्जेंटीना और दो अमेरिका से थे और दो गाइड थे। दल के सदस्य अर्जेंटीना के मेंडोजा शहर से 30 जनवरी, 2012 को अभियान के लिए निकले और 10 फरवरी को आप दल के सिर्फ तीन ही अन्य साथियों के साथ शिखर पर पहुँचने में सफल रहीं।

आपका अगला सफल अभियान रहा एल्ब्रस पर्वत का शिखर छूना। एल्ब्रस यूरोप (यूरेशिया) का सबसे ऊँचा पर्वत है, जिसकी ऊँचाई 18,442 फीट है। यह एक सोया हुआ ज्वालामुखी है। इस बार आपके अभियान दल में कुल 10 लोग थे, जिनमें आप अकेली भारतीय और बाकी सब नार्वे से थे। अभियान के लिए आप 4 अगस्त, 2012 को रूस की राजधानी मास्को पहुँचीं। अभियान की शुरुआत अगले

दिन 5 अगस्त को हुई। मौसम खराब होने के बावजूद आपने 13 अगस्त को एल्ब्रस की चोटी को फतह कर लिया।

अपने अगले अभियान के लिए आपने इंडोनेशिया स्थित माउंट क्रासटेज पिरामिड को लक्ष्य बनाया। बहुत से पर्वतारोही सेवन सम्मिट के लिए ऑस्ट्रेलिया महाद्वीप में ऑस्ट्रेलिया स्थित 7,310 फीट ऊँचे माउंट कोस्यास्को पर जाते हैं। पर चूँकि इसकी ऊँचाई बहुत कम है और इस पर चढ़ना ज्यादा चुनौतीपूर्ण भी नहीं है, इसलिए आपने वृहत्तर ऑस्ट्रेलिया-ओसियेनिया महाद्वीप के इंडोनेशिया स्थित माउंट क्रासटेज को चुना, जिसकी ऊँचाई 16,024 फीट है और जिस पर चढ़ना बेहद कठिन है। छह दिन जंगल के रास्ते दलदल से होकर चोटी तक जाना और फिर छह दिनों में वापस लौटना, मतलब छह बार एवरेस्ट पर चढ़ने जैसा था। चोटी तक का रास्ता फिसलन और मच्छरों से भरा हुआ था। इस अभियान के लिए आप 12 अक्तूबर, 2012 को इंडोनेशिया के बाली पहुँचीं। 18 अक्तूबर को संगमा गाँव से आपकी छोटी सी टीम, जिसमें आप अकेली भारतीय थीं, ने ट्रेकिंग शुरू की और तमाम बाधाओं को पार करते हुए 22 अक्तूबर को इस चोटी पर तिरंगा फहरानेवाली आप पहली भारतीय महिला बन गईं।

सेवन सम्मिट का अगला पड़ाव था—अंटार्कटिका स्थित 15,050 फीट ऊँचा माउंट विल्सन मैसिफ। अंटार्कटिक को 'लास्ट प्लेस ऑन अर्थ' कहा जाता है और वहाँ चारों ओर सिर्फ बर्फ होती है। 29 दिसंबर, 2012 को आपका पाँच सदस्यीय दल बेस कैंप पहुँचा। 4 जनवरी, 2013 को आपने इस चोटी पर भी विजय प्राप्त कर ली।

सेवन सम्मिट अभियान की आपकी आखिरी चुनौती थी, माउंट मैकिंले। एक साल पहले एकांकागुआ फतह के बाद इस पर भी विजय पाने की आपने एक कोशिश की थी, पर मौसम खराब होने के कारण सफल नहीं हो सकी थीं। असफलता की टीस के साथ अभियान के लिए दुबारा धन की व्यवस्था करने की भी चुनौती थी। पर कहावत है, 'जहाँ चाह, वहाँ राह।' इस बार आपके अभियान को प्रायोजित किया चाईबासा की रुँगटा माइंस कंपनी ने। उत्तरी अमेरिका महाद्वीप में अलास्का स्थित इस पर्वत, जिसे 'माउंट डेनाली' भी कहते हैं, की ऊँचाई 20,322 फीट है। इसकी चढ़ाई किसी भी दूसरे पहाड़ से ज्यादा है। बेस कैंप से चोटी तक की चढ़ाई एवरेस्ट से भी ज्यादा है। अभियान में 50-60 किलो सामान खुद ही ढोना पड़ता है। वैसे डेनाली अभियान में सबसे बड़ी चुनौती वहाँ का मौसम है। आपकी टीम इस बार गाइड सहित सिर्फ चार लोगों की थी। मौसम खराब होने के कारण

आपकी टीम कई दिनों तक कैंप 3 में ही रुकी रही। आखिरकार 23 मई, 2013 को आप शिखर पर पहुँचने में कामयाब हुईं और इस तरह अपना 'सेवन सम्मिट' आपने पूरा किया।

प्रेमलता अग्रवाल की अद्भुत उपलब्धि पर उनकी गुरु बछेंद्री पाल ने कहा, "प्रेमलता की सफलता में उनकी दृढ़ इच्छा शक्ति, खुद पर यकीन और मानसिक तथा शारीरिक फिटनेस ने बहुत महत्त्वपूर्ण भूमिका निभाई। प्रेमलता का जीवन केवल महिलाओं के लिए ही प्रेरणास्त्रोत नहीं है, बल्कि हर इनसान प्रेमलता के प्रयासों और सफलता से बहुत कुछ सीख सकता है। खासतौर पर वे लोग, जो चालीस की उम्र के बाद कुछ नया करने में संकोच करते हैं या पहले ही असफलता के डर से पीछे हट जाते हैं।"

बछेंद्री पाल से हुई एक मुलाकात ने आपका जीवन ही बदल दिया। अपनी सफलता का श्रेय अपनी गुरु बछेंद्री जी को देते हुए उनके बारे में आप कहती हैं कि 'उन्होंने ही आपके अंदर छिपी क्षमता को पहचाना, उससे परिचय कराया, प्रेरित किया, हिम्मत दी, विश्वास जगाया और उनकी ही बदौलत आप यह मुकाम पा सकीं।' आपकी उपलब्धियों को जाननेवालों के लिए यह अचंभे की बात होगी कि बचपन में आप बहुत ज्यादा डरपोक थीं। आपको अँधेरे से, पानी से और सबसे ज्यादा डर ऊँचाई से लगता था। एक आम घरेलू महिला का इतने सारे डरों पर विजय पाकर विश्व में एक साहसी महिला के रूप में पहचान स्थापित करना किसी चमत्कार से कम नहीं। आप कहती हैं कि पहाड़ पर चढ़ना साहस के साथ-साथ बहुत धैर्य का काम भी है। एवरेस्ट अभियान के दौरान आपने गहराई से महसूस किया कि इस दुनिया में प्रकृति से ज्यादा ताकतवर कुछ नहीं है।

पर्वतारोहण के क्षेत्र में आपकी उपलब्धियों के लिए आपको सन् 2013 में भारत सरकार द्वारा 'पद्मश्री' से और सन् 2017 में 'तेनजिंग नोरगे राष्ट्रीय एडवेंचर पुरस्कार' से सम्मानित किया गया। सन् 2012 में इंडियाटाइम्स डॉट कॉम ने आपको 'टॉप महिला अचीवर' चुना। संप्रति आप टाटा स्टील में एक अधिकारी के रूप में कार्यरत हैं और जमशेदपुर के कदमा इलाके में रहती हैं। आपके पति विमल अग्रवाल, जिन्होंने सदैव आपका हौसला बढ़ाया, एक वरिष्ठ पत्रकार हैं। आपने अपनी आत्मकथा 'कर विजय हर शिखर' लिखी है, जो काफी प्रेरणादायी पुस्तक है और जिसमें अपने सभी अभियानों का आपने बहुत ही रोचक विवरण दिया है। बच्चों से लेकर बड़ी उम्र के लोगों को एडवेंचर से जोड़ने के लिए आजकल आप वर्ष भर अभियान आयोजित करने में व्यस्त रहती हैं।

आपका मानना है कि पर्वतारोहण से ज्यादा-से-ज्यादा लोगों को जुड़ना चाहिए, क्योंकि हमारे मन में जो कई तरह के डर होते हैं, पर्वतारोहण हमें उन पर विजय प्राप्त करने में मदद करता है। सर एडमंड हिलेरी ने भी कहा था कि "इनसान पहाड़ों पर विजय प्राप्त करने के लिए नहीं चढ़ता, बल्कि खुद पर विजय प्राप्त करने के लिए चढ़ता है। पर्वतारोहण जान की जोखिम के बावजूद लक्ष्य साधकर हमें उसे हासिल करना सिखाता है।"

□

सिनेमा, टी.वी.-
निर्माण, निर्देशन, पटकथा

इम्तियाज अली

लंबे बाल और स्वप्निल आँखों वाले झारखंड के हैंडसम नौजवान इम्तियाज अली हिंदी फिल्म उद्योग से जुड़े देश के एक जाने-माने निर्माता, निर्देशक और कहानी लेखक हैं। आपकी कई फिल्मों ने न सिर्फ अच्छी सफलता पाई है, वरन् समीक्षकों की भी काफी प्रशंसा बटोरी है। आपके द्वारा निर्देशित दूसरी ही फिल्म 'जब वी मेट' (सन् 2007) बॉक्स ऑफिस पर काफी सफल और चर्चित रही। इसके बाद बनी आपकी कई अन्य फिल्में भी सफल हुई हैं और सराही गई हैं। इम्तियाज ने अपने हुनर के दम पर हिंदी फिल्म उद्योग में झारखंड को एक पहचान दी है।

आपका जन्म 16 जून, 1971 को जमशेदपुर में हुआ। आपकी प्रारंभिक शिक्षा पटना के सेंट माईकल्स हाई स्कूल और जमशेदपुर के डी.बी.एम.एस. स्कूल में हुई। पुश्तैनी रूप से आपका परिवार मूलत: आंध्र प्रदेश का है और वहाँ यह एक समृद्ध और प्रतिष्ठित परिवार था। आपके दादा सैयद सिद्दीक अली ब्रिटिश कंपनी शॉ वेलेस में काम करते थे। सन् 1930 के दशक में वे तब जमशेदपुर आए, जब उनकी कंपनी ने उनकी पोस्टिंग कलकत्ते से यहाँ कर दी और फिर वे यहीं बस गए। आपके पिता मंसूर अली जल प्रबंधन सलाहकार हैं। वे जल प्रबंधन पर कई वर्ष तक उड़ीसा सरकार के सलाहकार भी रहे। कुछ वर्ष जब जल प्रबंधन से जुड़े अपने काम के सिलसिले में उनका पटना में रहना हुआ, तब इम्तियाज भी पटना में रहे।

आपका परिवार कुछ समय तक जमशेदपुर के साक्ची स्थित करीम मेंशन में रहा। जमशेदपुर के दो सिनेमा थिएटर, करीम टॉकीज और जमशेदपुर टॉकीज इसी मेंशन का हिस्सा थे। हालत यह थी कि आप सोते थे, तब भी सिनेमा की आवाज कान में पड़ती रहती थी। छोटी उम्र के इम्तियाज को इससे फिल्में देखने का शौक लगा और फिर फिल्मों की तरफ आकर्षण हुआ। पर इसी चक्कर में आप अपनी पढ़ाई के प्रति लापरवाह हो गए और अपनी कक्षा में फेल हो गए। लेकिन इस झटके ने आपको जगाया और इसके बाद आपने हरदम पढ़ाई और खेल-कूद को गंभीरता से लिया और इनमें अच्छा किया। इम्तियाज जमशेदपुर में स्कूल में पढ़ाई के साथ ड्रामा में भी भाग लेने लगे। स्कूल की पढ़ाई पूरी होने पर आपके पिता चाहते थे कि आप मेडिकल की पढ़ाई कर डॉक्टर बनें। इम्तियाज डॉक्टर बनना नहीं चाहते थे,

क्योंकि आपका मन तो ड्रामा में लग चुका था। दिल्ली विश्वविद्यालय में दाखिले की प्रतीक्षा कर रहे इम्तियाज से एक दिन पिता ने कहा, 'दिल की सुनो, वो करो, जो दिल कहता है।' इम्तियाज को मौका मिल गया और अपने पिता से कहा कि वे इंग्लिश लिट्रेचर पढ़ना चाहते हैं। तब पिता को आपकी बात माननी पड़ी, पर पिता ने आपको यह हिदायत दी कि जो भी करो, पर उसमें शिखर पर पहुँचो, ताकि तुम्हारी चमक दूर तक दिखे। उस समय इम्तियाज को पत्रकारिता में भी काफी दिलचस्पी थी। पर जैसे नियति ही आपको थिएटर की ओर ले जाने लिए कृत संकल्प थी। आपने आगे की पढ़ाई दिल्ली विश्वविद्यालय के हिंदू कॉलेज (सन् 1990-93) से की और वहाँ से इंग्लिश ऑनर्स में स्नातक किया। बिहार के पूर्व राज्यपाल, डॉ. ए.आर. किदवई दिल्ली में आपके स्थानीय अभिभावक थे और आपकी पढ़ाई पर नजर रखते थे। नतीजा यह हुआ कि ड्रामा में काफी सक्रिय रहने के बावजूद आपने अपनी पढ़ाई भी बहुत ध्यान लगाकर अच्छे से की। आप वहाँ भी कॉलेज के थिएटर से जुड़ गए और वहाँ 'इब्तिदा' नाम की निष्क्रिय पड़ी कॉलेज के ड्रामाटिक्स सोसाइटी की फिर से शुरुआत की। उसके बाद आप मुंबई चले गए और वहाँ के जेवियर इंस्टिट्यूट ऑफ कम्युनिकेशन (सन् 1993-94) से मासकॉम में डिप्लोमा कोर्स किया।

आपने अपना कॅरियर कहानी लिखने और टेलीविजन शो के निर्देशन से शुरू किया। मुंबई में आपने काम की शुरुआत 'जी टी.वी.' के साथ जुड़कर की, जहाँ आपको मामूली सा काम मिला। फिर आपको किरण खेर के टी.वी. टॉक-शो 'पुरुष क्षेत्र' में निर्देशन करने के मौके से पहला ब्रेक मिला। इसके बाद आपने 'इम्तिहान', 'नैना' जैसे कुछ और टी.वी. शो का निर्देशन किया। उस समय आपके पास दो-तीन कहानियाँ थीं और मौके का इंतजार था कि इन पर फिल्म बना सकें। निर्देशक के रूप में सन् 2005 में आपकी पहली फिल्म 'सोचा न था' आई। इस फिल्म को बनाने में आपको तीन वर्ष लग गए। सन् 2007 में आई आपकी हिट फिल्म 'जब वी मेट', के बाद आपकी दो अन्य फिल्में आईं। आपकी अगली फिल्म 'लव आज कल' (सन् 2009), बॉक्स ऑफिस पर आपकी सबसे कामयाब फिल्म साबित हुई। अगली फिल्म 'रॉकस्टार' (सन् 2011), भी सफल रही और इस फिल्म ने अच्छी कमाई की।

इसके बाद आपने फिल्म निर्माण के लिए अपनी कंपनी बना ली, जिसका नाम रखा—'विंडो सीट फिल्म्स'। इस कंपनी की पहली फिल्म 'हाईवे' (सन् 2014) की फिल्म समीक्षकों ने सराहना की और इसे आपकी बेहतरीन फिल्मों में से एक

करार दिया। आपके द्वारा निर्मित अगली फिल्म थी, 'तमाशा' (सन् 2015)। वैसे आपकी दूसरी फिल्मों की तरह 'तमाशा' बॉक्स ऑफिस पर बहुत सफल नहीं रही, पर क्रिएटिविटी के नजरिए से फिल्म समीक्षकों ने इसे बेहतरीन फिल्म करार दिया। इसके साथ ही इन फिल्मों ने आपको एक प्रतिष्ठित फिल्म निर्माता के रूप में स्थापित कर दिया। इसके बाद आपके द्वारा निर्मित-निर्देशित दो और फिल्में रिलीज हुईं—'जब हैरी मेट सेजल' (सन् 2017) एवं 'लव आज कल' (सन् 2020), जिनके बारे में बॉक्स ऑफिस और समीक्षकों की मिश्रित प्रतिक्रिया रही। आपने अपनी निर्देशित और निर्मित सभी फिल्मों की कहानी खुद ही लिखी। इनके अलावा आपकी साजिद अली के साथ लिखी कहानी पर फिल्म 'कॉकटेल' (सन् 2012) बनी और एकता कपूर के साथ मिलकर आपके द्वारा प्रस्तुत फिल्म 'लैला मजनू' (सन् 2018) की आपने साजिद अली के साथ मिलकर पटकथा लिखी। सन् 2004 में आपने फिल्म 'ब्लैक फ्राइडे' में अभिनय भी किया। डिजिटल प्लेटफॉर्म के बढ़ते महत्त्व और पहुँच को समझते हुए आपने अपनी कंपनी के तहत टी.वी. के दर्शकों के लिए नेटफ्लिक्स पर सन् 2020 में रिलीज हुई वेब सीरिज 'शी' बनाई और दिव्या जौहरी के साथ मिलकर इसकी कहानी लिखी। इस सीरिज का निर्देशन आपके भाई आरिफ अली ने किया है। आपकी लिखी हुई कहानी पर बनी 'डॉक्टर अरोड़ा' 2022 वेब सीरिज भी टी.वी. पर आ चुकी है।

आपको अपनी फिल्म 'जब वी मेट' के लिए कई पुरस्कार मिले, जिनमें सर्वश्रेष्ठ संवाद का फिल्म फेयर अवॉर्ड, आइफा अवॉर्ड और प्रोड्यूसर्स गिल्ड फिल्म अवॉर्ड शामिल हैं। आपकी फिल्म 'लव आज कल' (सन् 2009) को सर्वश्रेष्ठ कहानी के लिए प्रोड्यूसर्स गिल्ड फिल्म अवॉर्ड और स्क्रीन अवॉर्ड मिला। आपकी कई फिल्मों को सर्वश्रेष्ठ फिल्म, सर्वश्रेष्ठ निर्देशक, सर्वश्रेष्ठ पटकथा जैसी श्रेणियों में कई बार विभिन्न पुरस्कारों के लिए नामांकन मिला है। केन्या टुरिज्म और पुर्तगाली सरकार ने आपको अपनी फिल्मों के द्वारा उन देशों में पर्यटन को बढ़ावा देने के लिए सम्मानित किया है।

आपने अंतरधार्मिक विवाह किया है। आपकी पत्नी प्रीति जमशेदपुर के एक मारवाड़ी परिवार से हैं। आप दोनों स्कूल के समय से ही एक-दूसरे के दोस्त रहे हैं। दोनों के सुखी घर-संसार में एक बेटी इदा भी हैं, जो यू.एस.ए. के लॉस एंजेल्स में मासकॉम का कोर्स कर रही हैं और अपनी शॉर्ट फिल्म 'लिफ्ट' से चर्चित हो चुकी हैं। आपके दो और भाई भी मुंबई में फिल्म उद्योग से जुड़े हैं।

इम्तियाज को जमशेदपुर और झारखंड से बहुत लगाव है। मुंबई में लगातार

काफी व्यस्त रहने के बावजूद जमशेदपुर के सोनारी में अपने माता-पिता के पास आते रहते हैं। आप खाने-पीने के शौकीन हैं और जमशेदपुर आने पर शहर में अपने पसंदीदा स्ट्रीट फुड्स का स्वाद जरूर लेते हैं। एक सेलेब्रिटी होने के कारण चाहकर भी लोगों के बीच नहीं जा पाते, पर इस बात पर हरदम जोर देते हैं कि आपकी पहली प्रतिबद्धता निश्चित रूप से जमशेदपुर और झारखंड के प्रति है। इम्तियाज मानते हैं कि जमशेदपुर एक छोटी जगह जरूर है, पर यहाँ एक समृद्ध जीवनशैली का अवसर और प्रतिभाओं को बढ़ावा मिलता है। आप कहते हैं, "आपकी जिंदगी में कोई पूर्वग्रह नहीं, लेकिन जब कोई दो एक समान प्रतिभा वाले लोगों में से अपने साथ काम करने के लिए मुझे किसी एक को चुनना होगा, और उनमें एक जमशेदपुर का हो, तो मैं सीधे तौर पर दूसरे की बजाय उसे ही चुनूँगा, क्योंकि वह मेहनती होगा और उसके पास लोगों से बात करने का सलीका होगा।" स्पष्ट है कि अपने जमशेदपुर से होने पर आपको गर्व है।

□

समाज सेवा

अशोक भगत

समाज विकास के कार्य में अपने योगदान के लिए भारत सरकार द्वारा 'पद्मश्री' से सम्मानित अशोक भगत एक जाने-माने सामाजिक कार्यकर्ता और राष्ट्रीय ख्यातिप्राप्त स्वयंसेवी सामाजिक संस्था 'विकास भारती' के संस्थापक सचिव और मुख्य कार्यपालक पदाधिकारी हैं। इस संस्था के माध्यम से पिछले 39 वर्षों में आपने झारखंड के लगभग 15,000 गाँवों में विकास से जुड़ी गतिविधियों की शुरुआत की।

अशोक राय (भगत) का जन्म 25 जुलाई, 1951 को उत्तर प्रदेश के आजमगढ़ में हुआ। आपने गोरखपुर विश्वविद्यालय से बीएससी (सन् 1970), एलएलबी (सन् 1973) और राजनीति विज्ञान में एमए (सन् 1974) की पढ़ाई की। आप राष्ट्रीय स्वयंसेवक संघ की विचारधारा से प्रभावित हुए एवं उप्र में अखिल भारतीय विद्यार्थी परिषद् से जुड़ गए। आपने सन् 1972 में अपना सार्वजनिक जीवन एक युवा एक्टिविस्ट के रूप में शुरू किया। आप 'जेपी आंदोलन' (सन् 1974-75) से भी जुड़े और आपातकाल के दौरान एक वर्ष जेल में रहे। आपने गोरखपुर में ग्राम नवनिर्माण के क्षेत्र में 'श्री अरविंद नवनिर्माण प्रकल्प' के साथ (सन् 1978-82) काम किया। प्रख्यात कवयित्री महादेवी वर्मा के नेतृत्व में हिंदी भाषा आंदोलन के भी आप सक्रिय सदस्य रहे। सन् 1982 तक आप सर्वोदय नेता धीरेंद्र भाई मजूमदार के नेतृत्व में गांधीवादी आंदोलन में भी सक्रिय रहे। फिर सन् 1982 में आपने आदिवासियों के बीच रहकर उनके लिए काम करने की ठानी और आप इसके लिए झारखंड के गुमला जिले के बिसुनपुर प्रखंड के आदिवासी बहुल चिंगरी गाँव में आकर बस गए और अपना नाम अशोक राय से बदलकर 'अशोक भगत' कर लिया। वहाँ आपने अपने काम को आगे बढ़ाने और व्यवस्थित रूप से करने के लिए सन् 1983 में एक गैर-सरकारी संस्था 'विकास भारती' बनाई।

आपने आदिवासियों एवं दलित समुदाय से जुड़े मामलों, जैसे उनके शोषण को रोकने, वन-संसाधनों के संरक्षण, उनकी कला एवं संस्कृति की रक्षा एवं प्रगति इत्यादि पर उल्लेखनीय कार्य किया। सामुदायिक सशक्तीकरण और समेकित मानव विकास के द्वारा सामाजिक बदलाव के लिए जमीनी स्तर पर आंदोलनों को बढ़ावा देने के लिए आपको जाना जाता है। आपने ग्रामीण आदिवासियों के विकास के

लिए एक ऐसा समेकित मॉडल तैयार किया, जिसके अंतर्गत स्वास्थ्य, स्वच्छता, शिक्षा, कृषि, आय वृद्धि, वन-संसाधनों का संरक्षण, ग्रामीण शिल्प एवं तकनीक, सामाजिक चेतना जैसे मुद्दे रखे और जो आर्थिक रूप से व्यावहारिक, स्थानीय रूप से स्वीकार्य और पर्यावरण की दृष्टि से उपयुक्त, टिकाऊ और अनुकरणीय हैं। इस मॉडल का आधार है—'लोगों की पहल और भागीदारी के साथ संपूर्ण विकास के माध्यम से संपूर्ण परिवर्तन।'

आदिवासियों के बेहतर भविष्य के लिए आपने बहुत से आंदोलन शुरू किए और उनका नेतृत्व किया। आदिवासी नेताओं की सामाजिक हैसियत बचाने एवं उनमें आत्मविश्वास भरने के लिए ब्रिटिश सरकार और स्थानीय जमींदारों के उत्पीड़न के खिलाफ हुए 'टाना भगत आंदोलन' (1914-1920) की विशेषताओं को जोड़ते हुए आपने 'टाना भगत आंदोलन' चलाया। आपने ग्राम स्वराज्य को प्रोत्साहन देने के लिए 'धरती रक्षा वाहिनी' बनाई ताकि जल, जंगल, जमीन की रक्षा की जा सके। आपने निर्बाध रूप से सुशासन सुनिश्चित करने और ग्रामीण विकास के लिए ग्राम सभा के महत्त्व पर जोर देने वाले महात्मा गांधी के विचारों के अनुरूप 'ग्राम स्वराज्य मंच' बनाया, जो झारखंड के हर जिले में सक्रियतापूर्वक कार्यरत है। आपने नारा दिया—'न लोकसभा, न विधानसभा, सबसे ऊँची ग्राम सभा।' आपने सुदूर क्षेत्रों में बसे, विशेष रूप से असुरक्षित आदिम जनजातियों के समेकित विकास के लिए 'आदिम जनजाति विकास समिति' बनाई। आपकी ईमानदार कोशिशों की बदौलत आदिम जनजाति समुदाय को गुमला जिले में मुख्यधारा में लाने में काफी योगदान हो सका।

'विकास भारती' के द्वारा विभिन्न सरकारी विभागों के साथ मिलकर नियमित रूप से कई संस्थाओं को संचालित किया जाता है, जिनमें कृषि संबंधी प्रदर्शनी और तकनीकी सहायता के लिए गुमला में कृषि विज्ञान केंद्र, विभिन्न कुटीर उद्योगों, हस्तशिल्प एवं सेवा क्षेत्र में व्यावसायिक प्रशिक्षण हेतु राँची में जन शिक्षण संस्थान (सन् 2003), कमजोर वर्गों की उच्च शिक्षा के लिए विकास इंस्टिट्यूट ऑफ टेक्नोलॉजी, आदिवासियों से जुड़े अनुसंधान, प्रलेखन, नवाचार एवं अनुशंसा के लिए 'ट्राइबल रिसर्च सेंटर' एवं 'ट्राइबल स्टडी सेंटर', परंपरागत तकनीकों, नए अनुसंधानों एवं प्रसार के लिए 'ग्राम तकनीकी केंद्र', खाद्य प्रसंस्करण में लगे लोगों की सहायता के लिए 'खाद्य प्रसंस्करण इकाई', औषधीय पौधों की प्रदर्शनी एवं संवर्धन के लिए 'आयुर्वेदिक पौधशाला', स्वास्थ्य सेवाओं के लिए 'जीवन ज्योति आरोग्य निकेतन अस्पताल', पूर्वी सिंहभूम में 'मेसो अस्पताल' आदि प्रमुख हैं।

कमजोर वर्गों की शिक्षा, बाल तस्करी एवं बाल विवाह पर रोक लगाने के लिए 14 आवासीय केंद्र और कई आश्रम चलाए जा रहे हैं। 'विकास भारती' के माध्यम से आपके कार्यों की बदौलत हजारों युवाओं को स्व-रोजगार से जोड़ा गया और रोजगार के ज्यादा अवसरों के द्वारा लगभग एक लाख परिवारों की आय में वृद्धि में सफलता मिली। एक हजार से ज्यादा महिला स्वयं सहायता समूह के उत्पाद को 'विकास' के ब्रांड नाम से विभिन्न बिक्री केंद्रों में बेचकर महिलाओं को सीधे आय से जोड़ा गया है। क्षेत्र में हस्तशिल्प को बढ़ावा देने के लिए पाँच सौ से ज्यादा परंपरागत शिल्पियों के हुनर को तराशा गया है। स्वास्थ्य एवं परिवार कल्याण मंत्रालय के साथ मिलकर 'विकास भारती' के द्वारा झारखंड के चौबीसों जिलों में 'मोबाइल मेडिकल यूनिट' का संचालन किया जा रहा है।

राज्य और केंद्र सरकार की कई महत्त्वपूर्ण समितियों में आपको सदस्य के रूप मनोनीत किया गया, जहाँ आपने अपना योगदान दिया। जिन समितियों में आपने काम किया, उनमें प्रमुख हैं—झारखंड सरकार के अंतर्गत झारखंड राज्य विकास परिषद् (सन् 2016), राष्ट्रीय ग्रामीण स्वास्थ्य मिशन का तकनीकी सलाहकार ग्रुप (सन् 2011), जनजातीय कल्याण सोसाइटी, केंद्र सरकार का सामाजिक न्याय और सशक्तीकरण मंत्रालय, मानव संसाधन विकास मंत्रालय एवं एमएसएमई मंत्रालय के अधीन समितियाँ एवं सांसद आदर्श ग्राम योजना की मॉनिटरिंग समिति (सन् 2016)। आप प्रधानमंत्री की अध्यक्षता में गठित 'महात्मा गांधी 150वीं जयंती समारोह समिति' की शासी निकाय के सदस्य बनाए गए। आपको गोवा के राज्यपाल द्वारा 'स्वच्छ भारत दूत' के रूप में मनोनीत किया गया। सन् 2016 में स्थानीय स्वशासन पर अपने अनुभव बताने के लिए हरियाणा सरकार ने आपको अपने यहाँ आमंत्रित किया।

'पद्मश्री' के अलावा अशोक भगत को अनेक संगठनों द्वारा कई पुरस्कार और सम्मान मिले हैं जिनमें प्रमुख हैं—वन एवं पर्यावरण मंत्रालय, भारत सरकार द्वारा प्रदत्त 'इंदिरा प्रियदर्शिनी वृक्ष मित्र अवॉर्ड' (सन् 1991), भगवान महावीर फाउंडेशन, चेन्नई द्वारा प्रदत्त '18वाँ महावीर अवॉर्ड' (सन् 2015), 'झारखंड रत्न अवॉर्ड' (सन् 2015)।

□

समाज सेवा

गंगा प्रसाद बुधिया

गंगा प्रसाद बुधिया के जीवन का एकमात्र उद्देश्य रहा—समाज सेवा, इसलिए व्यवसायी परिवार से होने के बावजूद प्रत्यक्षतः आपने अपने को आजीवन किसी व्यवसाय से नहीं जोड़ा। लोगों के बीच 'गंगा बाबू' के नाम से लोकप्रिय बुधिया जी ने झारखंड में शैक्षणिक संस्थाओं की स्थापना, विकास एवं संवर्द्धन के लिए अपना जीवन समर्पित कर दिया। गंगा बाबू ने लोक सेवा को समर्पित अपने जीवन का जो उदाहरण समाज के सामने रखा, वह अनुपम एवं प्रेरणास्पद है। धनाढ्य परिवार के होने के बावजूद पैरों में अहिंसक जूते, घुटने से तनिक नीचे तक धोती, माथे पर काली टोपी और हाथ में एक छाता लिये आप राँची में अमूमन पैदल चलते हुए ही दिखाई देते थे।

आपका जन्म 5 फरवरी, 1905 को राँची में गणपत राय जी के तृतीय पुत्र के रूप में हुआ। पिता राँची के पुराने रईसों में एक थे और माता जड़िया देवी धर्मपरायण महिला थीं। आपके पिता को सन् 1920 में अकाल पीड़ितों के बीच उल्लेखनीय सेवा कार्य के लिए ब्रिटिश सरकार ने 'राय साहब' की उपाधि से सम्मानित किया था। घर का वातावरण धार्मिकता, समाज सेवा और व्यावसायिक कौशल की त्रिवेणी का संगम था। घर में साधु-महात्माओं का आना-जाना लगा रहता था। दान-पुण्य के लिए यह परिवार प्रसिद्ध था। गंगा बाबू पर इसका गहरा प्रभाव पड़ा। आपकी शिक्षा राँची के जिला स्कूल में हुई। सन् 1920-21 के समय महात्मा गांधी के आह्वान पर सरकारी स्कूल का त्यागकर असहयोग आंदोलन में भागीदारी करने के कारण आप अपनी मैट्रिक परीक्षा में शामिल न हो सके और इसके बाद आगे की पढ़ाई रुक ही गई। बाद में स्वाध्याय के बल पर आपने साहित्य, दर्शन, भाषा, महापुरुषों की जीवनियों और इतिहास का काफी अध्ययन किया। अध्ययन में रुचि के बल पर ही उन्होंने हिंदी और राजस्थानी के अलावा अंग्रेजी, नागपुरी और बांग्ला भाषा सीखी। गंगा बाबू के बड़े भाई संतुलाल बुधिया स्वाधीनता संग्राम से जुड़े हुए थे और तिलक धारा के व्यक्ति थे। उन्होंने अंग्रेजी सरकार के विरोध में जन-जागरण के लिए 'हिंद स्वाधीन पुस्तकालय' की स्थापना की थी। उनका आकस्मिक निधन हो जाने के बाद गंगा बाबू ने इसी पुस्तकालय को पुनर्जीवित करते हुए सन् 1926 में 'संतुलाल पुस्तकालय' की स्थापना की।

गंगा बाबू का आदर्श वाक्य था—'तत्वमसी श्वेतकेतु'. अर्थात् 'जो तुम हो, वही मैं हूँ।' मुझमें और तुममें जो अंतर है, वह रूप भर का अंतर है। प्रकारांतर में हम सब एक हैं। उपनिषद् के इस वाक्य ने गंगा बाबू को मानव-प्रेमी बना दिया था और स्वामी शरणानंद जी महाराज से शिष्यत्व प्राप्त कर आप मानव सेवा को समर्पित हो गए थे। गंगा बाबू पर सुप्रसिद्ध स्वतंत्रता सेनानी और देश के पहले शिक्षा मंत्री मौलाना अबुल कलाम आजाद की संगति का काफी असर पड़ा। आपको यह अवसर तब मिला, जब सन् 1916 से सन् 1920 तक मौलाना आजाद को अंग्रेज सरकार के द्वारा बुधिया परिवार की राँची स्थित चुरु कोटी में नजरबंद करके रखा गया। गंगा बाबू को उस दौरान उनसे राष्ट्रप्रेम, समाज सेवा, परोपकार की अनमोल शिक्षा मिली।

गंगा बाबू का कहना था कि प्राथमिक शिक्षा वह पहली सीढ़ी है, जिस पर बच्चे का भविष्य निर्भर करता है। अपने घर की बालिकाओं की शिक्षा के लिए आपने अपने घर पर ही एक स्कूल की स्थापना की। उस समय लड़कियों को शिक्षित करना एक असंगत कार्य समझा जाता था। ऐसे में आपके द्वारा स्थापित उस स्कूल की समाज में चर्चा भी हुई। शिक्षा के महत्त्व से भलीभाँति परिचित हो चुकने पर आपने राँची में पहले लड़कों के लिए मारवाड़ी स्कूल और इसके बाद लड़कियों के लिए मारवाड़ी कन्या विद्यालय की स्थापना की अगुवाई की। दोनों विद्यालयों की स्थापना से उत्साहित गंगा बाबू ने फिर इनके विकास में भी कोई कोर-कसर नहीं छोड़ी। घर-घर जाकर आप बच्चों के माता-पिता को समझाते और बच्चों को स्कूल भेजने के लिए कहते। इसके बाद तो राँची, लोहरदगा, गुमला, सिमडेगा के गाँव-गाँव में आपने प्राइमरी एवं मिडिल स्कूलों की एक श्रृंखला ही बना दी। सन् 1940 के आते-आते शिक्षा के लिए समर्पित व्यक्ति के रूप में आपकी एक खास पहचान बन गई थी। बाद के वर्षों में आप प्राइमरी स्कूलों को मिडिल तथा मिडिल को उच्च विद्यालय में विकसित करते चले गए। इस तरह आपने राँची में मारवाड़ी उच्च विद्यालय, मारवाड़ी कॉलेज, मारवाड़ी महिला कॉलेज, शिवनारायण मारवाड़ी कन्या उच्च विद्यालय, मारवाड़ी कन्या पाठशाला, राम मनोहर लोहिया कॉलेज, मदन मोहन मालवीय उच्च विद्यालय (सिमडेगा), भारतीय विद्यालय, मंजूरी देवी उच्च विद्यालय, जूलियट कन्या उच्च विद्यालय, मुरमू उच्च विद्यालय (मांडर), गणपति पाठशाला, नवडीहा उच्च विद्यालय, मूक-बधिर विद्यालय, चुन्नीलाल उच्च विद्यालय (लोहरदगा), मधुसूदन लाल अग्रवाल महिला कॉलेज (लोहरदगा), राजस्थान विद्यापीठ, राजस्थान छात्रावास, मारवाड़ी शिक्षा ट्रस्ट जैसी संस्थाएँ स्थापित कीं,

जो आज भी कार्यरत हैं और प्रगति कर रही हैं। राँची का मारवाड़ी कॉलेज, जिसमें आज 15 हजार से ज्यादा विद्यार्थी पढ़ते हैं, का जब सन् 1970 में निर्माण शुरू हुआ, तब गंगा बाबू ने सर्दी, गरमी एवं बरसात की परवाह न करते हुए निर्माण-स्थल पर कई वर्षों तक खुद छाता तानकर खड़े रहकर मजदूरों से काम कराया, ताकि निर्माण-कार्य गुणवत्तापूर्ण और किफायती हो, समाज से प्राप्त सहयोग राशि का पूर्ण रूप से सदुपयोग हो और उसमें किसी प्रकार का कोई विचलन न हो। आपकी समाज सेवा, मितव्ययिता एवं समाज से प्राप्त एक-एक रुपए का सदुपयोग करने के कारण समाज ने भी सदैव बढ़-चढ़कर आपको सहयोग दिया। सादा जीवन और मितव्ययिता तो अपने माता-पिता से आपको विरासत में ही मिली थी।

राँची के विकास स्थित देश भर में प्रसिद्ध पब्लिक स्कूल 'विकास विद्यालय' के निर्माण हेतु आपने ही नोपानी परिवार को प्रेरित किया और जमीन देकर स्कूल बनाने में पूर्ण सहयोग दिया। विकास विद्यालय की स्थापना के बाद आपकी इच्छा राँची में एक इंजीनियरिंग कॉलेज स्थापित करने की हुई। इस संबंध में आपकी बिड़ला परिवार के जुगल किशोर बिड़ला से चर्चा हुई और कॉलेज की स्थापना का निर्णय होने पर इसके लिए जमीन बुधिया परिवार के द्वारा ही उपलब्ध कराई गई। जिसके फलस्वरूप अंतत: राँची के मेसरा में बी.आई.टी. की स्थापना हुई, जो आज देश के शीर्ष इंजीनियरिंग कॉलेजों में एक है।

इन सभी शैक्षणिक संस्थानों के अलावा स्वास्थ्य की दृष्टि से राँची में आरोग्य भवन, महादेवी बिड़ला सेनेटोरियम, नागरमल मोदी सेवा सदन, बुधिया दातव्य औषधालय, प्राकृतिक चिकित्सालय एवं मारवाड़ी व्यायामशाला जैसी संस्थाओं की स्थापना में या उन्हें आगे बढ़ाने में आपका किसी-न-किसी रूप में बड़ा योगदान रहा है। महिलाओं की शिक्षा के लिए शिक्षण संस्थान स्थापित करने के अलावा महिलाओं को आगे बढ़ाने के लिए आपने राँची में जानी-मानी संस्था 'पुरश्री कला केंद्र' और गुमला में 'महिला आश्रम' की स्थापना में योगदान किया।

भारतीयता एवं भारतीय सनातन विचारधारा के प्रहरी के रूप में आपकी विशिष्ट पहचान रही। इसी दिशा में राँची में संस्कृति विहार, गोविंद भवन, हिंदू धर्म सेवा संघ, महावीर मंडल, निर्माण निकेतन, मानव सेवा संघ, नागा बाबा मठ की स्थापना में आपकी भागीदारी रही। आपने पहल करके राँची के डोरंडा स्थित श्री राम-जानकी मंदिर (तपोवन), गरजा ठाकुरबाड़ी (सिमडेगा), कोराम्बे मंदिर सहित कई प्राचीन कालीन मंदिर-मठों का पुनर्निर्माण कराया एवं जगन्नाथपुर मंदिर न्यास समिति, राँची गौशाला, दुर्गा मंदिर ट्रस्ट, फूलबाबा आश्रम न्यास, पुराना शिवाला

ट्रस्ट, आदिम जाति सेवा मंडल, भगवान बुद्ध कल्याण ट्रस्ट, अखिल भारतीय आर्य हिंदू धर्म सेवा संघ (दिल्ली), बाबा काली कमली वाल पंचायत क्षेत्र जैसी संस्थाओं से जुड़े रहते हुए इन संस्थाओं के विकास में महत्त्वपूर्ण योगदान दिया। संस्कृत भाषा एवं साहित्य के संरक्षण, प्रचार-प्रसार एवं संग्रह के लिए आप सदैव प्रयत्नशील रहे। इसी निमित्त आपने गणपति संस्कृत महाविद्यालय, राधाकृष्ण संस्कृत उच्च विद्यालय की स्थापना की। इसके अलावा अपनी व्यापक अभिरुचियों से प्रेरित होकर आप पुराने अभिलेखों, पाण्डुलिपियाँ को एकत्र करने में, विद्वानों, साधु-संतों, साहित्यकारों के साथ संगति करने में, साधु-संतों एवं गो-सेवा करने में, हिंदी और राजस्थानी भाषा-साहित्य का प्रचार-प्रसार करने में, आयुर्वेद एवं प्राकृतिक चिकित्सा का प्रचार-प्रसार एवं विकास करने में एवं कानून की बारीकियों को जानने और समझने में लगे रहे।

आप जिन संस्थाओं से जुड़े, आपने उनकी आर्थिक स्थिति सुदृढ़ कर दी। आप एक पारखी नजर वाले व्यक्ति थे। व्यक्ति के चरित्र को एक ही नजर में भाँप लेते थे। इसी कारण आपने संस्थाओं का निर्माण कर उन्हें सदैव योग्य एवं उचित व्यक्तियों के हाथों में सौंपा। जिम्मेदारी सौंपने के बाद भी वे संस्था के मददगार के रूप में सदा उपलब्ध रहते थे। गंगा बाबू धन तथा ख्याति की लालसा से पूरी तरह मुक्त थे और 'निष्काम कर्म' के अनुपम उदाहरण थे। यही कारण है कि आपके द्वारा या आपके सहयोग से स्थापित अनेक संस्थाएँ आज भी समाज को उपयोगी सेवा दे रही हैं।

अपनी दूरदर्शिता, दृढ़ संकल्प, लगन और आत्मबल के कारण ही वे समाज के लिए इतना कुछ कर पाए। जीवन के अंतिम क्षण तक उन्होंने समाज की बेहतरी और इसके लिए कुछ करते रहने की ही सोच रखी। लंबे समय तक अनेक संस्थाओं से जुड़कर समाज सेवा कर स्वयं एक संस्था का रूप ले चुके गंगा बाबू ने 26 जून, 1987 को इस दुनिया से विदा ली। 'गंगा प्रसाद बुधिया सरस्वती विद्या मंदिर' के नाम से आपकी स्मृति में राँची के मोराबादी में एक उच्च विद्यालय की स्थापना की गई है।

□

साहित्य

डॉ. कामिल बुल्के

कामिल बुल्के हिंदी साहित्य के अनन्य विद्वान् थे। आपकी विशेषज्ञता का प्रधान क्षेत्र तुलसी-साहित्य था। तुलसी में आपकी गहरी श्रद्धा रही। हिंदी साहित्य की सेवा और उसमें आपके अमूल्य योगदान के लिए भारत सरकार ने सन् 1974 में पद्म भूषण देकर आपको सम्मानित किया।

आपका जन्म 01 सितंबर, 1909 को बेल्जियम के पश्चिम में स्थित लैंडर्स प्रांत के रम्सकपेल गाँव में हुआ था। आपके दादा गाँव के जमींदार थे, पर आपका बचपन अभाव और कठिनाइयों में बीता। बलिष्ठ शरीर वाले आपके पिता अदोल्फ स्वभाव से गंभीर, शांत, व्यावहारिक, पर सख्त थे, जबकि आपकी माँ मरिया शरीर से दुर्बल और मन से अत्यंत भावुक थीं। फादर बुल्के कहा करते थे कि मुझे पिता से बलिष्ठ शरीर और कर्मशक्ति तथा माता से भावुक हृदय और सेवाभाव मिला है। आपका बचपन लिसवेग गाँव में बीता। बुल्के एक प्रतिभाशाली छात्र थे। आपकी गिनती स्कूल के सबसे उत्तम छात्रों में होती थी। स्कूल की पढ़ाई पूरी करने के बाद आपने दो वर्ष तक यूरोप के सबसे पुराने और प्रतिष्ठित लूवेन विश्वविद्यालय में खनन इंजीनियरिंग की पढ़ाई भी की। आप पूरी लगन से अपनी पढ़ाई में जुटे हुए थे, ताकि इंजीनियर बनकर अपने माता-पिता के नयनों में पलते सपने साकार कर सकें। पर सन् 1930 में इंजीनियरिंग की पढ़ाई पूरी होते ही आपने संन्यास लेने का निर्णय ले लिया। यूरोप के अन्य देशों की तुलना में बेल्जियम कहीं अधिक धार्मिक देश है भी। फादर बुल्के के जीवन में आरंभ से ही धर्म का प्रभाव रहा। एक बार विश्वविद्यालय जाने के पहले अपने गाँव के कॉन्वेंट की मदर सुपीरियर से जब आप आशीर्वाद लेने गए, तभी उन्होंने आपसे कह दिया था, "इतनी मेहनत क्यों करते हो? तुम्हें तो संन्यासी बनना है।"

फ्लेमिशभाषी बुल्के ने अपनी धार्मिक शिक्षा के दौरान लैटिन, ग्रीक, डच, फ्रेंच, इंग्लिश और जर्मन भाषाएँ सीखीं। सन् 1933 में आई आपकी पहली दो रचनाएँ जर्मन भाषा में ही थीं। सन् 1934 में जब आपके सामने अवसर आया तो आपने धर्म-सेवा के लिए भारत आने का फैसला लिया। आपने सुना था कि आपके प्रांत के फादर लीवेंस ने भारत के आदिवासियों के बीच अमूल्य सेवाकार्य किया है और वहाँ बहुत सेवाकार्य करने की अब भी जरूरत है। वैसे भी आपके मन में भारत के प्रति

विशेष आकर्षण था। 26 वर्ष की उम्र में मिशनरीज के रूप में ईसाई धर्म का प्रचार करने आप समुद्र मार्ग से नवंबर, 1935 में भारत के बंबई शहर पहुँचे और वहाँ से आप राँची आ गए। भारत आगमन के कुछ ही महीनों के भीतर आपने यह अनुभव किया कि यहाँ की जनता की सेवा के लिए हिंदी का ज्ञान आवश्यक है। आपको यह देखकर बहुत दुःख हुआ कि यहाँ एक विदेशी भाषा अंग्रेजी का बोलबाला है और यहाँ हिंदी सहित समस्त भारतीय भाषाएँ उपेक्षित हैं। आपने निश्चय किया कि आप हिंदी को प्रतिष्ठित करने का यथासंभव प्रयास करेंगे। अतः जब जेसुइट संघ ने आपको गुमला के संत इग्नेशियस हाई स्कूल में गणित पढ़ाने के लिए भेजा, तब वहाँ आपने हिंदी का अध्ययन आरंभ कर लिया। इस दौरान आपने तुलसी को पढ़ा और उनकी कविता से अभिभूत हो उनके निष्ठावान भक्त बन गए। सन् 1938 में पूरे वर्ष भर हजारीबाग में आपने पंडित बदरीदत्त शास्त्री से हिंदी और संस्कृत सीखी। अपनी असाधारण मेधा और मेहनत के कारण आपने हिंदी और संस्कृत पर इतना अधिकार कर लिया कि आप सरलतापूर्वक पंचतंत्र, वाल्मीकि रामायण और तुलसी-साहित्य का अर्थ-निरूपण करने लगे। सन् 1939 में आप कर्सियांग (प. बंगाल) आ गए और चार वर्ष वहाँ रहकर धर्म-शिक्षा प्राप्त की। कर्सियांग में रहते हुए आपने हिब्रू और संस्कृत का ज्ञान भी प्राप्त किया और सन् 1940 में प्रयाग साहित्य सम्मेलन की विशारद परीक्षा उत्तीर्ण की। धर्मशिक्षा के अध्ययन क्रम में सन् 1941 में आपका पुरोहिताभिषेक हुआ और आप ब्रदर बुल्के से 'फादर बुल्के' बन गए। सन् 1943 में धर्म-साधना को पूर्ण करने के लिए आपने नौ महीने तमिलनाडु के कोडाइकनाल में व्यतीत किए। आपने कलकत्ता विश्वविद्यालय से संस्कृत के साथ बी.ए. किया और फिर सन् 1947 में इलाहाबाद विश्वविद्यालय से हिंदी में एम.ए. किया। इस दौरान आप महादेवी वर्मा, सुमित्रानंदन पंत, मैथिलीशरण गुप्त, माखनलाल चतुर्वेदी जैसे साहित्यकारों के संपर्क में आए। डॉ. धर्मवीर भारती तो आपके सहपाठी ही थे। सन् 1949 में आपको डी.फिल. की उपाधि भी मिल गई। सन् 1951 में आपको भारत की नागरिकता मिल गई।

'रामकथा की उत्पत्ति और विकास' पर शोध-कार्य करते हुए आप राम के चरित्र और गोस्वामी तुलसीदास की प्रतिभा और भक्ति से इतने प्रभावित हुए कि आप राम और तुलसी दोनों ही के भक्त बन गए। आपका शोध-कार्य सन् 1950 में इलाहाबाद विश्वविद्यालय की हिंदी परिषद् द्वारा प्रकाशित हुआ। इसके प्रकाशन के साथ ही फादर बुल्के की गणना भारत के हिंदी के सबसे बड़े विद्वानों में होने लगी। यह ग्रंथ आपकी विश्वव्यापी कीर्ति का आधार बन गया। इस शोध ग्रंथ की एक बड़ी

विशेषता यह है कि यह मूलतः हिंदी माध्यम में प्रस्तुत हिंदी विषय का पहला शोध-प्रबंध है। जिस समय फादर बुल्के यह शोध कर रहे थे, उस समय पूरे देश में यह नियम प्रचलित था कि सभी विषयों के शोध-प्रबंध केवल अंग्रेजी में ही प्रस्तुत किए जा सकते हैं। फादर बुल्के के लिए अंग्रेजी में शोध-प्रबंध प्रस्तुत करना सरल था, किंतु यह बात आपके हिंदी स्वाभिमान के विपरीत थी, अतः आपने आग्रह किया कि आपको हिंदी में ही शोधकार्य करने की अनुमति दी जाए। इलाहाबाद विश्वविद्यालय ने आपके आग्रह पर शोध संबंधी नियमावली में संशोधन कराया और आपको यह अनुमति दी। इसके बाद ही सभी उत्तर भारतीय विश्वविद्यालयों में आधुनिक भारतीय भाषाओं में शोध-प्रबंध प्रस्तुत करने की अनुमति दी जाने लगी। भारतीय भाषाओं के लिए यह आपका एक महत्त्वपूर्ण योगदान है।

सन् 1950 में राँची के संत जेवियर्स कॉलेज में फादर बुल्के की नियुक्ति हुई। आप सन् 1950 से सन् 1977 तक वहाँ हिंदी-संस्कृत विभागाध्यक्ष रहे। सन् 1960 तक तो आपका ज्यादा समय अध्यापन कार्य में ही बीता, पर उसके बाद आपको इससे विरक्ति होने लगी। बाद के वर्षों में भी आप प्रबंधन के अनुरोध पर विभागाध्यक्ष बने रहे और थोड़ा अध्यापन का कार्य भी करते रहे, पर आपका ज्यादा समय शोध और हिंदी सेवा में ही लगने लगा। आप सही मायने में एक साहित्य साधक थे।

आप अपनी मातृभाषा फ्लेमिश के अनन्य प्रेमी थे, इसीलिए आपने इंजीनियरिंग की पढ़ाई के दौरान फ्रेंच के सामने फ्लेमिश भाषा की उपेक्षा को समाप्त कर उसे उचित सम्मान दिलाने के लिए विश्वविद्यालय में चल रहे आंदोलन में सक्रिय रूप से भाग लिया। आपका पक्का विश्वास था कि मातृभाषा को ही शिक्षा तथा प्रशासन का माध्यम होना चाहिए। अतः सरकार द्वारा कोई अन्य भाषा थोपे जाने के आप पूर्णतया विरुद्ध था। आप मानते थे कि भाषा हमारी अस्मिता और अस्तित्व की पहचान होती है, हमारी संस्कृति की संवाहक और रक्षक होती है। उनके विचार में, "जिस देश के निवासी अपनी भाषा का आदर नहीं करते, उसकी संस्कृति मरने लगती है।" यद्यपि आप बहुभाषाविद् थे और अपनी मातृभाषा फ्लेमिश के अतिरिक्त कई अन्य भाषाओं के भी पंडित थे, किंतु सन् 1947 में हिंदी में एम.ए. करने के बाद वस्तुतः हिंदी ही आपके मन, वचन और कर्म की, आपकी आत्मा और समस्त व्यक्तित्व की भाषा बन गई थी। आपका विश्वास था कि ज्ञान-विज्ञान के किसी भी विषय की सक्षम-से-सक्षम अभिव्यक्ति हिंदी में संभव है और अंग्रेजी पर आश्रित बने रहने की धारणा निरर्थक है। यह आपका दृढ़ मत था कि जिस अनुपात में बुद्धिजीवी हिंदी

अपनाएँगे, उसी अनुपात में देश की भावात्मक एकता पक्की होगी। उनके अनुसार जब तक हिंदी को रोजगार से नहीं जोड़ा जाएगा, तब तक उसे देश में उचित स्थान नहीं मिलेगा। हिंदी के प्रचार-प्रसार में सन् 1968 में प्रकाशित आपका अंग्रेजी-हिंदी कोश एक उल्लेखनीय योगदान है। इस शब्दकोश को तैयार करते समय एक-एक शब्द के समस्त निहितार्थ बोधक शब्द जब तक नहीं मिल जाते, आपको चैन नहीं पड़ता। कोश रचना करना वैसे भी बहुत श्रम तथा धैर्य का कार्य होता है। आपकी इसी मेहनत की वजह से रामकथा की तरह आपका अंग्रेजी-हिंदी कोश भी बहुत प्रसिद्ध हुआ और यह न केवल विभिन्न राज्य सरकारों द्वारा सरकारी काम-काज का प्रामाणिक कोश बन गया, वरन् भारत सरकार के सभी कार्यालयों एवं समस्त भारतीय दूतावासों में भी आधिकारिक कोश के रूप में व्यवहृत होने लगा।

फादर बुल्के ने शोध और कोश-निर्माण के अलावा अनुवाद के क्षेत्र में भी उल्लेखनीय कार्य किया। आपके द्वारा हिंदी में अनुवादित 'न्यू टेस्टामेंट' का भी हिंदी पाठकों में अभूतपूर्व स्वागत हुआ। पर तीन वर्षों तक 'ओल्ड टेस्टामेंट' के अनुवाद पर किया गया लगभग समाप्त होने को आ चुका आपका काम आपकी मृत्यु के कारण पूर्ण न हो सका। फादर बुल्के का साहित्य बहुत विस्तृत है। आपकी छोटी-बड़ी पुस्तकों की कुल संख्या उनतीस है और शोध-निबंधों की संख्या लगभग साठ है। इसके अतिरिक्त हिंदी विश्वकोश तथा अन्य कई संपादित ग्रंथों में सम्मिलित आपके लगभग सौ छोटे-बड़े निबंध हैं तथा आपके द्वारा सुरक्षित बहुत-सी रेडियो वार्ताएँ हैं, जिन्हें आप महत्त्वपूर्ण मानते थे।

भारत आने के बाद आप जीवनपर्यंत हिंदी, तुलसी और वाल्मीकि के भक्त बने रहे। फादर बुल्के उन विदेशी पादरियों में थे, जो भारत आकर भारतीयों से भी अधिक भारतीय हो गए। आपकी मान्यता थी कि जिस देश में रहो, उसके धर्म, संस्कृति, परंपराओं का आदर करो और आपने भारत को अपनाने के बाद अपनी मान्यताओं के अनुरूप ही यहाँ अपना जीवन बिताया। आपने यहाँ की जनता के जीवन से अपने को एकाकार कर लिया था। आपको देखकर कोई भी व्यक्ति यह अनुभव कर सकता था कि संन्यास का अर्थ जीवन और जगत् का निषेध न होकर स्वत्व का निषेध है और 'स्व' का ऐसा विस्तार है, जिसमें पूरी दुनिया के लिए ममत्व भरा हुआ है। आप हमेशा यह कहते थे कि मुझे सबसे अधिक संतोष तब मिलता है, जब मैं दूसरों के लिए कुछ कर पाता हूँ। अपने समृद्ध पुस्तकालय से छात्रों, शोधार्थियों और परिचितों को पढ़ने के लिए पुस्तकें देकर आप बहुत आनंदित होते थे। आपका पुस्तकालय हिंदी-साहित्य के दुर्लभ ग्रंथों का अमूल्य भंडार था। आप प्रत्येक

आगंतुक से इतने स्नेह से मिलते थे कि वह अभिभूत हो जाता था। आपमें पूर्णता और शुद्धता का आग्रह इतना अधिक था कि आप एक-एक तथ्य की प्रामाणिकता और एक-एक प्रयोग की उपयुक्तता की जाँच पर कभी-कभी घंटों परिश्रम करते थे।

अपनी उदार दृष्टि, तप्श्चर्या और समर्पित जीवन के कारण फादर बुल्के ने भारत और पश्चिमी जगत् के भावात्मक बिंदु पर जोड़ने का महत्त्वपूर्ण कार्य किया। आप कई महत्त्वपूर्ण संस्थाओं से सक्रिय रूप में संबद्ध रहे। आप बिहार राष्ट्रभाषा परिषद्, काशी नागरी प्रचारिणी सभा और बेल्जियन रॉयल अकादमी के सम्मानित सदस्य रहे। आखिरी कुछ वर्षों में आप अस्वस्थ रहने लगे थे और अंततः इलाज के क्रम में दिल्ली में 17 अगस्त, 1982 को आपकी मृत्यु हो गई, पर आपके हिंदी-प्रेम और हिंदी में योगदान के लिए आपकी स्मृति लंबे समय तक बनी रहेगी।

□

रंगकर्म, फोटोग्राफी

सैकत चट्टोपाध्याय

फोटोग्राफी और रंगकर्म के क्षेत्र में सैकत चट्टोपाध्याय ने झारखंड को देश में एक पहचान दी है। इन्हें व्यवसाय के रूप में अपनाने वाले सैकत का कार्यक्षेत्र बहुत विस्तृत है। नाटक लेखन, निर्देशन और अभिनय के क्षेत्र में आप एक चर्चित कलाकार हैं। आपने पलामू में नाट्यविधा को स्थापित किया है, इसे निरंतरता दी है और नाट्य कलाकारों की एक पौध खड़ी कर झारखंड के नाट्य जगत् में उल्लेखनीय योगदान दिया है। इसके साथ ही फोटोग्राफर के रूप में वन्यजीव और आम जिंदगी को कैमरे में खूबसूरती से कैद करने में आप बेहद कुशल हैं। पलामू की छुपी हुई खूबसूरती को अपनी फोटोग्राफी और लघु फिल्मों के द्वारा आप दुनिया के सामने लाते रहे हैं।

सुरहीद कुमार चट्टोपाध्याय (पिता) और गीता चट्टोपाध्याय (माता) के पुत्र सैकत का जन्म 15 नवंबर, 1972 को कलकत्ता में हुआ। पुश्तैनी रूप से आप पश्चिम बंगाल के मिदनापुर के रहनेवाले हैं। आपके जन्म के बाद जल्द ही (सन् 1973 में) आपका परिवार चाईबासा आ गया और आपकी स्कूली शिक्षा वहीं हुई। सन् 1988 में आपका परिवार डाल्टनगंज चला आया, जहाँ जीएलए कॉलेज से आपने अर्थशास्त्र में बीए ऑनर्स की पढ़ाई पूरी की। सैकत बताते हैं कि आज वो जो कुछ भी हैं, उसमें आपकी माँ की अहम भूमिका रही है। आप कहते हैं कि एकमात्र पुत्र होने के बावजूद आपकी माँ ने आपको पारिवारिक उलझनों से दूर रखा और अपनी मर्जी के अनुरूप जिंदगी जीने की आपको आजादी दी।

आपको शुरू से ही कला के क्षेत्र में दिलचस्पी रही। सन् 1989 में अपनी किशोरावस्था में ही आप 'मेलोडी नाट्य संस्था' से जुड़ गए और हिंदी नाटक करने लगे। तब पुलिन मिश्रा इस संस्था के निदेशक थे, पर बाद में आपने इसकी कमान सँभाली। सन् 2013 में आपने 'मासूम आर्ट ग्रुप' के नाम से अपना एक थियेटर ग्रुप बनाया, जिसके आप निदेशक और सचिव हैं। इस ग्रुप के माध्यम से आपने नाटक को बहुत विस्तार दिया। आपका ग्रुप देश के लगभग सभी हिंदी प्रदेशों में अबतक 500 से ज्यादा नाटक का मंचन कर चुका है। आपने सामाजिक सोद्‌देश्यता से परिपूर्ण कई अच्छे नाटक लिखे हैं। आपका एक नाटक 'आप कौन चीज के डायरेक्टर हैं जी' इतना लोकप्रिय हुआ कि अकेले इसके अब तक 100 से ज्यादा

शो हो चुके हैं। आपने बच्चों की समस्या पर 'इन्हें जीने दो', युवा वर्ग के टूटते सपनों पर 'एक आशा की शवयात्रा', कलाकारों के संघर्ष पर 'घंट घोरन की नौटंकी', स्त्रियों के मुद्दे पर 'आखिर कब तक' एवं इनके अलावा जाने कहाँ से चले आते हैं लोग', 'नई रोशनी, 'फिर एक नई सुबह' जैसे कई सफल और लोकप्रिय नाटक लिखे हैं। आपने अपनी लगन और कुशलता से रंग कर्म को पलामू में एक पेशेवराना स्तर पर पहुँचाया। प्रदर्शन कला में किए गए काम की लंबी सूची आपकी उम्र को झुठलाती है। अपने हिंदी नाटकों के अलावा आपने 50 से ज्यादा नुक्कड़ नाटक और दूरदर्शन के लिए 13 नाटक लिखे हैं तथा 11 बँगला नाटकों का हिंदी में अनुवाद किया है।

आपने नक्सल समस्या पर बनी एक फीचर फिल्म 'प्रत्यावर्तन' के लिए कहानी, पटकथा और संवाद लिखे हैं। इस फिल्म की शूटिंग नेतरहाट में हुई। आपने 1 मिनट से लेकर 29 मिनट तक की लंबाई की 12 से ज्यादा शॉर्ट फिल्में बनाई हैं। आपको सुप्रसिद्ध फिल्म निर्देशक प्रकाश झा की फिल्म 'परीक्षा' के निर्माण कार्य से जुड़कर फिल्म मेकिंग में अनुभव प्राप्त करने का अमूल्य अवसर भी मिला है। 'फ्राइडे स्टोरी टेलर्स' के बैनर तले भाव धुलिए के निर्देशन में बनने वाली वेब सीरीज 'बिहार डायरीज' में आपने अभिनय किया है और इसके निर्माण में पर्दे के पीछे से भी अहम भूमिका निभाई है।

शिमला के प्रसिद्ध फिल्म व टी.वी. कलाकार तथा राष्ट्रीय नाट्य विद्यालय (एनएसडी) के स्नातक रोहिताश्व गौड़ सैकत के नाटकों की सफलता का श्रेय आपकी टाइमिंग और बॉडी लैंग्वेज को देते हैं, जो आपको दूसरे लोगों से अलग करता है। गौड़ कहते हैं कि आपका नाटक इतना सहज और सरल होता है कि दर्शक अनायास ही उससे जुड़ जाते हैं।

फोटोग्राफी के क्षेत्र में भी अपनी सिद्धहस्तता से आपने झारखंड में अपनी पहचान स्थापित की है। राज्य के कई महत्त्वपूर्ण भवनों, जैसे राँची स्थित विधानसभा, पुलिस मुख्यालय, भारतीय स्टेट बैंक के मुख्य कार्यालय वगैरह में आपके द्वारा ली गई तसवीरें लगी हुई हैं। आपकी तसवीर सीआरपीएफ के कैलेंडर में भी जगह पा चुकी हैं। फोटो प्रतियोगिताओं में पलामू से जुड़ी तसवीरों पर अब तक आप 15 से ज्यादा स्वर्ण, रजत और कांस्य पदक जीत चुके हैं। आपके द्वारा खींची हुई एक तसवीर 'क्लोज टू माय आईज' को अंतरराष्ट्रीय पुरस्कार मिल चुका है। यह तसवीर पलामू टाइगर रिजर्व के अंदर कोटाम गाँव के एक बच्चे की है। इन प्रतियोगिताओं में आपको नियमित रूप से मिल रही सफलता ने अंतरराष्ट्रीय पटल पर फोटोग्राफी

से जुड़े लोगों के बीच पलामू पर चर्चा होने लगी है। डाल्टनगंज में प्रेस फोटोग्राफी को आपने एक नई ऊँचाई दी है।

फोटोग्राफी में आपकी नई गतिविधियों के बारे में पूछने पर सैकत बताते हैं कि आपने अंतरराष्ट्रीय फोटोग्राफर मुकेश श्रीवास्तव एवं पलामू टाइगर रिजर्व के डिप्टी डायरेक्टर मुकेश कुमार के साथ मिलकर नेतरहाट में 'मिल्की वे फोटोग्राफी' की शुरुआत की है। 'मिल्की वे फोटोग्राफी' में अँधेरी रात में आसमान में सितारों की फोटोग्राफी की जाती है। ये फोटोग्राफी वहीं हो सकती है जहाँ हवा साफ हो और गहरी अँधेरी रात हो। नेतरहाट को देश में एक 'डार्क साइट' के रूप में जाना जाता है। यहाँ संभावना देखकर आपने ही 'मिल्की वे फोटोग्राफी' के लिए पहल की। इस वर्ष देश-विदेश के फोटोग्राफर्स को यहाँ इस फोटोग्राफी के लिए बुलाने की योजना है, जिससे अंतरराष्ट्रीय स्तर पर इस तरह की फोटोग्राफी के लिए उपयुक्त स्थल के रूप में नेतरहाट की एक नई पहचान बनेगी।

आपको 'झारखंड स्थापना दिवस' पर कई बार राज्य के राज्यपाल और मुख्यमंत्री द्वारा सम्मानित किया जा चुका है। रंगमंच में आपके योगदान के लिए अब तक आपको कई सम्मान और पुरस्कार प्राप्त हो चुके हैं, जिनमें युवा संगीत नाट्य अकादमी, भारतीय लोक संस्थान एवं सांस्कृतिक कार्य निदेशालय, झारखंड सरकार द्वारा रंगमंच, छायांकन, फिल्म निर्माण के क्षेत्र में अतुलनीय योगदान के लिए संयुक्त रूप से प्रदत्त 'कांति कृष्ण सम्मान' (सन् 2021), बरेली रंगमंच महोत्सव में प्राप्त 'रंगमंच विभूषण सम्मान' (सन् 2020), झारखंड कलारत्न सम्मान, झारखंड सरकार द्वारा प्रदत्त झारखंड राजकीय कला सम्मान, लोक सेवा समिति द्वारा प्रदत्त प्रतिष्ठित पुरस्कार 'झारखंड रत्न' (सन् 2013), कला संगम, गिरिडीह द्वारा प्रदत्त 'नाट्य श्री' की मानद उपाधि (सन् 2011), संस्कार भारती नाट्य केंद्र, आगरा द्वारा सन् 2016 में आयोजित राष्ट्रीय नाट्य नृत्य महोत्सव में प्राप्त 'कला मनीषी सत्यनारायण गोयल अवॉर्ड', नटरांजलि थिएटर आर्ट्स, आगरा द्वारा सन् 2019 में आयोजित अंतरराष्ट्रीय ताज रंग महोत्सव में प्राप्त 'ताज रंग श्री अवॉर्ड, बाँसुरी, मथुरा द्वारा सन् 2019 में आयोजित राष्ट्रीय नाट्य एवं नृत्य महोत्सव में प्राप्त 'चैतन्य महाप्रभु अवॉर्ड', अंग नाट्य मंच, मुंगेर द्वारा प्रदत्त 'अंग सम्मान' (सन् 2020), बृजनाट्यम आगरा द्वारा आयोजित बृज नाट्य महोत्सव (सन् 2002) में प्राप्त 'ब्रज नाट्य विभूषण' एवं पश्चिम बंग गणतांत्रिक लेखक संघ से प्राप्त सम्मान आदि प्रमुख हैं।

फोटोग्राफी और रंगमंच के अलावा आपकी चित्रकला और वाद्ययंत्र बजाने में भी दिलचस्पी रही है और आपने होमियोपैथी चिकित्सक की पढ़ाई और इसकी कुछ

वर्ष प्रैक्टिस भी की है, पर नाटक के जुनून के कारण वो सब छूट गया। झारखंड के दैनिक अखबार 'प्रभात खबर' से आप प्रेस फोटोग्राफर के रूप में जुड़े हैं और रिपोर्टिंग भी करते हैं। इस अखबार में छपी आपके द्वारा की गई कई स्टोरीज राष्ट्रीय स्तर पर चर्चित हो चुकी हैं।

सैकत अभी आजादी के अमृत महोत्सव के अवसर पर नाटक के माध्यम से पलामू के गुमनाम शहीदों को देश के सामने लाने के काम में जुटे हुए हैं। राकेश कुमार सिंह की पुस्तक 'महासंग्राम की साँझ' पर आधारित नाटक 'सोचो कि असल आजादी के नायक कौन रहे थे' का नाट्य रूपांतरण आपके द्वारा किया गया है। इस नाटक में उनकी कहानी है, जिन्होंने सन् 1857 में हुए अंग्रेजों से आजादी के पहले संघर्ष में नीलाम्बर-पीताम्बर के नेतृत्व में लड़ाई लड़ी। इस नाटक का देश के कई बड़े शहरों में मंचन करने की योजना है, जिससे पलामू के गुमनाम वीर शहीदों के बारे में पूरे देश को जानकारी मिलेगी।

□

समाज सेवा

गौरीशंकर डालमिया

श्री गौरीशंकर डालमिया का नाम आते ही एक ऐसे व्यक्ति की छवि आँखों के सामने आती है, जो देशभक्ति से ओत-प्रोत था, जिसने समाज सेवा का व्रत ले रखा था और जो जीवन भर गांधीवादी विचारधारा के आधार पर समाज को बदलने के लिए लगा रहा। आपने आजादी की लड़ाई से लेकर समाज सेवा और कुष्ठ निवारण का कार्य जिस तन्मयता और एकाग्रता से किया, वह दूसरों के लिए अनुकरणीय है।

आपका जन्म 12 नवंबर, 1910 को बिहार के मुंगेर जिला के लखीसराय कस्बे में हुआ था। आपकी शिक्षा कलकत्ता (अब कोलकाता) में हुई, जहाँ आपके पिताजी का समृद्ध व्यवसाय था। जब आप 17 वर्ष के ही थे, आपके पिताजी का देहांत हो जाने से पारिवारिक व्यवसाय का भार आपके कंधों पर आ गया।

सन् 1926 में महात्मा गांधी की प्रेरणा से आपने सार्वजनिक जीवन में प्रवेश किया तथा खादी पहनने का संकल्प लिया और इसे जीवनपर्यंत निभाया। सन् 1930 के दशक के प्रारंभिक वर्षों में महात्मा गांधी के आह्वान पर आपने पैतृक व्यवसाय का परित्याग कर संताल परगना के एक गाँव जसीडीह में रहना शुरू किया। आपने स्वतंत्रता संग्राम में सक्रिय भागीदारी की और इस क्षेत्र के एक लोकप्रिय नेता के रूप में उभरे। नमक सत्याग्रह में भाग लेने के कारण सन् 1931 में आपको जेल जाना पड़ा। सन् 1936 में आपको संताल परगना जिला कांग्रेस कमिटी का अध्यक्ष बनाया गया। आप सन् 1937 से सन् 1952 तक बिहार विधानसभा के एवं सन् 1952 से सन् 1972 तक बिहार विधान परिषद् के सदस्य रहे।

कुष्ठ निवारण के कार्य से आप जीवनपर्यंत जुड़े रहे और इस क्षेत्र में महत्त्वपूर्ण योगदान दिया। उस जमाने में जब कुष्ठ का नाम सुनकर ही लोग भयंकर कल्पना करने लगते थे और लोग कुष्ठ रोगियों के पास जाने से भी डरते थे, आपने इसके निवारण के लिए अभूतपूर्व काम किया। आपने कुष्ठ निवारण के लिए मधुपुर, पालाजोरी एवं फतेहपुर में तीन अस्पतालों की स्थापना की। आपकी देख-रेख में 40 सेवा केंद्रों तथा 3 अस्पतालों के द्वारा कुष्ठ रोगियों की सेवा होती थी। इसके परिणामस्वरूप दस हजार से ज्यादा कुष्ठ रोगी रोगमुक्त हुए। वैसे रोगी, जिनके अंग कुष्ठ रोग के कारण विकृत हो गए या गल गए, उसमें सुधार

के लिए आपने मधुपुर में रिकंसट्रक्टिव सर्जरी अस्पताल की भी स्थापना की। कुष्ठ निवारण के क्षेत्र में आपने ही सबसे पहले सर्वेक्षण, शिक्षण तथा चिकित्सा की पद्धति (एस.ई.टी.) प्रारंभ की। तब संताल परगना में 25 हजार से अधिक कुष्ठ रोगी थे। इतने रोगियों को अस्पताल या कालोनियाँ में रखकर उनके लिए भोजन, आवास और चिकित्सा की व्यवस्था करना बहुत ही खर्चीला और दुरूह कार्य था। इसके अलावा यह भी देखा जाता था कि जिन रोगियों के लिए ऐसी व्यवस्था हो जाती थी, उनका अपने परिवारों से हमेशा के लिए संपर्क खत्म हो जाता था। ऐसे रोगी, जिनका कुष्ठ रोग ठीक हो जाता था, उन्हें भी उनके परिवार के सदस्य परिवार में वापस लेने से इनकार कर देते थे। इसे ही ध्यान में रखकर मंडल ने अपने गंभीर तथा निरंतर चिंतन से कुष्ठ रोगियों के घरों में ही दवा पहुँचाकर उनकी चिकित्सा करने की पद्धति अपनाई। मंडल द्वारा किए जा रहे कुष्ठ निवारण के कार्य और अपनाई गई पद्धति का निरीक्षण करने के उपरांत तब के प्रख्यात कुष्ठ विशेषज्ञ डॉ. वाडेकर ने लिखा था, "वैज्ञानिक दुनिया इस योजना को उत्सुकतापूर्वक देख रही है। यदि यह तरीका इस क्षेत्र में कुष्ठ रोग पर रोक लगा सका, तो इसी तरीके पर हम लोगों की सारी योजनाएँ बनेंगी।" और इसकी सफलता से प्रेरित होकर बाद में भारत सरकार भी इसी एस.ई.टी. योजना को कुष्ठ निरोध के कार्य में अपनाने लगी।

प्राकृतिक चिकित्सा और आयुर्वेद पर आपकी गहरी निष्ठा थी। देवघर जिले के बाघमारा में स्थित 'प्राकृतिक चिकित्सा केंद्र' का आपने सफल संचालन किया। इस केंद्र में समूचे भारतवर्ष से रोगी प्राकृतिक चिकित्सा के लिए आते थे।

आपने अपना जीवन संताल परगना के पिछड़े क्षेत्र के 6 जिलों के आदिवासियों, दलितों, विशेषकर पहाड़िया जनजाति के उत्थान के लिए समर्पित कर दिया था। पहाड़िया पहाड़ों के ऊपर ही रहते थे और इसी कारण 'पहाड़िया' कहलाते थे। उन लोगों को शिक्षित करने के लिए उन लोगों के बीच पहाड़ पर ही 30 प्राथमिक स्कूल एवं उन लोगों की चिकित्सा के लिए पहाड़ों के नीचे दो चिकित्सा केंद्र स्थापित किए गए। इसके अलावा अन्य स्थानों पर 10 और चिकित्सा केंद्र अन्य आदिवासियों की सेवा के लिए बने। आदिवासियों की शिक्षा के लिए 200 से अधिक प्राइमरी स्कूल तथा रात्रि पाठशालाएँ भी शुरू की गईं। 3 उच्च विद्यालय, 4 मध्य विद्यालय तथा 4 छात्रावास भी स्थापित हुए। इसके अतिरिक्त 24 बालबाड़ियाँ तथा शिशु पालन केंद्र भी चलाए जाते थे। आपने विकलांग बच्चों की सेवा तथा पुनर्वास के लिए भी महत्त्वपूर्ण कार्य किया।

संताल भाषा की तब कोई लिपि नहीं थी। ईसाई मिशनरियाँ रोमन लिपि को संताल भाषा की लिपि के रूप में प्रचारित कर मान्यता दिलाने का प्रयास कर रही थीं। परंतु डालमिया जी के प्रयासों के कारण ही सरकार ने नागरी लिपि को संताल भाषा की लिपि के रूप में मान्यता दी, जिसके परिणामस्वरूप अब प्राथमिक से लेकर विश्वविद्यालय स्तर तक नागरी लिपि में संताल भाषा की पढ़ाई होती है। आपने नागरी लिपि में संताल भाषा की अनेक पुस्तकों का प्रकाशन कराया। पत्रकारिता के क्षेत्र में आपकी गहरी रुचि थी। आपने लगभग दो दशकों तक हिंदी में 'प्रकाश' तथा अंग्रेजी में 'दि स्पार्क' साप्ताहिक पत्रों का प्रकाशन किया।

आपके काम और समर्पण को देखकर बिहार सरकार ने आपको बिहार राज्य कुष्ठ नियंत्रण बोर्ड का अध्यक्ष बनाया। आप अखिल भारतीय संस्था 'नेशनल लेप्रोसी ऑर्गेनाइजेशन', वर्धा के संस्थापक अध्यक्ष थे और इस संस्था के सन् 1963 से 13 वर्षों तक अध्यक्ष रहे। आप 'हिंद कुष्ठ निवारण संघ' से भी जुड़े रहे। बिहार सरकार द्वारा आपको राज्य प्राकृतिक चिकित्सा परिषद् के अध्यक्ष पद का दायित्व भी सौंपा गया। इसके अलावा आप 'अखिल भारतीय आदिम जाति सेवा संघ' एवं 'भारतीय रेडक्रास सोसाइटी' से भी सक्रिय रूप से जुड़े रहे।

आप अनेक सामाजिक, व्यावसायिक, शैक्षणिक संस्थाओं से जुड़े रहे और इनमें से कुछ की स्थापना में आपने महत्त्वपूर्ण भूमिका निभाई। आपने व्यवसायी वर्ग का भी नेतृत्व किया। भारतीय वाणिज्य मंडल, दिल्ली और इंडियन एंप्लायर्स एसोसिएशन, दिल्ली की कार्यकारिणी समिति के आप सदस्य रहे। आप 13 वर्षों तक बिहार इंडस्ट्रीज एसोसिएशन, पटना तथा दो सत्रों (चार वर्षों) तक बिहार चैंबर ऑफ कॉमर्स, पटना के अध्यक्ष रहे। आप साउथ बिहार चैंबर ऑफ कॉमर्स के संस्थापक अध्यक्ष थे और करीब 20 वर्षों तक इसके अध्यक्ष रहे। आप दो सत्रों तक बिहार राज्य वित्तीय निगम तथा बिहार राज्य औद्योगिक विकास निगम के निदेशक रहे। आप कई कंपनियों के अध्यक्ष तथा निदेशक रहे। इसके अतिरिक्त आप अनेक सामाजिक तथा शैक्षणिक संस्थाओं से जुड़े रहे। आप भागलपुर विश्वविद्यालय की सीनेट के सदस्य रहे। आप बिहार प्रांतीय मारवाड़ी सम्मेलन के तीन सत्रों तक अध्यक्ष रहे।

आप 'संताल पहाड़िया सेवा मंडल', देवघर के संस्थापक महामंत्री थे। इस संस्था की स्थापना सन् 1936 में हुई थी। जन सेवा के क्षेत्र में 'सेवा मंडल' देश की अग्रणी संस्था के रूप में विख्यात हुई। इस संस्था को माननीय प्रधानमंत्री जी की उपस्थिति में महामहिम राष्ट्रपति जी से नेशनल अवॉर्ड मिला एवं दो

बार इसे फिक्की अवॉर्ड भी मिला। आप मृत्युपर्यंत इस संस्था के महामंत्री रहे।

15 जून, 1988 को कलकत्ता में इलाज के क्रम में आपका निधन हो गया। आपने अपने जीते-जी सरकार द्वारा दी जाने वाली स्वतंत्रता सेनानी की पेंशन, ताम्रपत्र आदि लेना स्वीकार नहीं किया। आपकी मृत्यु के बाद केंद्र सरकार ने आपकी विधवा पत्नी श्रीमती कपूरी देवी को बगैर उनके आवेदन के ही स्वतंत्रता सेनानी की पेंशन और सम्मान-पत्र दिया। भारत सरकार के डाक विभाग ने समाजसेवी के रूप में आपको याद करते हुए आपकी स्मृति में 12 नवंबर, 2009 को एक डाक टिकट जारी किया।

□

राजनीति

रघुबर दास

टाटा स्टील के कर्मचारी से झारखंड के मुख्यमंत्री बनने तक का रघुबर दास का सियासी सफर भारतीय लोकतंत्र की खूबसूरती और मजबूती की एक शानदार मिसाल है। रघुबर दास भारतीय जनता पार्टी के नेता हैं, जो झारखंड के छठे और पहले गैर-आदिवासी मुख्यमंत्री हुए। झारखंड बनने के बाद रघुबर दास प्रदेश के ऐसे पहले मुख्यमंत्री हुए, जिन्होंने राज्य को एक स्थिर सरकार दी और पाँच साल का अपना कार्यकाल पूरा किया। झारखंड के अस्थिरता भरे राजनीतिक माहौल और सामाजिक परिस्थितियों की पृष्ठभूमि में आपका राज्य के सर्वोच्च निर्वाचित पद (मुख्यमंत्री) पर पहुँचना और अपना कार्यकाल पूरा करना, यह जनता के बीच आपकी पकड़, राज्य के सामने खड़ी चुनौतियों की समझ और राजनैतिक कौशल का परिचायक है। आपका कार्यकाल 28 दिसंबर, 2014 से 29 दिसंबर, 2019 तक रहा। रघुबर दास लोकनायक जयप्रकाश नारायण को अपना आदर्श मानते हैं।

आपका जन्म 3 मई, 1955 को मध्य प्रदेश (अब छत्तीसगढ़) के राजनांदगाँव में एक बहुत ही साधारण परिवार में हुआ। आपके जन्म के बाद आपका परिवार रोजगार के सिलसिले में झारखंड (तब बिहार) के जमशेदपुर में आकर बस गया। आपने अपना बचपन बहुत अभावों में गुजारा। आपके पिता चमन राम एक स्टील कंपनी में मजदूर थे। आपकी पढ़ाई जमशेदपुर में हुई। आपकी प्रारंभिक शिक्षा भालूबासा हरिजन विद्यालय में हुई। यहीं से आपने मैट्रिक की परीक्षा पास की। इसके बाद आपने जमशेदपुर को-ऑपरेटिव कॉलेज से बीएससी और उसके बाद वकालत की पढ़ाई पूरी की। आपने जमशेदपुर की टाटा स्टील रोलिंग मिल में मजदूर के रूप में अपने कॅरियर की शुरुआत की। थोड़े समय के बाद ही आप नौकरी छोड़कर पूरी तरह राजनीति में सक्रिय हो गए।

कॉलेज के जमाने से ही आपका राजनीति की ओर रुझान हो गया। सन् 1974 के छात्र आंदोलन के समय आप समाजवादी छात्र संगठनों के संपर्क में आए। जब जेपी ने 'संपूर्ण क्रांति' आंदोलन का बिगुल फूँका, तो आप भी इसमें कूद पड़े और इस क्रम में आपकी गिरफ्तारी हुई और आपको गया जेल में रहना पड़ा। आपातकाल के दौरान आपको एक बार फिर जेल जाना पड़ा। सन् 1977 में आप जनता पार्टी

से जुड़ गए। सन् 1980 में जब भारतीय जनता पार्टी बनी तो आप इसके संस्थापक सदस्यों में से एक रहे। आप दो बार भाजपा के झारखंड प्रदेश अध्यक्ष रह चुके हैं। वर्तमान में आप भाजपा के राष्ट्रीय उपाध्यक्ष हैं।

जमशेदपुर पूर्वी क्षेत्र से सन् 1995 में पहली बार विधायक चुने जाने के बाद उस क्षेत्र से आप सन् 2014 तक लगातार चुनाव जीतते रहे और पाँच बार विधायक बने। सन् 2000 में झारखंड राज्य बनने के बाद आपने प्रदेश की कई सरकारों में विभिन्न विभागों के मंत्री के रूप में काम किया। आप प्रदेश की पहली बाबूलाल मरांडी सरकार में श्रम एवं नियोजन मंत्री (2000-2003), फिर अर्जुन मुंडा सरकार में भवन निर्माण मंत्री (2003-2004), वित्त, वाणिज्य और नगर विकास मंत्री (2005-2006), शिबू सोरेन सरकार में वित्त, वाणिज्य-कर, ऊर्जा, नगर विकास, आवास और संसदीय-कार्य मंत्री (2009-10) रहे। मुख्यमंत्री बनने के पहले आपको शिबू सोरेन के मुख्यमंत्रित्व में झारखंड के उप-मुख्यमंत्री, (2009-10) के रूप में कार्य करने का भी अवसर मिला।

मुख्यमंत्री के रूप में अपने कार्यकाल में झारखंड को देश के अग्रणी राज्यों की श्रेणी में ले जाने के लिए आपने कई बड़े कदम उठाए। आपने तत्कालीन केंद्र सरकार के 'नया भारत' के नारे के अनुरूप झारखंड के लिए नारा दिया—'न्यू इंडिया, नया झारखंड'। झारखंड में नया निवेश लाने के उद्देश्य से आपने सन् 2017 में 'मोमेंटम झारखंड' के नाम से राँची में निवेशकों का एक भव्य सम्मेलन आयोजित किया, जिसमें रतन टाटा, कुमार मंगलम बिरला सहित देश-दुनिया के कई बड़े उद्योगपतियों ने भाग लिया। इस आयोजन में 3.10 लाख करोड़ के प्रस्तावों पर एम.ओ.यू. हुए, जिनके धरातल पर आने पर 2 लाख लोगों तक के लिए रोजगार सृजन होने की उम्मीद जगी। आपके कार्यकाल में झारखंड की विकास दर 8.6 प्रतिशत तक पहुँच गई, जो तब गुजरात के बाद देश में दूसरे नंबर पर थी। इस दौरान राज्य में राष्ट्रीय औसत की तुलना में प्रति व्यक्ति आय में भी वृद्धि की दर तेज रही।

सरकार में स्थानीय लोगों की नियुक्तियों का रास्ता साफ करने के लिए आपने झारखंड की 14 वर्षों से लटकी हुई स्थानीयता नीति की घोषणा करने का साहसिक कदम उठाया। झारखंड में लगातार गहराते जा रहे जल संकट से निपटने के लिए आप राज्य में दो लाख डोभा बनाने की योजना लेकर आए ताकि वर्षा के जल का संचय हो सके और भूगर्भ-जल का स्तर में सुधार लाया जा सके। आपके कार्यकाल में स्वच्छ भारत मिशन के तहत अपने लक्ष्य से एक वर्ष पूर्व सन् 2018 में ही झारखंड 'खुले में शौच से मुक्त राज्य' घोषित हुआ। झारखंड के ग्रामीण इलाकों

में इस दौरान 35.47 लाख शौचालयों का निर्माण किया गया। आपकी सरकार ने दावा किया कि आपके पहले झारखंड में सिर्फ 16.25 प्रतिशत घरों में ही शौचालय की सुविधा थी, जिसे इस अभियान के क्रम में 100 प्रतिशत घरों तक उपलब्ध करा दिया गया।

आपने सदैव झारखंड से गरीबी खत्म करने और किसी को बेघर नहीं रहने देने के कार्यक्रमों पर जोर दिया। झारखंड के हर घर तक बिजली पहुँचाने के लक्ष्य पर भी आप गंभीर रहे। झारखंड में आम नागरिकों की शिकायतों के समाधान के लिए आपने अपनी सरकार को जनता से सीधे जोड़ने की पहल की। इसके लिए आपके द्वारा शुरू किया गया 'मुख्यमंत्री जनसंवाद केंद्र' जनता के बीच बेहद लोकप्रिय हुआ और भारी तादाद में राज्य के लोगों ने इस सुविधा का उपयोग किया। इस योजना के तहत प्रत्येक माह के आखिरी मंगलवार को मुख्यमंत्री रघुबर दास स्वयं 'सीधी बात' कार्यक्रम के माध्यम से जनता से रू-ब-रू होते थे। आप अपने इरादों में कितने कामयाब हो सके, इस पर बहस हो सकती है, पर यह बात तो दिखती है कि अपनी समझ के अनुसार आपने सदा झारखंड को आगे बढ़ाने की कोशिश की और इस दिशा में काम करते रहे।

आपकी पत्नी का नाम रुक्मिणी देवी है और आपकी दो संतान, एक पुत्र और एक पुत्री हैं। आपने झारखंड के विकास को गति देने के लिए अमेरिका, चीन, इंग्लैंड, सिंगापुर सहित कई देशों की यात्रा की हैं। साहित्य में रुचि रखने वाले रघुबर दास रामधारी सिंह दिनकर को पसंद करते हैं। आप बेहद सरल जीवन जीने के आदी हैं और अनुशासन के पक्के हैं। सन् 2019 के विधानसभा चुनाव में सफल न होने के बावजूद प्रदेश की राजनीति में आपका एक अहम किरदार है और आप इसे निभाने में पूरी तरह सक्रिय हैं।

□

शोध कार्य

सुभाशीष दास

सुभाशीष दास एक शिक्षाविद्, लेखक और स्वतंत्र मेगालिथिक शोधकर्ता हैं। झारखंड के 'स्टोन मैन' के रूप में जाने जाने वाले सुभाशीष दास ने झारखंड के कई जिलों में असंख्य प्राचीन मेगालिथ स्थलों की खोज की है।

सुभाशीष दास का जन्म 16 जुलाई, 1956 को आसाम राज्य के डिब्रूगढ़ शहर में अपने ननिहाल में हुआ। देश की आजादी के पूर्व आपके दादा अश्विनी कुमार दास ढाका (तब भारत में) के एक सुप्रसिद्ध स्वतंत्रता सेनानी थे। वहाँ उनकी एक प्रिंटिंग प्रेस थी, जिसमें क्रांतिकारियों की प्रतिबंधित सामग्री छापने के कारण उन्हें कई बार जेल जाना पड़ा और जेल में ही उनकी मृत्यु हुई। आपके पिता सुख रंजन दास भारतीय भूवैज्ञानिक सर्वेक्षण में अधिकारी थे और इसी सेवा के क्रम में उनका सन् 1963 में हजारीबाग आना हुआ, जहाँ अंततः वे बस गए। सुभाशीष दास की प्रारंभिक शिक्षा हजारीबाग के सेंट जेवियर्स स्कूल में हुई। आपने हजारीबाग के ही सेंट कोलंबस कॉलेज से इतिहास में स्नातक की पढ़ाई पूरी करने के बाद अन्नामलाई विश्वविद्यालय से बीएड किया। इसके बाद आपने लगभग 25 वर्षों तक मल्टीनेशनल कंपनियों के लिए मार्केटिंग के क्षेत्र में काम किया।

यद्यपि सुभाशीष दास की पहले मेगालिथ में कोई दिलचस्पी नहीं थी, पर सामान्य इतिहास, प्राचीन जातियों और सभ्यताओं, भारतीय जनजातियों और उनकी प्राचीन मान्यताओं में आपकी काफी दिलचस्पी थी। पर आपकी पत्नी बुबु सरकार (दास) को हजारीबाग के पास जाबरा रोड में अचानक एक डोलमेन मिल जाने के बाद मेगालिथ में आपकी तीव्र रुचि पैदा हो गई। इसके बाद तो आपने अपनी नौकरी ही छोड़ दी और मेगालिध अन्वेषक बन गए। इसी के साथ-साथ पहले 10 वर्ष तक एक उच्च विद्यालय में प्राचार्य के रूप में काम करने के बाद आप इस काम में पूर्णकालिक रूप से लग गए।

सुभाशीष दास ने सन् 2000 में हजारीबाग से लगभग 17 कि.मी. दूर पंकरी बरवाडीह में इक्वीनॉक्स स्थल की खोज की। पंकरी बरवाडीह में इक्वीनॉक्स अलाइनमेंट की आपकी यह खोज पूरे देश में 'इक्वीनॉक्स सूर्योदय' देखने का एकमात्र प्रागैतिहासिक कॉम्प्लेक्स है। ऐतिहासिक के अलावा पंकरी बरवाडीह स्थल की खोज का महत्त्व खगोलीय और गणितीय दृष्टि से इसलिए बहुत ज्यादा

है कि यह हजारों वर्ष पूर्व इसे सही इक्वीनॉक्स अलाइनमेंट में खड़ा करने वालों के खगोलीय ज्ञान, गणितीय गणना की योग्यता और वर्षों तक किए गए प्रयास का साक्ष्य है। आजकल इक्विनॉक्स दिवसों, 20/21 मार्च और 22/23 सितंबर, जिन दो दिनों में रात और दिन की लंबाई बराबर होती है, आपके द्वारा खोजे गए दोनों मेगालिथों के बीच से होते सूर्योदय को देखने पंकरी बरवाडीह के इस इक्वीनॉक्स स्थल पर देश-विदेश से आए सैंकड़ों लोग जमा होते हैं। यह आपके द्वारा किए गए प्रयास और प्रचार का ही प्रतिफल है कि झारखंड के मेगालिथ स्थल अब पर्यटक स्थल के रूप में स्थापित हो गए हैं। पंकरी बरवाडीह के अलावा आपने हजारीबाग के चानो, बिरबिर, जाबरा रोड, चतरा के पत्थलगडा, लोहरदगा के भंडरा जैसे कई स्थानों पर भी मेगालिथ्स की खोज की है।

आप राँची से लगभग 70 कि.मी. की दूरी पर बुंडू के पास स्थित चोकाहातु के 2500 वर्षों से ज्यादा समय से लगातार उपयोग में रहे विशाल मेगालिथिक कब्रिस्तानों को ऑनलाइन अभियान के द्वारा 'वर्ल्ड हैरिटेज साइट' के रूप में मान्यता दिलाने की कोशिश में लगे हैं, जिसमें सफलता झारखंड के लिए गर्व की बात होगी। इसके अलावा आपकी कोशिश है कि राज्य सरकार चाईबासा को 'मेगालिथिक हैरिटेज टाउन' के रूप में मान्यता दे, जो संभवत: पूरे विश्व में मेगालिथ की सर्वाधिक बहुलता वाला स्थान है। आपके प्रयास से ही झारखंड मेगालिथ के मामले में विश्व के नक्शे पर स्थापित हो पाया है और दरअसल झारखंड विश्व के उन चंद गिने-चुने स्थानों में से एक हैं, जहाँ हजारों साल से चली आ रही मेगालिथ खड़ा करने की परंपरा अब भी जारी है। सुभाशीष दास बताते हैं कि विश्व के अलग-अलग कुछ स्थानों में हजारों साल पहले खड़े किए गए इन मेगालिथों में जो एकरूपता है, वह इन विभिन्न स्थलों में तब विकसित हुई सभ्यता के बीच संबंध की ओर इंगित करता है और यह इसलिए आश्चर्यजनक है कि तब परिवहन के आज जैसे न तो तेज साधन थे और न ही उतनी दूरी के लोगों के बीच संबंध स्थापित होना आसान था।

देश-विदेश के अनेक जर्नल्स में आपके काफी शोध-प्रकाशित हो चुके हैं और यह सिलसिला जारी है। आपने कई पुस्तकें भी लिखी हैं। आपकी पहली पुस्तक 'इन क्वेस्ट ऑफ द मेगालिथ' सन् 2003 में आई, जिसे इंटैक, हजारीबाग ने प्रकाशित किया। आपकी दूसरी पुस्तक 'सेक्रेड स्टोंस इन इंडियन सिविलाइजेशन (विथ स्पेशल रेफरेंस टु मेगालिथ्स), जो झारखंड में मेगालिथों के विवरण संबंधी झारखंड में छपी इस तरह की पहली पुस्तक है, सन् 2009 में आई, जिसे कात्रेरी बुक्स, नई दिल्ली ने प्रकाशित किया। उसके बाद आपकी पुस्तक 'अननोन सिविलाइजेशन

ऑफ प्रिहिस्टोरिक इंडिया' सन् 2014 में कावेरी बुक्स, नई दिल्ली द्वारा ही प्रकाशित हुई। इसके बाद निरोगी बुक्स ने सन् 2018 में आपकी पुस्तक 'द आर्कियोएस्ट्रोनॉमी ऑफ ए फियू मेगालिथिक साइट्स ऑफ झारखंड' प्रकाशित हुई। सन् 2020 में 'आउटलुक ट्रैवलॉग गेटवेज पुस्तक माला' में आपकी पुस्तिका 'लास्ट हैरिटेज ऑफ झारखंड इंक्लुडिंग मेगालिथ्स' छपी। इन पुस्तकों की राष्ट्रीय, अंतरराष्ट्रीय मंचों पर बहुत प्रशंसा हुई।

सुभाशीष दास ने सन् 2010 में 'मेगालिथ्स इन इंडिया' वेबसाइट बनाई, जो अपने तरह की भारत में एकमात्र वेबसाइट है। झारखंड के मेगालिथों को दुनिया में लोकप्रिय बनाने के आपके प्रयास को पहली सफलता सन् 2014 में मिली, जब स्पेन में बुर्गोस विश्वविद्यालय द्वारा आयोजित 'वर्ल्ड कॉन्फ्रेंस ऑफ प्रि हिस्ट्री' में आपको इनके बारे में बोलने के लिए बुलाया गया। इसके बाद आपको जापान के क्योटो में आयोजित 'वर्ल्ड आर्कियोलॉजी कॉन्फ्रेंस' में भी मेगालिथ के विषय पर संबोधित करने का अवसर मिला। झारखंड में मेगालिथों की खोजों और अनुसंधान पर भारत में भी आपकी कई वार्ताएँ आयोजित हो चुकी हैं। आपकी खोजों और अनुसंधान पर कई डॉक्युमेंट्रीज बनी हैं, जिन्हें नेशनल ज्योग्राफिक एवं दूरदर्शन पर प्रसारित किया गया है। झारखंड सरकार ने मेगालिथ पर आपके शोध को इतिहास विषय की पुस्तकों में पाठ्यक्रम का हिस्सा बनाया है।

सुभाशीष दास को संगीत से बहुत लगाव है। आप गिटार बजाते हैं और अंग्रेजी, हिंदी, बांग्ला गीतों के साथ-साथ रवींद्र संगीत गाने में आपको आनंद आता है। आप समय मिलने पर कविताएँ, लघुकथाएँ लिखते हैं और स्केचिंग करते हैं। आजकल बौद्ध धर्म के अध्ययन में आप गहरी रुचि ले रहे हैं। आपका पहला ऐतिहासिक उपन्यास 'द वेंजिएंश' (अंग्रेजी में) बुद्धकाल पर ही आधारित है। बातचीत में आप झारखंड में रख-रखाव के अभाव और इसके महत्त्व के प्रति सरकारी उदासीनता के कारण मेगालिथिक स्थलों के धीरे-धीरे समाप्त होने पर चिंता व्यक्त करते हुए कहते हैं कि झारखंड की यह अनमोल विरासत नहीं बच पाई तो यह बहुत दुर्भाग्यपूर्ण बात होगी।

आपको सन् 2019 में भारत के उपराष्ट्रपति श्री वेंकैया नायडू के हाथों 'झारखंड गौरव सम्मान' प्राप्त हुआ, जिसे 'प्रभात खबर' द्वारा आयोजित किया गया था।

□

चिकित्सा

डॉ. आर.बी. डेविस

डॉ. डेविस भारत में आधुनिक मनोचिकित्सा की राह बनानेवालों में से एक थे। आपका पूरा नाम रॉबर्ट ब्रोकलेस्बी डेविस था। आपका जन्म 27 दिसंबर, 1911 को अमृतसर में हुआ था। रॉबर्ट अपने परिवार की पाँचवीं पीढ़ी के सदस्य थे, जिसका भारत से जुड़ाव रहा। आप अपने अंग्रेज माता-पिता की आठ संतानों में सबसे बड़े थे। आपके पिता डॉ. जॉर्ज बी. डेविस, एक मिशनरी डॉक्टर थे और उनकी माँ, लूसी डेविस एक स्कूल टीचर थीं। आपके बचपन के पहले 8 साल अमृतसर में ही बीते। सन् 1919 में जलियाँवाला बाग हत्याकांड से लोगों में अंग्रेजों के खिलाफ बहुत रोष पैदा हो गया था। आपके पिता के सिख मरीजों ने जब उन्हें समझाया कि ऐसे माहौल में उनका भारत छोड़ना ही बेहतर होगा, तब उन्होंने अचानक ही निर्णय लेकर भारत छोड़ दिया। आपका परिवार तब इंग्लैंड जाकर कैम्ब्रिज के निकट एली में बस गया। रॉबर्ट ने पहले स्टोव में स्कूली शिक्षा और फिर कैम्ब्रिज से सन् 1932 में बीए की पढ़ाई पूरी की। बीए में आपके विषय थे—अनाटॉमी, फिजियोलॉजी और सायकोलॉजी। इसके बाद आपने लंदन हॉस्पिटल में क्लिनिकल ट्रेनिंग ली। ये वो समय था, जब कैम्ब्रिज दुनिया में हो रहे महान् आविष्कारों के केंद्र में था। आपने अपनी एमबीबीएस की पढ़ाई सन् 1936 में कैम्ब्रिज से पूरी की, जिसमें आपको क्लिनिकल सर्जरी और मेडिसिन में मेडल के साथ डिग्री प्रदान की गई। अपने कॉलेज के दिनों में आपको पेनिसिलिन के आविष्कर्ता अलेक्जेंडर फ्लेमिंग से परिचय होने का सौभाग्य प्राप्त हुआ।

भारत के साथ अपने पुराने संबंध और बचपन की मधुर यादों के कारण आपने अपनी मेडिकल सेवाएँ भारत को देने का निर्णय लिया और सन् 1937 में इंडियन मेडिकल सर्विस से जुड़ गए। आपको सबसे पहले रावलपिंडी में पदस्थापित किया गया। मनश्चिकित्सा में आपकी रुचि के चलते आपको नॉर्दर्न कमांड के साथ चार साल (सन् 1938-सन् 1942) मनश्चिकित्सा विशेषज्ञ के रूप में काम करने का अवसर मिला। द्वितीय विश्वयुद्ध के दौरान आपने ब्रिटिश इंडियन आर्मी ज्वॉइन कर ली और एक पैराशूट ब्रिगेड के प्रभारी मेडिकल अफसर बने। आपके द्वारा नागालैंड के जंगलों में से कई घायल सैनिकों को जापानियों की गोलीबारी के बीच से सफलतापूर्वक बचाकर निकालने के

अभियान का नेतृत्व करने पर ब्रिटेन की महारानी एलिजाबेथ द्वारा आपको 'डिस्टिंग्विस्ड सर्विस ऑर्डर' (डीएसओ) प्रदान किया गया।

विश्वयुद्ध की समाप्ति के बाद सन् 1946 में आपको राँची के यूरोपियन मेंटल हॉस्पिटल (जो अब सेंट्रल इंस्टिट्यूट ऑफ साइकिएट्री के नाम से जाना जाता है) में मेडिकल सुपरिंटेंडेंट के रूप में नियुक्ति मिली। इस अस्पताल को तब पूरे भारत में मनश्चिकित्सा के लिए भारत के प्रमुख केंद्र के रूप में जो प्रसिद्धि मिली, उसका श्रेय डॉ. डेविस को ही जाता है। भारत में चिकित्सा के लिए ई.ई.जी. का प्रयोग आप ही की देन है। सैनिक अस्पताल के सैन्य डॉक्टरों के साथ राँची में पहली न्यूरोसर्जरी आपने की। इसके अतिरिक्त आपने ही पहली बार मोडिफाइड ईसीटी एवं इंसुलिन कोमा ट्रीटमेंट की शुरुआत की। आपने उपलब्ध होते ही नई दवाओं का परीक्षण किया। वहाँ आपने पैथोलॉजी एवं रेडियोलॉजी भी शुरू की। आपने अस्पताल को आधुनिक बनाया।

पढ़ाने में आपकी गहरी अभिरुचि थी। आप पोस्ट ग्रेजुएट विद्यार्थियों को पढ़ाया करते थे। उस समय के अनेक अग्रणी मनोचिकित्सकों ने आपके अधीन ट्रेनिंग ली। आपके प्रयासों से ही ऑब्रे लेविस, विलियम सार्जेंट सहित दुनिया के कई सर्वाधिक नामी-गिरामी मनोचिकित्सक राँची आए। इसी दौरान नियमित रूप से छुट्टियों में इंग्लैंड जाकर और मौडस्ले अस्पताल एवं इंस्टिट्यूट ऑफ न्यूरोलॉजी, क्वींस स्क्वायर में काम कर लंदन से आपने डीपीए की डिग्री हासिल की।

भारत के अन्य वरिष्ठ मनोचिकित्सकों के साथ मिलकर सन् 1947 में आपने 'इंडियन साइकेट्रिक सोसाइटी' की स्थापना की। आप इस सोसाइटी के संस्थापक सचिव बने और सन् 1954 तक बने रहे, जब आपको इस सोसाइटी का अध्यक्ष चुन लिया गया। आप नियमित रूप से अपने अंत समय तक इसके सभी राष्ट्रीय अधिवेशनों में सम्मिलित होते रहे। आप नियमित रूप से इसके अंतरराष्ट्रीय अधिवेशनों में भी शामिल होते रहे। आप कई अंतरराष्ट्रीय संगठनों के सदस्य थे। आप कई वर्षों तक यूपीएससी के सदस्य रहे। सन् 1949 में आपने देश के दूसरे प्रख्यात मनोचिकित्सकों के साथ मिलकर भारत सरकार के पहले मेंटल हेल्थ एक्ट के प्रस्ताव का ड्राफ्ट तैयार किया। आपने इपिडोमोलॉजी ऑफ साइकिएट्रिक डिस्ऑर्डर्स, सीजोफ्रेनिया, मेजर डिप्रेशन, केटाटोनिया और कैनाबिस साइकोसिस पर रिसर्च का काम किया। कई राष्ट्रीय और अंतरराष्ट्रीय जर्नल्स में आपके अनेक पेपर्स प्रकाशित हुए।

यूरोपियन मेंटल हॉस्पिटल से सन् 1955 में इस्तीफा देने के बाद आपने वहीं मैट्रन के पद पर कार्यरत एक मलयालम, नर्स अलेयम्मा ईपन से शादी कर ली। वे पहली भारतीय नर्स थीं, जिन्हें साइकिएट्रिक नर्सिंग में ट्रेनिंग के लिए मौडस्ले अस्पताल, लंदन भेजा गया। सन् 1955 में ही दोनों ने मिलकर राँची के काँके में ही 'किशोर नर्सिंग होम' के नाम से अस्पताल शुरू किया, जो अब 'डेविस इंस्टिट्यूट ऑफ साइकिएट्री' के नाम से जाना जाता है। डॉ. डेविस और मिसेज डेविस की लगन और मेहनत के कारण यह देश का सर्वाधिक जाना-माना प्राइवेट साइकिएट्रिक अस्पताल बन गया। इस अस्पताल में उपचार से हजारों मरीज मनोरोगों से ठीक होकर सामान्य जीवन जीने लायक हुए। हर सप्ताह कलकत्ते जाकर आप वहाँ भी साइकिएट्रिक रोगियों को देखते थे।

डॉ. डेविस ने सन् 1948 में भारत की नागरिकता ले ली। आप महात्मा गांधी के बड़े प्रशंसक थे। पब्लिक सेक्टर पर जोर देने की उनकी नीति से असहमति जताते हुए भारत के पहले प्रधानमंत्री पं. नेहरू को आपने कई पत्र लिखे। साइकिएट्री के अलावा आपकी कई अन्य अभिरुचियाँ भी थीं। आप मदर टेरेसा के साथ जुड़े हुए थे। कलकत्ता में 'अंतरा' और 'आशा निकेतन' शुरू करने में आपकी भागीदारी थी। आपकी बागवानी, खेती, अंग्रेजी साहित्य, पाश्चात्य शास्त्रीय संगीत और कई अन्य चीजों में दिलचस्पी थी। आप अंग्रेजी के अलावा फ्रेंच, हिंदी, बांग्ला और उर्दू भाषाएँ बोल सकते थे। आप बहुत साहसी थे। आपकी बेटी एलिजाबेथ बताती हैं कि एक बार नजदीक के किसी तालाब में दो बच्चों के डूब जाने और उनकी खोज न हो पाने पर तेज बुखार होने के बावजूद आपने कई बार तालाब में कूदकर बच्चों का शरीर आखिर तलाश कर निकाला और तब ही दम लिया।

सन् 1966 में डॉ. डेविस को भारत के राष्ट्रपति डॉ. सर्वपल्ली राधाकृष्णन द्वारा आपकी अनमोल सेवा के लिए 'पद्मश्री' देकर सम्मानित किया गया। 69 वर्ष की उम्र में 8 अक्तूबर, 1980 को आपका तब निधन हो गया, जब आप अपनी बहन के पास वर्जीनिया में थे और आपको जानलेवा हृदयाघात हुआ। आपकी मृत्यु के बाद मिसेज डेविस ने भी सन् 2004 में अपनी मृत्यु तक अस्पताल का बहुत कुशलतापूर्वक संचालन किया। डॉ. डेविस द्वारा शुरू किए गए अस्पताल में आज भी पूरी तत्परता से मरीजों की चिकित्सा का काम जारी है।

□

खेल-क्रिकेट

महेंद्र सिंह धोनी

टीम इंडिया के पूर्व विकेटकीपर बल्लेबाज महेंद्र सिंह धोनी ने क्रिकेट में अपने शानदार खेल और सफल कप्तानी के बल पर देश के सर्वकालिक महान् खिलाड़ियों में अपनी जगह बनाई। आप दुनिया के अब तक अकेले ऐसे कप्तान हैं जिन्होंने अपनी कप्तानी में आईसीसी के तीनों बड़े खिताब; सन् 2007 में शुरू हुआ पहला टी-20 विश्व कप, 2011 में 50 ओवरों वाला वनडे विश्व कप और सन् 2013 में चैंपियंस ट्रॉफी को जीता। धोनी, जिन्हें प्यार से लोग 'माही' पुकारते हैं, ने झारखंड को पूरी दुनिया में एक नई पहचान दी। राँची विश्वविद्यालय के 33वें दीक्षांत समारोह को संबोधित करते हुए देश के राष्ट्रपति महामहिम रामनाथ कोविंद ने धोनी का जिक्र करते हुए कहा, "उनकी प्रतिभा में झारखंड की प्रतिभा प्रतिबिंबित होती है। एम.एस. धोनी ने क्रिकेट की दुनिया में झारखंड को मशहूर कर दिया।"

महेंद्र सिंह धोनी का जन्म 7 जुलाई, 1981 को पिता पान सिंह और माता देवकी देवी के घर झारखंड (तब बिहार) के राँची में हुआ। अपने माता-पिता की तीन संतानों में आप सबसे छोटे हैं। धोनी के पिता ने रोजगार की तलाश में सन् 1970 में उत्तराखंड के अल्मोड़ा जिले का अपना छोटा-सा गाँव ल्वाली छोड़ दिया। आपकी तलाश राँची आकर पूरी हुई और फिर आप यहीं बस गए। आपके पिता ने मेकन में कनीय प्रबंधक के पद पर पंप ऑपरेटर के रूप में काम किया। धोनी की शिक्षा राँची में ही हुई। आपने अपनी स्कूली शिक्षा जवाहर विद्या मंदिर, श्यामली से पूरी की। धोनी की पत्नी साक्षी हैं, जिनसे आपने सन् 2010 में विवाह किया। आपकी एक बेटी है।

अपने शुरुआती खेल जीवन में धोनी की रुचि फुटबॉल में थी। आप अपने स्कूल की फुटबॉल टीम में गोलकीपर के रूप में खेलते थे। आपकी प्रतिभा को पहचानकर स्कूल कोच केशव रंजन बनर्जी ने आपको क्रिकेट खेलने की सलाह दी और स्कूल की क्रिकेट टीम में ले लिया। अपनी असाधारण विकेटकीपिंग क्षमता के दम पर सन् 1997-98 सत्र के लिए आपको 'वीनू मांकड़ अंडर-16 क्रिकेट चैंपियनशिप' में खेलने का मौका मिला, जहाँ आपने अच्छा प्रदर्शन किया। सन् 1998 में राँची जिला क्रिकेट संघ के अध्यक्ष देवल सहाय ने आपको सीसीएल

की टीम से खेलने का मौका दिलवाया। वहाँ बैटिंग क्रम में ऊपर मौका मिलने पर आपने असाधारण बल्लेबाजी की, जिसके दम पर सीसीएल की टीम ए-डिवीजन में प्रोन्नत हो गई। आपके प्रदर्शन से प्रभावित होकर श्री सहाय ने बिहार रणजी टीम में आपके चयन के लिए जोर लगाया। धोनी एक ही वर्ष में पहले राँची टीम, फिर बिहार जूनियर टीम और आखिर में बिहार रणजी टीम में चुन लिये गए। इस तरह 18 वर्ष के युवा धोनी ने 1999-2000 सत्र में बिहार रणजी टीम से अपना पहला मैच खेला और अपने पहले ही रणजी मैच में 68 रन की नाबाद पारी खेली। 2000-2001 सत्र में बिहार की तरफ से बंगाल के खिलाफ खेलते हुए धोनी ने अपना पहला प्रथम श्रेणी शतक जड़ा। सन् 2001 में भारतीय रेल के दक्षिण-पूर्व रेलवे में आपकी टी.टी.ई. के रूप में नौकरी लग गई। टी.टी.ई के रूप में आपने पश्चिम बंगाल के खड़गपुर रेलवे स्टेशन पर सन् 2003 तक काम किया। 2000 में बिहार का विभाजन कर झारखंड राज्य बना तो सत्र 2002-03 से धोनी झारखंड की टीम से खेलने लगे। 2003-04 में वनडे क्रिकेट में अपने प्रदर्शन के दम पर आप इंडिया-ए टीम के सदस्य के रूप में जिम्बाब्वे और केन्या के दौरे पर भेजे गए। वहाँ अपने शानदार प्रदर्शन से भारतीय क्रिकेट टीम के तत्कालीन कप्तान सौरभ गांगुली का ध्यान अपनी ओर आकृष्ट करने में आप सफल रहे।

भारतीय क्रिकेट टीम में खेलने का पहला मौका आपको सन् 2004 में मिला। भारत के लिए आपने अपना पहला मैच 23 दिसंबर, 2004 को बांग्लादेश के खिलाफ चटगाँव (बांग्लादेश) में खेला, जो 50 ओवर्स का वनडे मैच था। अंतरराष्ट्रीय वनडे क्रिकेट में आपकी शुरुआत बेहद निराशाजनक रही। आप अपने पहले मैच में बगैर कोई रन बनाए रन आउट हो गए। पर अपने पाँचवें वनडे मैच में पाकिस्तान के खिलाफ विशाखापट्टनम में 123 गेंदों पर ताबड़-तोड़ 148 रन बनाकर आपने अपनी धाक जमा दी। सन् 2005 में श्रीलंका के खिलाफ जयपुर में हुए तीसरे वनडे मैच में बल्लेबाजी क्रम में तीसरे नंबर पर आने का मौका दिए जाने पर आपने 145 गेंदों में 183 रनों की नाबाद पारी खेलकर न सिर्फ मैच जिताया, बल्कि कई नए रिकॉर्ड्स बनाए। 'विजडन अल्मानैक' (सन् 2006) में भी इस पारी की तारीफ की गई। श्रीलंका के खिलाफ इस सीरिज के अंत में धोनी को 'मैन ऑफ द सीरिज' चुना गया। सन् 2007 में आप भारतीय वनडे टीम के कप्तान बनाए गए। आपने कुल 200 एकदिवसीय अंतरराष्ट्रीय मैचों में भारतीय टीम का नेतृत्व किया, जिनमें से 110 मैचों में जीत हासिल हुई। सन् 2009 में धोनी को आईसीसी के द्वारा वर्ल्ड ओडीआई टीम का विकेटकीपर-कप्तान चुना गया। उसी वर्ष आप कई महीनों

तक आईसीसी के ओडीआई बल्लेबाजों की रैंकिंग में पहले नंबर पर रहे। सन् 2013 में आईसीसी की चैंपियंस ट्रॉफी जीतने के बाद आईसीसी द्वारा घोषित 'टीम ऑफ द टूर्नामेंट' के भी आप विकेटकीपर-कप्तान बनाए गए। आपने कुल 350 ओडीआई मैच खेले, जिनमें 10 शतकों, 73 अर्ध-शतकों के साथ 50.53 के औसत से कुल 10,773 रन बनाए।

भारत की तरफ से टेस्ट मैच में आपका पदार्पण 2 दिसंबर, 2005 को श्रीलंका के खिलाफ हुआ। भारतीय टेस्ट टीम की कप्तानी आपको सन् 2008 में मिली। धोनी ने कुल 90 टेस्ट मैच खेले और 6 शतकों के साथ 38.09 की औसत से 4,876 रन बनाए। 60 टेस्ट मैचों में आपने भारतीय टीम की कप्तानी की। कप्तान के रूप में अपने पहले चारों ही टेस्ट जीतकर आपने एक रिकॉर्ड बना दिया। अपनी कप्तानी में आपने भारतीय टीम को 27 मैच जिताए। आपकी कप्तानी में ही भारतीय टीम ने दो बार (2010, 2011) आईसीसी टेस्ट चैंपियनशिप गदा जीती।

भारत की तरफ से अपना पहला टी-20 मैच आपने 1 दिसंबर, 2006 को दक्षिण अफ्रीका के खिलाफ खेला। आपने भारत की तरफ से कुल 98 टी-20 मैच खेले। धोनी ने 70 टी-20 अंतराष्ट्रीय मैचों में भारतीय टीम की कप्तानी की, जिनमें से 41 मैचों में टीम को जीत हासिल हुई। सन् 2014 टी-20 वर्ल्ड कप के बाद आईसीसी ने जिस 'टीम ऑफ द टूर्नामेंट' की घोषणा की, धोनी उसके विकेटकीपर-कप्तान बनाए गए।

सन् 2014 के अंत में टेस्ट टीम की और सन् 2017 में वनडे और टी-20 टीमों की कप्तानी आपने छोड़ दी। टेस्ट टीम की कप्तानी छोड़ते हुए ही आपने टेस्ट क्रिकेट से संन्यास भी ले लिया। आपने भारत की तरफ से अपना आखिरी मैच 9 जुलाई, 2019 को खेला, जो 50 ओवर्स का एक वनडे मैच था। आपने क्रिकेट के सभी फॉर्मेट मिलाकर 331 अंतरराष्ट्रीय मैचों में भारतीय टीम की कप्तानी की, जो सर्वाधिक है। एक अनोखा रिकॉर्ड आपके नाम यह भी है कि आप ऐसे इकलौते कप्तान हैं, जिन्होंने तीनों फॉर्मेट में कम-से-कम 50 मैचों में कप्तानी की है।

आईपीएल (इंडियन प्रीमियर लीग), जो पूरी दुनिया का सबसे सफल और लोकप्रिय टी-20 टूर्नामेंट है, में शुरुआत (2008) से ही आप चेन्नई सुपर किंग्स टीम से जुड़े हुए हैं और अपनी कप्तानी में पाँच बार (2010, 2011, 2018, 2021, 2023) खिताब जीतकर इस लीग के सफलतम कप्तानों में से आप एक हैं। अपनी कप्तानी में आपने चेन्नई सुपर किंग्स को दो बार (2010, 2014) टी-20 चैंपियंस लीग में भी खिताब दिलाया है। चेन्नई में आपके चाहने वाले आपको

प्यार से 'थाला' (लीडर) कहकर पुकारते हैं। 2016 और 2017 के दो सत्रों में, जब चेन्नई सुपर किंग्स पर आईपीएल ने प्रतिबंध लगा दिया, तब आप नई टीम 'राइजिंग पुणे सुपरजाइंट्स' के लिए लीग में खेले। 2016 सत्र में धोनी ने 'राइजिंग पुणे सुपरजाइंट्स' की कप्तानी भी की।

धोनी दाहिने हाथ के बल्लेबाज हैं। आपकी बल्लेबाजी शैली अपरंपरागत है। आप गेंद को बहुत जोर से हिट करने के लिए जाने जाते हैं। कोई आश्चर्य नहीं कि कप्तान के रूप में अंतरराष्ट्रीय मैचों में 204 छक्के मारने का रिकॉर्ड आपके नाम है। आपका 'हेलिकॉप्टर शॉट' दर्शकों में बेहद लोकप्रिय हुआ। आपको सीमित ओवरों के क्रिकेट में दुनिया का सबसे अच्छा फिनिशर माना गया। अधिकांश जानकारों ने आपकी विकेटकीपिंग की प्रशंसा की है। किसी भी विकेटकीपर के द्वारा विकेट के पीछे अधिकतम स्टंपिंग (148) का वर्ल्ड रिकॉर्ड आपके नाम है।

बचपन से ही धोनी भारतीय सेना के प्रशंसक रहे और सेना में जाने का सपना देखते थे। आपका वह सपना तो पूरा नहीं हो सका, पर सन् 2011 में सेना ने आपको टेरिटोरियल आर्मी में लेफ्टिनेंट कर्नल की मानद रैंक से सुशोभित किया। क्रिकेट में अपने 15 वर्ष के अंतरराष्ट्रीय कॅरियर में आपको अनेक पुरस्कार, सम्मान और प्रशंसाएँ प्राप्त हुईं। भारत सरकार ने आपको पहले सन् 2009 में 'पद्मश्री' और फिर सन् 2018 में 'पद्म भूषण' देकर सम्मानित किया है। सन् 2007-08 का खेल-कूद के क्षेत्र में विशिष्ट उपलब्धियों के लिए दिया जाने वाला 'राजीव गांधी (अब मेजर ध्यानचंद) खेलरत्न पुरस्कार' आपको दिया गया। धोनी को इंग्लैंड में डी मोंटफोर्ट विश्वविद्यालय, लीसेस्टर ने सन् 2011 में मानद डॉक्टरेट की उपाधि देकर सम्मानित किया।

कप्तान के रूप में मैच के दौरान मैदान पर हर परिस्थिति में शांत रहना आपकी विशेषता रही, इसीलिए आपको 'कैप्टन कूल' नाम दिया गया। आपको सादगी पसंद है और सदैव सुर्खियों से दूर ही रहना चाहते हैं। इसके बावजूद अपनी असाधारण प्रतिभा के कारण अपने फैंस के बीच आप बेहद लोकप्रिय हैं। आप अपनी फिटनेस के प्रति सदैव सचेत रहे। अभी भी आपकी फिटनेस बेहतरीन है। आपको सर्वकालिक महान् विकेटकीपर-बल्लेबाज-कप्तान माना जाता है।

□

आदिवासी अधिकार

जेवियर डायस

झारखंड में आदिवासियों के बीच जेवियर डायस एक्टिविस्ट, मानवतावादी और लेखक के रूप में एक जाना-पहचाना नाम है। झारखंड आंदोलन का अभिन्न अंग होने के साथ-साथ आप राज्य में यूरेनियम खनन के खिलाफ संघर्ष के अगुवा नेता रहे। जेवियर ने अपनी जवानी का ज्यादातर समय आदिवासियों के साथ मिलकर उनकी जमीन, श्रम और मानवाधिकार की रक्षा करने और उनके बीच राजनैतिक चेतना बढ़ाने में बिताया है।

जेवियर ने बंबई में मई 1951 में जन्म लिया और वहीं पले-बढ़े। पुश्तैनी तौर पर आपका परिवार गोवा का रहने वाला है। आप बंबई में कपड़ा मिलों के बीच दादर में रहते थे। आपके पिता इन्हीं कपड़ा मिल मजदूरों के लिए रात्रि पाठशाला चलाते थे। जेवियर की शुरुआती शिक्षा उन्हीं मजदूरों के साथ उसी विद्यालय में हुई। बंबई कैथोलिक समाज, जिससे आप आते थे, वह मस्त-मौला और गैर-राजनैतिक था। उस समाज के लोगों को न तो मजदूर वर्ग की कोई समझ थी और न ही वे आदिवासी और दलितों के बारे में जानते थे। परंतु दिनभर कड़ी मेहनत करने के बाद अपने पिता के स्कूल में इन मजदूरों को पढ़ने के लिए आते देखने का जेवियर पर गहरा असर हुआ। सन् 1969 तक आपका बंबई में ही रहना हुआ। इसके बाद आप कॉलेज की शिक्षा प्राप्त करने बैंगलोर चले गए। वहाँ आपने सेंट जोसेफ कॉलेज से बी.ए. किया। इसी दौरान वहाँ आप एक ऐसे समूह से जुड़ गए, जो राजनैतिक रूप से बहुत समझदार और वामपंथी सोच वाला था।

सत्तर के दशक की शुरुआत में भारत में खाद्यान्न की स्थिति बहुत चिंताजनक थी। देश अमेरिका से आने वाले अनाज के भरोसे था और राशन के लिए तब लंबी कतारें लगती थीं, जिसमें खड़े होकर राशन के लिए घंटों इंतजार करना पड़ता था। उस समय बांग्लादेश मुक्ति संघर्ष, चीन में माओ त्से तुंग की सांस्कृतिक क्रांति, वियतनाम युद्ध जैसी दुनिया में अनेक महत्त्वपूर्ण घटनाएँ हो रही थीं और देश में नक्सली आंदोलन तेज हो रहा था। इन स्थितियों और घटनाओं ने आप पर गहरा प्रभाव डाला।

छात्र रहते हुए ही जेवियर ऐसे आँकड़ों के बारे में, जिनके अनुसार—'यदि आप स्नातक हो गए तो भारत की आबादी के तीन प्रतिशत में से एक होंगे और

किसी बैंक में आपका खाता है, तो आप पाँच प्रतिशत आबादी में से एक होंगे', जब गंभीरता से सोचते, तो उन्हें लगता कि उनके पढ़ने का मकसद इस तरह के छोटे विशिष्ट समूह का हिस्सा बनना तो नहीं है! आपको अपने सामने जिंदगी में दो ही विकल्प दिख रहे थे कि आप या तो ऐसी संस्थाओं में से किसी एक से जुड़ जाएँ, जो जनता के हितों के खिलाफ काम करती हैं या उनके साथ काम करें, जो जनता के साथ हैं! आपको लगता था कि एक नौकरी, गाड़ी, बँगला, पत्नी और बच्चे मिल गए तो भी क्या खुश रह पाएँगे, जब पता होगा कि यह सब मिलने की कीमत गरीबों को चुकानी पड़ी होगी? तब आप और आपके कई साथियों ने जनता के सरोकारों के साथ जुड़ने का फैसला किया और इस तरह आप एक राजनैतिक धरातल पर आ खड़े हुए।

स्नातक की पढ़ाई पूरी करने के बाद आप एक राष्ट्रीय छात्र संगठन (एआईसीयूएफ) के साथ जुड़कर पूरे देश के विभिन्न विश्वविद्यालयों में छात्रों को संगठित करने का काम करने लगे। इसी क्रम में आपका झारखंड, जो तब बिहार का ही हिस्सा था, आना हुआ और एक आदिवासी छात्रावास में रहना हुआ, जिसकी हालत दयनीय थी। छात्रावास में रह रहे छात्रों की संख्या उसकी क्षमता से बहुत ज्यादा थी और बुनियादी सुविधाओं का वहाँ बेहद अभाव था। आदिवासियों की स्थिति का पहला अंदाजा आपको यहीं पर हुआ। सन् 1973-74 के दौरान आप चाईबासा में रहे और गाँवों में घूमते रहे। तभी 'पेरिस स्टूडेंट मूवमेंट' में शामिल होने का अवसर मिला तो आप फ्रांस चले गए। वहाँ स्विट्ज़रलैंड की सीमा पर तंबुओं में दुनिया भर से आए युवाओं के साथ मिलने-चर्चा करने का दुर्लभ अवसर और अनुभव मिला। फ्रांस-प्रवास के दौरान आपने फ्रेंच सीखी। फ्रांस में ही आपको देश में आपातकाल लगने का समाचार मिला। लौटकर आए, तब यह आशंका थी कि एक्टिविस्ट या माओवादी होने के संदेह में पकड़े गए तो जेल से जिंदा लौटना मुश्किल होगा! आपातकाल का लगभग दो वर्षों का समय आपने गाँवों-जंगलों में ही छुपकर बिताया। इसी क्रम में आपने 'हो' भाषा सीखी। आपातकाल समाप्त होने के बाद आप छोटी निजी खदानों के श्रमिकों को संगठित करने में लग गए। इन खान श्रमिकों की स्थिति बंधुआ मजदूरों जैसी थी और ये मजदूर बहुत ही खतरनाक स्थिति में काम करते थे। विडंबना यह थी कि ये मजदूर जिन खदानों में मजदूरी कर रहे थे, ये जमीन भी उन्हीं की थी, जो धोखे से और नौकरी देने के नाम पर उनसे ले ली गई थी। ये आदिवासी मजदूर कितने खतरनाक हालात में काम करते थे, इसका

उदाहरण देते हुए जेवियर बताते हैं कि एक क्रशिंग प्लांट में काम कर रहे 27 युवा आदिवासियों में से 26 युवकों की महज दस वर्षों के अंदर, 30 वर्ष की उम्र होने के पहले ही मृत्यु हो गई। आपने वहाँ देखा कि वहाँ आदिवासियों के जीवन का कोई मोल नहीं समझता था। आप बताते हैं कि सन् 1977 से अबतक आपके साथ काम कर चुके या आपके परिचित 200 से ज्यादा लोगों, जो सभी आदिवासी थे, की 45 वर्ष की उम्र के पहले ही हत्या कर दी गई या उनकी ऐसी बीमारियों से मौत हो गई, जिनका इलाज संभव था।

आपने वर्तमान झारखंड के कोल्हान क्षेत्र में काफी समय बिताया और उस दौरान सिंहभूम जनरल ट्रेड युनियन के बैनर में निजी खदानों में न्यूनतम मजदूरी के लिए सफल आंदोलन चलाया। चाईबासा में चूना-पत्थर की खदानों से आदिवासियों की जमीन वापसी कराने में सफलता पाई। सन् 1981 में नोआमुंडी में 'सारंडा ठेका-मजदूर संघ' के बैनर में श्रमिक मुद्दों पर आंदोलन किया। सन् 1986 में आजसू की स्थापना में भागीदार रहे। सन् 1988-89 में जब आपने जदुगोड़ा यूरेनियम खदान की बुरी स्थिति देखी तो इसे समझने के लिए आपने रेडियोधर्मी प्रदूषण का अध्ययन और इसके दुष्प्रभावों पर शोध किया। बाद में यूरेनियम खनन और उसके दुष्प्रभावों पर आई डॉक्युमेंट्री फिल्म 'बुद्धा वीप्स इन जदुगोड़ा' से यह मुद्दा पूरी दुनिया की नजर में आ गया।

आप बताते हैं कि आप आदिवासियों को सहयोग देने झारखंड आए और उनके आंदोलनों के चीयर लीडर की तरह काम किया। आपने झारखंड में रहना और काम करना इसलिए चुना कि आपको यहाँ के लोग अच्छे लगे और इन लोगों ने आपको अपनाया। आपने इनके बीच रहकर इनके श्रम और जमीन संबंधी अधिकारों पर अपना ध्यान केंद्रित किया। आपने आदिवासियों के बीच काम करते हुए कोशिश की कि वे अपने अधिकारों और इन पर दमन करने वालों की चालबाजियों को समझें। आदिवासियों का सशक्तीकरण करना आपके काम का सबसे महत्त्वपूर्ण लक्ष्य रहा। आप मानते हैं कि आदिवासी अपनी हजारों वर्ष पुरानी शासन पद्धति के कारण सदा से ही संगठित रहे हैं और उनकी शासन पद्धति हमारे लोकतंत्र की आधुनिक व्यवस्था से ज्यादा विकसित है। आप मानते हैं कि आदिवासी समुदाय का वजूद हमारे भविष्य के लिए बेहद महत्त्वपूर्ण है। जब इस दुनिया को भविष्य में यह जानने की जरूरत पड़ेगी कि समुदायों में, जंगलों में प्रकृति के साथ तादात्म्य बनाकर कैसे रहा जा सकता है, तब ये आदिवासी समुदाय होगा, तो ही यह सब जाना और सीखा जा सकेगा।

जेवियर मानते हैं कि आदिवासी समुदाय के पास आधुनिकता को अपनाने के अलावा कोई विकल्प नहीं है। ऐसे में उन्हें ही यह तय करना है कि वे अपने में कितना परिवर्तन करेंगे? आदिवासी युवक अब आगे की पढ़ाई के लिए शहरों की ओर जा रहे हैं और फिर उनमें से कई वहीं काम पर लग जाते हैं। पर जो अब भी गाँवों में रहते हैं, उनकी जीविका अब भी जमीन और जंगल पर ही टिकी हुई है। जमीन का मामला उनके अस्तित्व से जुड़ा है और इसलिए आदिवासी समुदाय को विस्थापन किसी भी कीमत पर स्वीकार्य नहीं है।

आदिवासियों के बीच काम करने के दौरान जेवियर को कई बार जेल जाना पड़ा। आपकी हत्या करने की भी कोशिश हुई, पर आप किसी तरह बच गए। यह पूछने पर कि आप कैसे याद किए जाना पसंद करेंगे, जेवियर कहते हैं कि उनकी कोई ऐसी इच्छा नहीं है कि उन्हें याद रखा जाए। वे चाहते हैं कि लोग यह याद करें कि हमने समस्याओं को कितना समझा और उनका समाधान करने के लिए क्या कोशिश की, ताकि समस्याओं और लोगों द्वारा उनके समाधान के लिए अपनाए गए तरीकों के इतिहास से लोग सीख सकें। आप इस बात पर संतोष व्यक्त करते हैं कि झारखंड में अपने हितों से समझौता न करने वाला युवा आदिवासी नेतृत्व तैयार हुआ है। पर साथ ही आप इस बात पर अफसोस जताते हैं कि जेल में वर्षों से बंद आदिवासियों को रिहा कराने का काम अभी बाकी है।

आपने सन् 1989 में जोहार (झारखंडी ऑर्गेनाइजेशन फॉर ह्युमन रिलेशंस) और 'बिरसा' (बिंदराय इंस्टिट्यूट फॉर रिसर्च, स्टडी एंड एक्शन) की स्थापना की, जिसका उद्घाटन जस्टिस वी.के. कृष्ण अय्यर ने किया था। अपने आदिवासी मुद्दों पर पहले 'सिंहभूम एकता' के नाम से एक पाक्षिक पत्र निकला, जिसे खुद ही बेचते थे। बाद में 'खान, खनिज, अधिकार' के नाम से भी एक पत्रिका निकाली।

सन् 1991 में अजीता से विवाह कर लिया, जो खुद आदिवासियों के मुद्दों पर बेहद सक्रिय हैं। यूरेनियम की खदानों में दशकों तक काम करने के कारण विकिरण के प्रभाव से जेवियर अपने मस्तिष्क में हुए रासायनिक असंतुलन से पीड़ित हैं, अतः पिछले कुछ वर्षों से वे सक्रिय नहीं हैं। उन्हें इस बात का संतोष है कि अब आदिवासी समुदाय खुद ही अपनी लड़ाई लड़ने और नेतृत्व करने में सक्षम है। आप कहते हैं कि यदि दुनिया को अपना वजूद बचाना है तो उसे आदिवासी संस्कृति से सीख लेनी होगी।

□

अर्थशास्त्र

ज्याँ द्रेज

ज्याँ द्रेज की भारत और पूरे विश्व में विकास अर्थशास्त्री, समाज वैज्ञानिक और सामाजिक आंदोलनों में सक्रिय भागीदार के रूप में पहचान है। आपने समाज कल्याण और लिंग-आधारित असमानता जैसे अनेक सामाजिक मुद्दों पर काम किया है। सामाजिक न्याय के प्रति आपकी प्रतिबद्धता जगजाहिर है। भारत में गरीबी, भूख, अकाल और अशिक्षा के उन्मूलन के प्रयासों में ज्याँ द्रेज का योगदान अतुलनीय है। आपने अपने जमीनी शोध और अभियानों के दम पर भारत में कई महत्त्वपूर्ण सामाजिक कार्यक्रम शुरू कराने में सफलता पाई, जिनमें राष्ट्रीय खाद्य सुरक्षा कानून, महात्मा गांधी राष्ट्रीय ग्रामीण रोजगार योजना (सन् 2005) प्रमुख हैं।

ज्याँ द्रेज का जन्म सन् 1959 में बेल्जियम के प्राचीन शहर लूवेन में एक शैक्षिक परिवार में हुआ। आपके पिता जाक द्रेज भी एक सुप्रसिद्ध अर्थशास्त्री थे, जिन्होंने लूवेन के कैथोलिक विश्वविद्यालय में 'सेंटर फॉर ऑपरेशंस रिसर्च एंड इकोनॉमेट्रिक्स' की स्थापना की। ज्याँ ने एसेक्स विश्वविद्यालय में गणितीय अर्थशास्त्र पढ़ा और फिर आप सन् 1979 में भारत आ गए। भारत में 'इंडियन स्टैटिस्टिकल इंस्टिट्यूट', दिल्ली से आपने 'अर्थशास्त्रीय मूल्य-लाभ विश्लेषण' पर अपना शोध प्रबंध लिखकर पीएचडी की। आपने लंदन स्कूल ऑफ इकॉनोमिक्स और दिल्ली स्कूल ऑफ इकॉनोमिक्स में अध्यापन कार्य किया है। अभी आप राँची में रहते हैं और राँची विश्वविद्यालय के अर्थशास्त्र विभाग में अतिथि प्राध्यापक के रूप में कार्यरत हैं। आप सन् 2002 से सन् 2014 तक इलाहाबाद (अब प्रयागराज) में रहे और तब वहाँ के जी.बी. पंत सोशल साइंस इंस्टिट्यूट में भी अतिथि प्राध्यापक के रूप में अध्यापन कार्य किया। आपने सन् 2002 में अपनी बेल्जियम की नागरिकता त्याग कर भारत की नागरिकता ले ली। आपकी पत्नी बेला भाटिया एक स्वतंत्र लेखिका, शोधकर्ता और मानवाधिकार अधिवक्ता हैं, जो छत्तीसगढ़ के आदिवासी बहुल बस्तर जिले में सामाजिक मुद्दों पर सक्रिय हैं।

भारत आने के बाद सन् 1980 के दशक के अंतिम कुछ समय, जब अमर्त्य सेन के साथ काम के सिलसिले में आप लंदन में थे, को छोड़कर आप भारत में ही रहे हैं और यहीं काम किया है। लंदन में अपने प्रवास में आप क्लाफाम रोड पर

एक स्क्वैट में होमलेस लोगों के साथ रहे। आप कहते हैं कि वहीं अपने जाना कि एकजुटता का असली अर्थ क्या होता है? सन् 1990-91 के इराक युद्ध के समय आप इराक-सऊदी अरब सीमा पर स्थित एक शांति शिविर में शामिल हुए। भारत में अपने शोध के सिलसिले में आप कुछ समय तक उत्तर प्रदेश के मुरादाबाद जिले के पालनपुर गाँव में स्थानीय ग्रामीणों की तरह रहे, जहाँ आपने उन्हीं की तरह खेती भी की और पशु भी चराए।

आपने भारत की उत्तरी हिंदी पट्टी के राज्यों, खासकर झारखंड, छत्तीसगढ़, उत्तर प्रदेश और मध्य प्रदेश में जमीनी स्तर पर शोध में काफी काम किया है। आपके शोध और सक्रियता से भारत में अनेक महत्त्वपूर्ण सामाजिक कार्यक्रमों में योगदान हुआ है। भारत के सुप्रीम कोर्ट द्वारा 28 नवंबर, 2001 को दिया गया यह आदेश कि हर सरकारी या सरकारी सहायता प्राप्त प्राथमिक विद्यालय को अपने हर विद्यार्थी को प्रतिदिन निःशुल्क ताजा भोजन देना होगा, ज्याँ के द्वारा इस मामले में किए गए महत्त्वपूर्ण शोध और इस निमित्त चलाए गए अभियान के कुशल सह-प्रबंधन का प्रतिफल था। आप कहते हैं कि यह अभियान सिर्फ मध्याह्न भोजन के लिए नहीं, बल्कि अंततोगत्वा खाद्य सुरक्षा के लिए था। इस आदेश के बाद देश में खाद्य सुरक्षा का कानून बन जाने से कई फायदे हुए; प्राथमिक विद्यालयों के 12 करोड़ बच्चों को रोजाना ताजा गरम खाना मिलने लगा, जिसके कारण विद्यालयों में बच्चों, खासकर लड़कियों के दाखिले बढ़े, विद्यार्थियों की उपस्थिति बढ़ी और परीक्षा के नतीजे बेहतर हुए। काफी संख्या में महिलाओं का खाना पकाने के लिए रसोइए के रूप में नियोजन हुआ। जन वितरण प्रणाली के तहत न्यूनतम खाद्य सामग्री की आपूर्ति की व्यवस्था हुई। इसके साथ ही भारत में हर वर्ष लगभग ढाई करोड़ गर्भवती महिलाओं के लिए मातृत्व-लाभ के प्रावधान बने। इस व्यापक राष्ट्रीय खाद्य सुरक्षा कानून का लाभ आज देश के लगभग 80 करोड़ लोगों को मिलता है, जो इसे संभवतः विश्व का सबसे बड़ा सामाजिक कार्यक्रम बनाता है। खाद्य सुरक्षा कानून के अलावा सन् 2005 में केंद्र सरकार द्वारा बनाए गए राष्ट्रीय ग्रामीण रोजगार गारंटी कानून का भी काफी हद तक श्रेय आपको जाता है, यद्यपि वे स्वयं इसे अतिशयोक्ति मानते हैं। इस कानून का ही प्रतिफल है कि 5 करोड़ से अधिक भारतीय परिवारों को अपनी पारिवारिक आय बढ़ाने में मदद मिली है।

आपने कई पुस्तकें लिखी हैं, जिनमें निकॉलस स्टर्न एवं नोबेल पुरस्कार से सम्मानित अमर्त्य सेन और एंगस डीटन के साथ लिखी पुस्तकें भी हैं। आपने अमर्त्य सेन के साथ मिलकर कई पुस्तकें लिखी हैं, जिनमें 'हंगर एंड पब्लिक एक्शन'

(सन् 1989) एवं 'एन अनसर्टेन ग्लोरी : इंडिया एंड इट्स कॉन्ट्राडिक्शंस' (सन् 2013) प्रमुख हैं। आपका एक महत्त्वपूर्ण काम रहा है 'पब्लिक रिपोर्ट ऑन बेसिक एजुकेशन इन इंडिया' (सन् 1999), जिसे 'प्रोब' रिपोर्ट के रूप में जाना जाता है। आप इस रिपोर्ट के सह-लेखक हैं। भूख और निषेध को समझने के लिए अर्थशास्त्री के रूप में किए गए आपके काम को पूरी दुनिया में निर्णायक माना जाता है और जिससे भारत में कई प्राथमिक अधिकार पाने का गरीबों का सपना साकार होने में मदद मिली। आपने अंबेडकर के बारे में सुना था, पर सन् 2002 में इलाहाबाद आने पर जब पहली बार उनकी पुस्तक 'एनिहिलिएशन ऑफ कास्ट' पढ़ी, तो उनके मुरीद हो गए। अपनी पुस्तक 'झोलावाला अर्थशास्त्र' का अंत आपने अंबेडकर के सन् 1949 में दिए गए इस वक्तव्य से किया है, "समानता के बिना आजादी का परिणाम होगा, बहुत लोगों पर कुछ लोगों का प्रभुत्व और आजादी के बिना समानता से व्यक्तिगत पहल की मौत हो जाएगी और बगैर बंधुत्व के आजादी और समानता एक स्वाभाविक प्रक्रिया नहीं हो पाएगी।" सामाजिक विकास के मुद्दों पर आपके अनेक लेख विभिन्न पत्र-पत्रिकाओं एवं समाचार-पत्रों में छपते रहे हैं।

'खाद्य सुरक्षा कानून' और 'काम का अधिकार' जैसे सामाजिक कार्यक्रमों के लागू होने का श्रेय लेने से मना करते हुए ज्याँ कहते हैं, "इन कानूनों का बनना मेरी व्यक्तिगत उपलब्धि नहीं है। यह व्यापक सहभागिता और निरंतर अभियान के फलस्वरूप संभव हुआ।" ज्याँ को जमीन पर काम करना पसंद है। आपको भी अन्य मशहूर हस्तियों की तरह अंतरराष्ट्रीय सम्मेलनों में भाषण देने, प्रभावशाली लोगों की पुस्तकों का विमोचन करने, सरकार को सलाह देने, विभिन्न सरकारी समितियों में शामिल होने के अनगिनत निमंत्रण मिलते हैं, जिन्हें पसंद नहीं होने पर भी अस्वीकार करना अकसर मुश्किल होता है। फिर भी आप गरीबों, दलितों और आदिवासियों, वंचितों, जिनके लिए वो काम करते हैं, के बीच यथासंभव समय बिताते हैं। बहुत अफसोस के साथ ज्याँ कहते हैं, "दुनिया में भारत के अलावा शायद दूसरा कोई और ऐसा देश नहीं है, जहाँ गरीब बहुसंख्यकों को इतनी आसानी और उदासीनता से दरकिनार कर दिया जाता है।" इसीलिए आपको लगता है कि दुनिया की और किसी भी जगह की तुलना में गरीबों को समाहित करने, न्याय और समान अवसर दिलाने के लिए यहाँ ज्यादा मेहनत करने की जरूरत है।

ज्याँ खुद शाकाहारी हैं, पर करोड़ों गरीब बच्चों को स्कूल में मिलने वाले मीड-डे मील में अंडे को पौष्टिकता के नजरिए से शामिल करने के समर्थक हैं। इस पर हो रहे विरोध को आप जाति और वर्ग का मामला मानते हैं। आप कहते हैं

कि जो लोग देश के उच्चवर्गीय समूह से आते हैं, वे बहुसंख्यक गरीबों की जरूरतों की परवाह क्यों करेंगे? ज्याँ स्कूलों में मीड-डे मील से आ रहे सामाजिक बदलाव को रेखांकित करते हुए बताते हैं कि वहाँ दलित महिलाओं द्वारा खाना पकाने और विभिन्न जातियों के बच्चों के साथ बैठकर खाने का उच्चवर्णीय अभिभावकों के द्वारा शुरू हुआ विरोध अब समाप्तप्राय है। यह एक स्थायी और बहुत बड़ी सामाजिक उपलब्धि है।

नोबेल पुरस्कार मिलने के बाद अमर्त्य सेन, जिनके साथ ज्याँ ने काफी काम किया है, कहते हैं, "ज्याँ द्रेज एक ऐसे अर्थशास्त्री हैं, जिनमें असाधारण प्रतिभा और उल्लेखनीय समर्पण है। भूख और वंचन पर मेरी समझ और विकास पर मेरे द्वारा हाल-फिलहाल किए गए कामों का श्रेय काफी हद तक उनकी अंतर्दृष्टि और खोज को जाता है। वास्तव में ज्याँ के साथ मेरी सहभागिता मेरे लिए बहुत उपयोगी रही है, क्योंकि मैंने उनकी कल्पनाशील पहल और आग्रहपूर्ण संपूर्णता से काफी सीखा है।"

ज्याँ को भारतीय अर्थव्यवस्था और आम लोगों के सामाजिक जीवन से इसके रिश्ते की दुर्लभ और विशिष्ट समझ है। आपने व्यापक रूप से ग्रामीण भारत की यात्रा की है और वहाँ जो काम किया है, वैसी कोशिश भी बिरले ही अर्थशास्त्रियों ने की होगी। इसकी बदौलत आपने न सिर्फ आर्थिक एवं सामाजिक नीतियों पर होने वाली सार्वजनिक चर्चाओं में, वरन् देश की सही स्थिति से जनसाधारण को अवगत कराने में भी बहुमूल्य योगदान किया है। प्रधानमंत्री डॉ. मनमोहन सिंह के दोनों कार्यकाल में आप एक-एक वर्ष 'राष्ट्रीय सलाहकार परिषद्' के सदस्य रहे। अभी आप तमिलनाडु के मुख्यमंत्री एम.के. स्टालिन की आर्थिक स्लाहकार परिषद् के सदस्य हैं।

□

सिनेमा, टेलीविजन-अभिनय

रसिका दुग्गल

रसिका दुग्गल देश की एक जानी-मानी अभिनेत्री हैं, जिन्होंने अभिनय के अबतक के अपने सफर में कई फिल्मों, टी.वी. सीरियलों और वेब सीरीजों में अपने अभिनय का लोहा मनवाया है। आप असाधारण अभिनय प्रतिभा की धनी हैं।

रसिका, जस्सी दुग्गल और रवीन दुग्गल की बेटी है। आपका जन्म 17 जनवरी, 1985 को जमशेदपुर में हुआ। रसिका के पिता का जमशेदपुर में अपना व्यवसाय है। रसिका ने अपनी स्कूली शिक्षा जमशेदपुर के सेक्रेड हार्ट कॉन्वेंट से पूरी की। आपने आगे बीएससी (मैथेमैटिक्स) की पढ़ाई दिल्ली के लेडी श्रीराम कॉलेज फॉर वूमेन से सन् 2004 में पूरी की। इसके बाद आपने सोफिया पोलिटेक्निक से सोशल कम्यूनिकेशंस मीडिया में पीजी डिप्लोमा और पुणे के फिल्म एंड टेलीविजन इंस्टिट्यूट से एक्टिंग में पीजी डिप्लोमा का कोर्स किया।

इसके बाद आपका बॉलीवुड का संघर्ष भरा सफर शुरू हुआ। रसिका को पहला ब्रेक सन् 2007 में फिल्म 'अनवर' में एक छोटी सी भूमिका से मिला। अबतक आपने कई फिल्मों, टी.वी. सीरियलों, रियलिटी शोज, वेब सीरिज में अभिनय किया है। आपकी अबतक की हुई अन्य फिल्में हैं: नो स्मोकिंग (सन् 2007), हाई जैक (सन् 2008), तहान (सन् 2008), अज्ञात (सन् 2009), थैंक्स माँ (सन् 2010), क्षय (सन् 2011), औरंगजेब (सन् 2013), बॉम्बे टाकीज (सन् 2014), किस्सा (सन् 2015), ट्रेन स्टेशन (सन् 2015), तू है मेरा संडे (सन् 2017), मंटो (सन् 2018), हमीद (सन् 2018), वंस अगेन (सन् 2018), लस्ट स्टोरीज (सन् 2018), गढ़वी, लूटकेस (सन् 2020), दरबान (सन् 2020)। 'लूटकेस' और 'दरबान', दोनों ही फिल्मों में आपके अभिनय को समालोचकों ने सराहा। आपने एक मलयालम फिल्म 'कम्माटी पादम' (सन् 2016) भी की है।

फिल्मों में काम करने के बावजूद आप टेलीविजन में भी लगातार सक्रिय रही हैं। आपके द्वारा अबतक अभिनीत प्रमुख टी.वी. सीरियल हैं—पाउडर (सन् 2010), किस्मत (सन् 2010), रिश्ता डॉट कॉम (सन् 2010), उपनिषद् गंगा (सन् 2012), दरीबा डायरीज (सन् 2015), देवलोक विथ देवदत्त पटनायक (होस्ट) (सन् 2016), पीओडब्लू-बंदी युद्ध के (सन् 2016)। आपने 'मिर्जापुर' (सन् 2018) सहित इन सफल, चर्चित और प्रशंसित वेब सीरिजों में काम किया

है—टी.वी.एफ. कपल्स (सन् 2017), मेड इन हेवन (सन् 2019), देल्ही क्राइम (सन् 2019), आउट ऑफ लव (सन् 2019-21), अ सुटेबल बॉय (सन् 2020), ओके कम्प्यूटर (सन् 2021), परमानेंट रूममेट्स (सन् 2016), ह्यूमरसली योर्स (सन् 2016-19)। सन् 2020 में आपने अपने पति मुकुल चड्ढा के साथ मिलकर एक लघु फिल्म 'बनाना ब्रेड' लिखी। आपने सन् 2020 में 'अनकोविडेबल' के नाम से एक हास्य पॉडकास्ट किया, जो ऑडिबल प्लेटफार्म पर उपलब्ध है।

'मिर्जापुर' वेब सीरिज में वीणा त्रिपाठी के किरदार में आपके द्वारा किए गए शानदार अभिनय ने आपको सफलता के एक नए मुकाम पर पहुँचा दिया। हाल ही में रिलीज हुई लघु फिल्म 'द मिनिएचरिस्ट ऑफ जूनागढ़', जो सन् 1947 में हुए देश के विभाजन से जुड़ी घटनाओं के इर्द-गिर्द बनी है, में रसिका ने नसीरुद्दीन शाह के साथ काम किया है। नसीरुद्दीन साह फिल्म इंस्टिट्यूट में आपको पढ़ा चुके हैं। उन्हें आप अपना पथ-प्रदर्शक मानती हैं। भारतीय इतिहास के उस हिंसक दौर पर बनी होने के बावजूद इस फिल्म की कोमलता को काफी सराहना मिली है।

रसिका ने अपने अभिनय से दर्शकों और समीक्षकों को लगातार प्रभावित किया है और उनकी खूब प्रशंसा बटोरी है। आपने अपनी हर भूमिका में, चाहे वो किसी फिल्म में हो या टी.वी. शो में, अपने अभिनय से प्रभाव छोड़ा है। पर सन् 2015 में आई फिल्म 'किस्सा', जिसमें आपने नीली की भूमिका निभाई, की समीक्षकों और दर्शकों, दोनों ने प्रशंसा की और इसे समानांतर सिनेमा की एक उत्कृष्ट कृति करार दिया। रसिका सुप्रसिद्ध अभिनेता नवाजुद्दीन सिद्दीकी और चर्चित निर्देशक नंदिता दास के साथ बनी फिल्म 'मंटो', जिसमें आपने मंटो की पत्नी साफिया का महत्त्वपूर्ण किरदार निभाया है, के प्रमोशन के लिए जब सन् 2018 में केंस फिल्म फेस्टिवल में भाग लेने गई तो आपको वहाँ रैम्प पर वॉक करने का दुर्लभ अवसर प्राप्त हुआ। पूरी दुनिया में होने वाले फिल्म समारोहों में केंस फिल्म फेस्टिवल की अपनी अलग पहचान है और इसमें शिरकत करना ही किसी अभिनेता के लिए बहुत बड़ी उपलब्धि मानी जाती है। इसी फिल्म में साफिया की भूमिका के लिए आपको बेस्ट सपोर्टिंग एक्ट्रेस के लिए पहली बार स्क्रीन अवॉर्ड का नॉमिनेशन मिला। 'हमीद' में अपने अभिनय के लिए राजस्थान इंटरनेशनल फिल्म फेस्टिवल में आपको बेस्ट एक्टर अवॉर्ड मिला। इस फिल्म को 66वें राष्ट्रीय फिल्म पुरस्कार में उर्दू की सर्वश्रेष्ठ फिल्म का राष्ट्रीय पुरस्कार मिला। वेब सीरिज 'मिर्जापुर' में बीना त्रिपाठी की भूमिका के लिए आपको इंडियन टेलीविजन एकेडमी अवॉर्ड्स के बेस्ट एक्ट्रेस-वेब सीरिज के लिए नामिनेट किया गया। टी.वी. सीरिज

'देल्ही क्राइम', जिसमें रसिका ने अभिनय किया है, को बेस्ट ड्रामा सीरिज के लिए अंतरराष्ट्रीय 'एम्मी अवॉर्ड' मिला। आपको सन् 2021 में इंडियन फिल्म फेस्टिवल ऑफ मेलबर्न में फिल्म 'लूटकेस' में अभिनय के लिए बेस्ट एक्ट्रेस एवं वेब सीरिज 'मिर्जापुर' में अभिनय के लिए बेस्ट एक्ट्रेस-वेब सीरिज के लिए नॉमिनेट किया गया।

रसिका अपने काम की खुद सबसे बड़ी आलोचक है। आप सदैव अभिनय में प्रयोग करने और अलग-अलग तरह के किरदार निभाने की कोशिश करती रहती हैं। आपने अपना प्राथमिक लक्ष्य रखा है—अभिनय में नित नए की तलाश। आप मानती हैं कि भूमिकाओं के चयन में ज्यादा सावधानी बरतने पर ऐसा कर पाना संभव नहीं होगा। आपको ऐसे किरदार, जो भ्रमित और अव्यवस्थित हैं, करने की चुनौती लेना पसंद है। आपकी ख्वाहिश है कि आप कभी पर्दे पर सुप्रसिद्ध लेखिका अमृता प्रीतम की भूमिका निभाएँ।

रसिका ने सन् 1940 एवं सन् 1950 के दशक पर बनी कई फिल्में की हैं। आप कहती हैं कि आप उस दौर के साथ खुद को सहज महसूस करती हैं। वर्तमान तेज-रफ्तार दौर में, जब चीजें तेजी से बदल जाती हैं, आप अपने को अनुपयुक्त पाती हैं। इसकी बजाय उस पुराने दौर की जिंदगी की रफ्तार को आप अपने लिए ज्यादा उपयुक्त पाती हैं। इस दौर में आप अकसर खुद को खोया हुआ-सा महसूस करती हैं। रसिका बेहद संवेदनशील हैं और अपनी व्यस्तता के बावजूद देश-दुनिया के हालात पर नजर रखती हैं। आपको लगता है कि आज जब हमारा समाज बहुत ध्रुवीकृत हो गया है, तब इस बात की बेहद जरूरत है कि विपरीत विचारों के लोगों के बीच बातचीत हो।

आपने सन् 2010 में मुकुल चड्डा से शादी की, जो खुद भी एक अभिनेता हैं। आपको उर्दू कविता पढ़ना, संगीत सीखना और पॉडकास्ट सुनना पसंद है। आपके पास अभी 'अधूरा', स्पाइक', 'लॉर्ड कर्जन की हवेली', 'मिर्जापुर (तीसरा सीजन)', 'देल्ही क्राइम (दूसरा सीजन)' सहित कई प्रोजेक्ट हैं। आप अब मुंबई में रहती हैं, पर जब भी वक्त मिलता है, जमशेदपुर में अपने पैरेंट्स के पास जरूर आती हैं।

□

पत्रकारिता

बलबीर दत्त

भारत सरकार द्वारा 'पद्मश्री' से सम्मानित बलबीर दत्त ने झारखंड में पत्रकारिता की नींव डाली। श्री दत्त पत्रकारिता में आने के बाद इसमें ऐसे रमे कि आपका यह जुनून, आपके जीवन का मिशन बन गया। आपने सदैव अपनी लेखनी से आम जन, आदिवासियों, जल-जंगल-जमीन से जुड़े मुद्दों को मुखर किया। आपने कभी समझौतावादी पत्रकारिता नहीं की और न ही कभी इसके परिणाम की परवाह की। आपने झारखंड में मूल्यों वाली पत्रकारिता की स्थापना की। पत्रकारिता के माध्यम से आप झारखंड आंदोलन के साक्षी रहे। आपने इस आंदोलन की घटनाओं और परिस्थितियों को बहुत निकट से और इतिहास को कदम-दर-कदम बनते देखा है।

आपका जन्म 31 मई, 1935 को अविभाजित भारत (अब पाकिस्तान) के पंजाब प्रांत के रावलपिंडी शहर में एक सुप्रसिद्ध, संपन्न और विद्वान् परिवार में हुआ। आपके पिता श्री शिवदास दत्त रावलपिंडी के जाने-माने व्यवसायी थे। उस समय जब बहुत कम घरों में अखबार मँगाने का चलन था, तब भी आपके घर में रोजाना तीन अखबार आते थे। बचपन में नियमित अखबार पढ़ने के कारण और तब देश-दुनिया के हालात ऐसे थे कि खबरों में आपको दिलचस्पी पैदा हो गई। पर तब कहाँ पता था कि आगे चलकर खबरों का संसार ही आपकी जिंदगी बन जाएगा? खैर, भारत-विभाजन के समय आपके परिवार ने रावलपिंडी छोड़ दिया और सरहद के इस पार आ गए। सन् 1949 में आपका परिवार राँची आ बसा। आपकी शिक्षा रावलपिंडी, देहरादून, अंबाला और राँची में हुई। आपके परिवार में आपकी पत्नी इंदू दत्त और दो बच्चे हैं।

आपकी पत्रकारिता का सफर सन् 1963 में तत्कालीन बिहार की ग्रीष्मकालीन राजधानी (अब झारखंड की राजधानी) राँची से प्रकाशित साप्ताहिक हिंदी समाचार-पत्र 'राँची एक्सप्रेस' के संस्थापक संपादक के रूप में शुरू हुआ। यह समाचार-पत्र सन् 1976 में दैनिक हो गया। तब राँची से एक भी दैनिक अखबार नहीं निकलता था। उस वक्त तक दैनिक अखबार की संस्कृति ही विकसित नहीं हुई थी। तब अखबार छापने के अलावा उसे पाठकों तक पहुँचाना भी एक बड़ी चुनौती थी। हॉकरों का कोई नेटवर्क नहीं था, जो अखबार सुबह-सुबह पाठकों के घर पहुँचा दे।

किसी तरह हॉकरों को सीधे अखबार के दफ्तर से अखबार उठाने को राजी किया गया। एक समय 'राँची एक्सप्रेस' इस क्षेत्र में सर्वाधिक संख्या में प्रसारित दैनिक पत्र था। बाद में आपने साप्ताहिक पत्र 'जय मातृभूमि' (सन् 1978), साप्ताहिक 'देशप्राण' (सन् 1991) और दैनिक 'देशप्राण' (सन् 1992) का भी संपादन किया। 'देशप्राण' के आप संस्थापक निदेशक और प्रधान संपादक हैं। आपने दैनिक समाचार-पत्र 'द मदरलैंड' एवं आर्थिक दैनिक समाचार-पत्र 'द फाइनेंसियल एक्सप्रेस' में छोटानागपुर क्षेत्रीय संवाददाता एवं समय-समय पर स्तंभकार के रूप में भी अपनी सेवा दी।

श्री दत्त ने अविभाजित बिहार में अपनी कलम से दक्षिण बिहार के इतिहास, भूगोल, आर्थिक, राजनीतिक व सांस्कृतिक क्षेत्रों को आलोकित किया। इसलिए बहुत जल्द आपकी एक विशिष्ट पहचान स्थापित हो गई। 'राँची एक्सप्रेस' में आपके रहते इतने युवा पत्रकार बनकर निकले कि इसे 'पत्रकारों की नर्सरी' तक कहा गया। आज पूरे देश में ऐसे सैकड़ों पत्रकार हैं, जिन्हें बनाने और निखारने में आपने महत्त्वपूर्ण भूमिका निभाई है। आपने बिना किसी अपेक्षा के निर्लिप्त भाव से ऐसे लोगों को अपने सान्निध्य में रखकर उनका मार्ग प्रशस्त किया।

पत्रकारिता के अलावा झारखंड की साहित्यिक श्रीवृद्धि के लिए भी आप सदैव प्रयत्नशील रहे। 'राँची एक्सप्रेस' में रहते हुए आपने झारखंड के साहित्यकारों को सम्मानित और प्रोत्साहित करने के लिए राज्य के सुप्रसिद्ध साहित्यकार राधाकृष्ण की स्मृति में उन्हें 'राधाकृष्ण पुरस्कार' देने की शुरुआत की। यह पुरस्कार लगभग 35 वर्षों तक प्रतिवर्ष दिया जाता रहा। जब और जहाँ अवसर मिलता, आप क्षेत्रीय भाषा नागपुरी को बढ़ावा देने की कोशिश करते। आप राँची विश्वविद्यालय के पत्रकारिता व जनसंपर्क विभाग के संस्थापकों में से एक हैं एवं इसमें आप 26 वर्षों तक स्थायी सलाहकार रहे और संपादकीय पत्रकारिता और समाचार-पत्र प्रबंधन पर मानद अध्यापन कार्य किया।

आपने कई महत्त्वपूर्ण पुस्तकें लिखी हैं, जिनमें प्रमुख हैं—'कहानी झारखंड आंदोलन की', 'सफरनामा पाकिस्तान', 'जयपाल सिंह : एक रोमांचक अनकही कहानी' एवं 'इमर्जेंसी का कहर और सेंसर का जहर'। इनकी पुस्तक 'कहानी झारखंड आंदोलन की' एक जीवंत व प्रामाणिक दस्तावेज है। झारखंड के पूर्व राज्यपाल वेद मारवाह ने इस पुस्तक के बारे में अपनी राय देते हुए कहा कि 'झारखंड से श्री दत्त का जुड़ाव और लगाव बहुत गहरा है और यह पुस्तक उनके इसी लगाव का परिणाम है।' उन्होंने कहा कि श्री दत्त ने इस पुस्तक में स्वयं

को इतिहास के तथ्यात्मक विश्लेषण तक सीमित न रखकर अपने अनुभवों की यथार्थपरक, वस्तुनिष्ठ, सरल और सृजनात्मक प्रस्तुति की है। आपकी पाकिस्तान यात्रा के संस्मरणों पर आधारित पुस्तक 'सफरनामा पाकिस्तान' बुद्धिजीवी वर्ग में काफी चर्चित रही है। अभी आप राजनीति, पत्रकारिता, भारत के विभाजन, विभिन्न यात्रा-वृत्तांत जैसे विषयों पर कई पुस्तकों के लेखन कार्य में व्यस्त हैं। आप नियमित रूप से विभिन्न पत्र-पत्रिकाओं में लेख और कॉलम लिखते रहे हैं।

आप पत्रकारिता के अनेक महत्त्वपूर्ण संगठनों से जुड़े हुए हैं और उनमें सक्रिय रहते हैं। आप पूरे दक्षिण एशिया के प्रख्यात मीडियाकर्मियों की मुख्यधारा निकाय 'साउथ एशिया फ्री मीडिया एसोसिएशन' की कार्यकारिणी समिति के सदस्य होने के अलावा 'एडिटर्स गिल्ड ऑफ इंडिया' एवं 'नेशनल यूनियन ऑफ जर्नलिस्ट्स' के भी सदस्य हैं। आप बहुभाषी राष्ट्रीय न्यूज एजेंसी 'हिंदुस्तान समाचार' के निदेशकों में एक रहे हैं। आप राँची प्रेस क्लब एवं राँची सिटीजंस काउंसिल के अध्यक्ष रह चुके हैं। आपको 'अखिल भारतीय साहित्य परिषद्' की राष्ट्रीय कार्यकारिणी का भी सदस्य बनाया गया। पत्रकारिता के सिलसिले में आपने ब्रिटेन, फ्रांस, नीदरलैंड, डेनमार्क, बेल्जियम, लक्जमबर्ग, जर्मनी, स्विट्जरलैंड, इटली, सिंगापुर, पाकिस्तान सहित अनेक देशों की यात्राएँ की हैं। इन यात्राओं के दौरान आपको विभिन्न संस्कृतियों एवं सभ्यताओं को करीब से देखने-जानने का अवसर मिला, जिसने आपके लेखन पर व्यापक प्रभाव डाला।

सन् 2017 में पत्रकारिता के क्षेत्र में अपनी विशिष्ट उपलब्धियों के लिए भारत के तत्कालीन राष्ट्रपति प्रणब मुखर्जी के हाथों आप 'पद्मश्री' से सम्मानित हुए। इसके अलावा भी आपको कई महत्त्वपूर्ण सम्मान और पुरस्कार प्राप्त हुए हैं, जिनमें राष्ट्रीय पत्रकारिता कल्याण न्यास द्वारा 'बापूराव लेले पत्रकारिता पुरस्कार' (सन् 2008), विश्व संवाद केंद्र द्वारा 'देशरत्न डॉ. राजेंद्र प्रसाद पत्रकारिता शिखर सम्मान' (सन् 2011), 'झारखंड गौरव सम्मान' (सन् 2013), 'क्रांतिकारी पत्रकारिता पुरस्कार', झारखंड सरकार से प्राप्त 'लाइफ टाइम एचीवमेंट अवॉर्ड' (सन् 2011), क्लीन मीडिया फाउंडेशन द्वारा 'महानायक शारदा सम्मान' (सन् 2015) उल्लेखनीय हैं। पिछले वर्ष झारखंड में सिटीजन फाउंडेशन एवं राँची प्रेस क्लब ने आपके सम्मान में संयुक्त रूप से 'पद्मश्री बलबीर दत्त मीडिया फेलोशिप प्रोग्राम' की शुरुआत की है, जिसके अंतर्गत चयन के आधार पर प्रतिवर्ष 3 होनहार पत्रकारों को 1 वर्ष के लिए फेलोशिप दी जाएगी, जिसमें प्रति फेलो 50 हजार की राशि उपलब्ध कराई जाएगी।

विगत लगभग छह दशकों से आप हिंदी और अंग्रेजी के राष्ट्रीय और क्षेत्रीय स्तर के कई समाचार-पत्रों और पत्रिकाओं में नियमित लेखक और स्तंभकार के रूप में लेखन कार्य करते आ रहे हैं। आपके अनेक लेख शोध आधारित पत्रिकाओं में भी प्रकाशित हुए हैं। यह जानना किसी अचंभे से कम नहीं कि अब तक आपके 8,500 से ज्यादा संपादकीय लेखों, निबंधों और टिप्पणियों का प्रकाशन हो चुका है! आपके इस विशद और विराट् लेखन से विषयों की विविधता और आपके पास उपलब्ध ज्ञान के भंडार का सहज ही अनुमान किया जा सकता है। इतने लंबे समय तक पत्रकार के रूप में सक्रिय रहकर भी आप कालजनित कलुष को अपनी पत्रकारिता से दूर रखने में पूरी तरह सफल रहे हैं।

□

महिला अधिकार और सशक्तिकरण

मालंच घोष

झारखंड में महिलाओं की चेतना को सामाजिक, आर्थिक, राजनैतिक और सांस्कृतिक समझ से लैस करने का श्रेय जिन महिलाओं के हिस्से जाता है, उनमें एक महत्त्वपूर्ण नाम है, प्रो. मालंच घोष का। झारखंड में महिलाओं के बीच उनसे जुड़े मुद्दों पर जागरुकता बढ़ाने, उन्हें सामाजिक जीवन से जोड़ने और उनमें नेतृत्व क्षमता विकसित करने में मालंच घोष ने जो काम किया है, वह अद्वितीय है। आपने अपने प्रयास से यहाँ की हजारों महिलाओं को जागरूक बनाया। पेशे से प्राध्यापक मालंच घोष अवकाश प्राप्ति के बाद भी महिलाओं को सम्मान व न्याय दिलाने और उनके हक की लड़ाई तब तक लड़ती रहीं, जब तक स्वास्थ्य कारणों से आप ऐसा करने में बिल्कुल असमर्थ नहीं हो गईं। एक ईमानदार प्रतिरोध की मुद्रा और ऐसा समर्पित व्यक्तित्व अब इस आत्मकेंद्रित होते जा रहे समाज में सचमुच दुर्लभ है।

मालंचजी का जन्म 12 जुलाई, 1944 को गया में अपने ननिहाल में हुआ। आपका पैतृक परिवार मूलतः पश्चिम बंगाल के बर्दमान जिले का है। आप सन् 1958 से राँची में हैं। आपकी प्रारंभिक स्कूली शिक्षा गिरिडीह में हुई। सन् 1960 में राँची के छोटानागपुर गर्ल्स हाई स्कूल से मैट्रिक करने के बाद आपने राँची महिला कॉलेज से इंटरमीडिएट और बीएससी की परीक्षा पास की। राँची विश्वविद्यालय से सन् 1966 में आपने एमएससी की डिग्री हासिल की और फिर यहीं से सन् 1972 में बी.एड. किया। इस बीच आपने सन् 1968 में गिरिडीह कॉलेज से शैक्षणिक कार्य की शुरुआत की और फिर प. बंगाल के झालदा में भी पढ़ाया। सन् 1973 में आप राँची वीमेंस कॉलेज के जंतु विज्ञान विभाग में व्याख्याता के पद पर नियुक्त होकर वहीं से सन् 2004 में सेवानिवृत्त हुईं। एमएससी करने के दौरान ही जर्मनी से इंजीनियरिंग की पढ़ाई कर लौटे युवा-प्रतिभाशाली त्रिदीवेश घोष से आपकी मुलाकात हुई। दोनों के बीच का प्रेम आगे चलकर उनके बीच विवाह-सूत्र में परिणत हो गया। आपके एकल परिवार से और त्रिदीवेश के संयुक्त परिवार से होने के मुद्दे पर अपने परिवार के विरोध के बावजूद दोनों ने जीवनभर साथ निभाने का व्रत लिया। आपके पति सक्रिय राजनीति से जुड़े हुए थे। आपके दादा ससुर तारा प्रसन्न घोष छोटानागपुर कॉपरेटिव बैंक के संस्थापक थे। उन्हें बिहार में सहकारिता

आंदोलन का जनक माना जाता है। राँची के सांसद रहे पी.के. घोष आपके चाचा ससुर थे।

हाई स्कूल की छात्रा के रूप में जब अविवाहित मातृत्व के अपराध में आपकी कक्षा की एक लड़की को विद्यालय से निकाल दिया गया तो किशोरी मालंच ने अपनी माँ से ढेरों सवाल कर उन्हें परेशान कर डाला था—'माँ, उस लड़की का क्या दोष था? उसे स्कूल से क्यों निकाल दिया गया, जबकि असली अपराधी तो उसके साथ ऐसा कृत्य करने वाला वह पुरुष है, जो समाज में सम्मानित बना निर्द्वंद्व वैसे ही घूम रहा है?' किशोरी मालंच अपनी सहेली के लिए समाज और परिवार की उस असहनीय घृणा को कभी स्वीकार न कर सकी। इस घटना को लेकर तेरह वर्ष की मालंच के मन में तब जो सवाल उठे, वे सारे यक्ष-प्रश्न उत्तर पाने के लिए अकुलाते रहे। आपके लिए यह घटना इतनी महत्त्वपूर्ण रही कि इसने आपके जीवन को एक दिशा दे दी। युवा होती मालंच ने जीवन को नजदीक से देखने-परखने के क्रम में अनेक अनुभव अर्जित किए। समाज के दोहरे नजरिए और चरित्र शब्द के रूढ़िवादी अर्थ को लेकर आपका विरोध कॉलेज जीवन से ही मुखर होने लगा।

जीवन के आरंभिक दिनों को याद करते हुए आप कहती हैं, "बचपन कोलियरी के माहौल में बीता। वहाँ मजदूरों की गरीबी देखी। फिर राँची आने के बाद गरीबी का दूसरा रूप देखने को मिला। साथ ही यहाँ सांप्रदायिक व सामुदायिक विषमता की दीवारें देखने को मिलीं। बांग्ला-हिंदी, आदिवासी-बिहारी और हिंदू-मुसलिम नाम की अलग-अलग दीवारें! हाँ, सभी संप्रदाय और समुदाय के बीच एक चीज समान है, और वह है, महिलाओं की बदतर स्थिति।"

पितृसत्तात्मक समाज में एक महिला द्वारा आत्मनिर्भर व्यक्तित्व को पाने के पीछे की अनिवार्य यातना को सहने की विवशता और अनेक अग्निपरीक्षाएँ देने की पीड़ा को मालंच घोष ने भी झेला है, इसीलिए वे किसी बेसहारा और असहाय स्त्री की पीड़ा को जानती-समझती हैं, स्वीकारती हैं, महसूस करती हैं और उसके हक के लिए आवाज उठाने के लिए हरदम तत्पर रहती हैं। राँची या उसके आस-पास जहाँ भी किसी स्त्री पर अत्याचार की कोई घटना सामने आई, तो उसके खिलाफ आवाज उठाने वालों और पीड़ित स्त्री को न्याय दिलाने के लिए संघर्ष करनेवालों में आप सदा अगुआ रहीं।

अपने सामाजिक जीवन की शुरुआत सन् 1973 में आपने राँची की हिंदपीढ़ी बस्ती के लोगों के बीच एक हेल्थ वर्कर के रूप में की। इस क्रम में आपको महिलाओं के बीच काम करने और उनकी समस्याओं और तकलीफों से रूबरू होने

का मौका मिला। सन् 1982 में शिक्षक आंदोलन में आपने सक्रियता से भाग लिया और इसके तहत 'जेल भरो आंदोलन' के क्रम में आपने दूसरे शिक्षक साथियों के साथ एक महीना जेल में भी गुजारा। सन् 1983 में काँटाटोली, राँची में तीन युवतियों के साथ पुलिस के जवानों द्वारा हुए बलात्कार के विरुद्ध आपने आवाज उठाई। इस घटना के विरोध में आपके आंदोलन के फलस्वरूप दोषियों की गिरफ्तारी हुई। तब आपने महिलाओं को न्याय दिलाने के लिए संघर्ष का अपना जो सफर शुरू किया, तो इसके बाद पीछे मुड़कर नहीं देखा। सन् 1985 में दहेज के लिए चर्चित निवेदिता हत्याकांड का मामला सामने आने पर आपके नेतृत्व में इसका जोरदार विरोध हुआ। अंततः निवेदिता के दोषी पति को सजा दिलाकर ही आपने दम लिया। इसी समय आपने राँची की कुछ जागरूक एवं सक्रिय महिलाओं को साथ लेकर 'महिला उत्पीड़न विरोधी एवं विकास समिति' की स्थापना की। इस संस्था में उत्पीड़ित महिलाएँ ही सदस्य हैं, जो दूसरी महिलाओं के लिए संघर्ष करती हैं। इस संस्था के माध्यम से कई दहेज हत्याकांडों एवं महिलाओं से जुड़े अपराधों के अनेक मामलों को प्रकाश में लाकर पीड़ित महिलाओं को न्याय दिलाने के लिए हर प्रकार से विरोध किया गया। इस संस्था के माध्यम से ही सैकड़ों महिलाओं को प्रशिक्षण दिलाकर आपने उन्हें अपने पैरों पर खड़ा कर नारी सशक्तीकरण की दिशा में महत्त्वपूर्ण योगदान दिया। सन् 2004 में सेवानिवृत्ति के बाद सन् 2010 तक आपने अपना पूरा समय संगठन के काम में लगाया। आप राष्ट्रीय स्तर पर भी कई संस्थाओं और संगठनों से जुड़ी रहीं। आपके अविराम संघर्ष को विश्वस्तरीय पहचान तब मिली, जब सन् 1995 में चीन में हुए संयुक्त राष्ट्र संघ के 'चौथे वर्ल्ड वूमेन कॉन्फ्रेंस' में आपको भी आमंत्रित किया गया। इस कॉन्फ्रेंस, जिसमें दुनिया भर से 30 हजार महिलाएँ शामिल हुईं, में आपने भारत के प्रतिनिधिमंडल के साथ भाग लिया। आप राजनीतिक चेतना से लैस, सोच से बहुत सकारात्मक और सुलझी हुई तथा व्यवहार में सबको बराबर मानने वाली सामाजिक कार्यकर्ता रहीं हैं।

आप उन महिलाओं में से हैं जिन्हें बचपन से ही राजनीतिक चेतना भरा पारिवारिक माहौल मिला। पेशे से वकील रहे आपके दादा हरिपदो घोष मार्क्सवादी-लेनिनवाद के प्रखर समर्थक थे। पिता प्रमोद रंजन घोष ने अंग्रेजों के खिलाफ हथियारबंद संघर्ष में हिस्सा लिया और तब के बेहद सक्रिय संगठन 'युगांतर' व 'अनुशीलन समिति' से जुड़े रहे। अपने भाई गोपाल रंजन घोष के साथ गिरफ्तार होने पर उन्हें पहले शिउड़ी और फिर वहाँ से प्रेसीडेंसी जेल ले जाकर वहाँ बंद रखा गया। दो साल बाद जिलाबदर की शर्त के साथ दोनों भाइयों की रिहाई हुई। आपके

श्वसुर भारतीय कम्युनिस्ट पार्टी के सदस्य थे, जिन्होंने राँची में पार्टी की इकाई स्थापित की। मूल्यों पर टिकी और प्रतिबद्ध राजनीति एक प्रकार से आपको विरासत में मिली। सन् 1982 में 'इंडियन पीपल्स फ्रंट' (आईपीएफ) से जुड़कर सन् 1988 तक आप इसकी सक्रिय सदस्य रहीं। आईपीएफ की सदस्य रहते आप पूरे प्रदेश (अविभाजित बिहार) में महिला संगठन बनाने के काम में लगी रहीं। कैसी भी परिस्थिति हो, आप महिलाओं की मदद के लिए हर समय कहीं भी जाने को तत्पर रहती थीं। महिलाओं की मदद और उनके लिए कुछ भी करने की ऐसी जिजीविषा आपके अलावा किसी दूसरी महिला में जल्दी देखने को नहीं मिलती। संघर्ष की जमात से जुड़ी होने के बावजूद आप बातचीत में किसी के खिलाफ नहीं बोलती थीं।

आप कई वर्षों तक महिला मुद्दों पर पत्र-पत्रिकाओं में नियमित रूप से लिखती रहीं। आप 'नारी संवाद' पत्रिका के प्रकाशन से जुड़ीं। राँची दूरदर्शन से हर माह प्रसारित होने वाला आपके द्वारा महिला मुद्दों पर संवाद का कार्यक्रम 'कल्याणी' दर्शकों के बीच बहुत लोकप्रिय हुआ। महिला सशक्तीकरण के क्षेत्र में आपके उल्लेखनीय योगदान के लिए सन् 1996 में लोक समिति की ओर से 'झारखंड रत्न' सम्मान दिया गया। सन् 1999 में आपको 'सेंटर फॉर एजुकेशन' की ओर से 'टीचर कम सोशल वर्कर अवॉर्ड' से सम्मानित किया गया। शिक्षा, समाज विकास, मानवाधिकार तथा महिलाओं के समग्र विकास के क्षेत्र में बहुमूल्य योगदान के लिए आपको देशज मार्ग, पटना द्वारा सन् 2018 का 'प्रभावती सम्मान' प्रदान किया गया।

सन् 2010 के बाद मालंचजी अस्वस्थ रहने लगी हैं। अपनी उपलब्धियों पर बात करना आपको पसंद नहीं है। कहती हैं, "जब किसी स्त्री को उसका हक दिला पाती हूँ, उन्हें किसी मुकाम तक पहुँचा पाती हूँ, तो यही मेरे लिए सबसे बड़ी उपलब्धि होती है। इसके एवज में जो प्यार मिलता है, वह हमारा पुरस्कार है।" बतौर संदेश नई पीढ़ी के लिए आप कहती हैं, "आज की लड़कियों में स्वावलंबन की दिशा ठीक है, पर इसके साथ ही वे एक इज्जतदार मुकाम पाएँ एवं अस्मिता की लड़ाई से कभी समझौता न करें। महिलाओं को सामाजिक संचेतना, राजनैतिक आंदोलनों में भी एक सक्रिय भूमिका निभाने की जरूरत है।"

□

साहित्य

डॉ. श्रवणकुमार गोस्वामी

डॉ. गोस्वामी हिंदी के सुप्रसिद्ध लेखक और उपन्यासकार थे। आपने अपने उपन्यासों में जीवन के लगभग उन सभी पहलूओं को स्पर्श किया है, जो हमारे सरोकारों से जुड़ते हैं तथा किसी-न-किसी तरह आम जन-जीवन को प्रभावित करते हैं। आपके लेखन में मानवीय संवेदना, सहजता और सजगता सदैव बरकरार रही। आपकी लेखन शैली मे निरंतर प्रगति हुई, जिसे आपकी कृतियों के विकास-क्रम में आपके निरंतर प्रखर, स्पष्ट और बेलौस होते जाने में हम देख सकते हैं। अपनी कलम से सीधी, सहज और शिष्ट भाषा में राजनीतिक, सामाजिक और शैक्षणिक छद्म को तार-तार कर देने में आप पारंगत थे।

गोस्वामीजी का जन्म सन् 1936 में गोपाष्टमी के दिन राँची में हुआ। गोपाष्टमी के दिन जन्म के कारण आपके नाम के साथ 'गोस्वामी' जोड़ा गया, जो स्थायी रूप से रह गया। मूल रूप से आपका परिवार उत्तर प्रदेश के जौनपुर का रहनेवाला था, जो बाद में राँची आकर बस गया। राँची के मेन रोड में गुरुद्वारा के पास आपका अपना एक कच्चा घर था, जिसमें आपके पिता का छोटा-सा व्यवसाय था। परिवार की आर्थिक स्थिति बस ठीक-ठाक सी ही थी। परिवार में शिक्षा का अभाव तो था ही, घर में शिक्षा के लिए उपयुक्त माहौल भी नहीं था। संभवतः इसी वजह से बचपन में आपका समय पढ़ने-लिखने में कम और घूमने-फिरने में ही ज्यादा व्यतीत होता था। पर एक बार जब किसी ज्योतिष ने आपका हाथ देखकर कहा कि आपके हाथ में शिक्षा की लकीर ही नहीं है, तो आपने ठान लिया कि आप इसे गलत साबित करके दिखाएँगे! आप बी.ए. (हिंदी प्रतिष्ठा) के छात्र थे, पर यह परीक्षा प्रतिष्ठा के साथ पास नहीं कर सके। एम.ए. में नामांकन भी बहुत मुश्किल से आकाशवाणी के लिए नागपुरी में 'तेतर केर छाँहें' लिखने की वजह से हो पाया। फिर तो आपने हिंदी में न सिर्फ एम.ए. किया, बल्कि सन् 1970 में पी.एच.डी. भी की।

कुछ समय तक हेवी इंजीनियरिंग कॉरपोरेशन में लिपिक की नौकरी करने के पश्चात् आपको समझ में आ गया कि यह काम आपके मिजाज के अनुरूप नहीं है। कई परिचित लोगों ने सुझाया और आपको भी लगा कि शिक्षण कार्य ही आपके लिए उपयुक्त होगा। बस, अपनी इस पक्की नौकरी को छोड़कर आप राँची के नवस्थापित डोरंडा कॉलेज में अध्यापन करने चले आए। डोरंडा कॉलेज की स्थापना से लेकर

इसे आगे बढ़ाने के लिए आपने बहुत मेहनत की, जिसमें बगैर वेतन के काम करने से लेकर कॉलेज के भवन के लिए चंदा इकट्ठा करना भी शामिल था। सन् 1985 में आप हिंदी प्राध्यापक के रूप में राँची विश्वविद्यालय के हिंदी स्नातकोत्तर विभाग में आ गए और वहीं से 31 जनवरी, 1998 को सेवानिवृत्त हुए। यह जानना रोचक होगा कि आर्थिक कठिनाइयों से ऊबकर आपने एक बार फिल्म जगत् में प्रवेश की असफल कोशिश भी की थी।

झारखंड की एक प्रमुख भाषा 'नागपुरी' को समुचित सम्मान का स्थान दिलाने में आपका अमिट योगदान है। डॉ. ग्रियर्सन ने अपने 'लिंग्विस्टिक सर्वे ऑफ इंडिया' में नागपुरी भाषा को भोजपुरी की विभाषा माना था और इसे 'भ्रष्ट भोजपुरी' जैसी अपमानजनक संज्ञा दी थी। इससे आहत गोस्वामीजी ने नागपुरी भाषा और साहित्य पर गहन शोध में 12-13 वर्ष लगा दिए। आपकी मेहनत रंग लाई और आखिर आप यह स्थापित करने में सफल रहे कि नागपुरी मगही, भोजपुरी, मैथिली की तरह बिहारी-भाषा परिवार की एक स्वतंत्र भाषा है। इसी शोध-प्रबंध पर आपको सन् 1970 में पी.एच.डी. की उपाधि मिली। आपके इस शोध के बाद नागपुरी को एक स्वतंत्र भाषा का दर्जा प्राप्त हुआ और स्नातकोत्तर स्तर तक इसकी पढ़ाई शुरू हो गई। नागपुरी पर आपका शोध और आलोचना, तीन पुस्तकों—'नागपुरी और उसके बृहत्-त्रय', 'नागपुरी शिष्ट साहित्य' और 'नागपुरी भाषा' के रूप में प्रकाशित हुईं।

आपकी काव्य-रचना का संसार काफी बड़ा है। आपने साहित्य की सभी गद्य विधाओं में लेखन कार्य किया। आपकी लगभग 30 रचनाएँ प्रकाशित हुईं, जिनमें उपन्यास, कहानी-संग्रह, नाटक, हास्य-व्यंग्य, संस्मरण एवं शोध-पत्र आदि शामिल हैं। आपने अपना लेखन कहानियों से प्रारंभ किया। आपका पहला कहानी संग्रह 'जिस दीये में तेल नहीं है' सन् 1957 में प्रकाशित हुआ। बाद में राजनीतिक व्यंग्य पर आधारित राजकमल प्रकाशन द्वारा प्रकाशित आपका उपन्यास 'जंगल तंत्रम्' बेहद चर्चित हुआ। 'जंगल तंत्रम्' के अलावा आपके उपन्यास हिंद पॉकेट बुक्स द्वारा 'सेतु', राजपाल एंड संज द्वारा 'राहु-केतु', 'मेरे मरने के बाद', 'चक्रव्यूह' और 'कहानी एक नेताजी की', जयभारती प्रकाशन द्वारा 'भारत बनाम इंडिया', सन्मार्ग प्रकाशन द्वारा 'दर्पण झूठ ना बोले' और 'एक टुकड़ा सच', प्रतिभा प्रतिष्ठान द्वारा 'आदमखोर', विनोद पुस्तक मंदिर द्वारा 'केंद्र और परिधि' और किताबघर प्रकाशन द्वारा 'हस्तक्षेप' प्रकाशित किए गए। अपने उपन्यास 'भारत बनाम इंडिया' में आपने कुछ गीत और कविताएँ भी लिखीं। आपके उपन्यासों के अतिरिक्त आपके रचना-संसार में 'राँची तब और अब' और 'लौहकपाट के पीछे' (संस्मरण), 'अटलजी के

नाम एक धारावाहिक पत्र' (विविध), 'प्रतीक्षा' (कहानी-संग्रह), 'हमारी माँगें पूरी करो' और 'पति-सुधार केंद्र' (प्रहसन), 'उड़ने वाला तालाब' (हास्य-व्यंग्य), 'समय' और 'कल दिल्ली की बारी है' (नाटक), 'सोमा' (एकांकी), साहित्य अकादमी द्वारा प्रकाशित 'राधाकृष्ण' (विनिबंध) शामिल हैं। आपने डॉ. दिनेश्वर प्रसाद के साथ डॉ. बुल्के स्मृति ग्रंथ एवं प्रो. दुलायचंद्र मुंडा के साथ रामचरितमानस (मुंडारी टीका) का संपादन किया।

सन् 1991 में डॉ. गोस्वामी को 'बिहार राष्ट्रभाषा परिषद्' या 'बिहार हिंदी ग्रंथ अकादमी' में से किसी एक के लिए निदेशक पद स्वीकार करने का प्रस्ताव मिला था, जिसमें आपको राज्यमंत्री का दर्जा भी मिलना था। लेकिन गोस्वामीजी ने उस प्रस्ताव को यह सोचकर ठुकरा दिया था कि इसे स्वीकार करने के बाद न तो आप अपने लेखकीय और अध्यापकीय जीवन की स्वतंत्रता बरकरार रख पाएँगे और न ही तब बिहार के, जो राजनीतिक हालात थे, उसमें वो फिट हो सकेंगे! दरअसल, गोस्वामीजी ने जीवन में कभी किसी पद या प्रतिष्ठा का लोभ नहीं किया।

अपनी साहित्य सेवा के लिए आप कई संस्थाओं द्वारा पुरस्कृत और सम्मानित किए गए। 'जंगल तंत्रम्' के लिए आपको प्रतिष्ठित 'राधाकृष्ण पुरस्कार' देकर सम्मानित किया गया। इसके अलावा सन् 1984 में उत्तर प्रदेश हिंदी संस्थान, लखनऊ द्वारा 'प्रेमचंद अनुशंसा पुरस्कार', सन् 1995 में मानस संगम, कानपुर द्वारा 'मानस संगम पुरस्कार', सन् 2011 में अक्षर कुंभ संस्था, जमशेदपुर द्वारा 'अक्षर कुंभ सम्मान' सहित कई महत्त्वपूर्ण सम्मान और पुरस्कार प्राप्त हुए। आपके कई नाटकों का दूरदर्शन और आकाशवाणी पर प्रसारण किया गया। सेवानिवृत्ति के बाद इस सदी के पहले दशक में कुछ वर्षों तक आप इस्पात मंत्रालय, भारत सरकार की राजभाषा समिति में मानद सदस्य रहे। सन् 2003 में झारखंड सरकार द्वारा सूरीनाम में होने वाले सातवें विश्व हिंदी सम्मेलन में भाग लेने के लिए चुने गए साहित्यकारों में आप भी एक थे।

आप महसूस करते थे कि आज के हिंदी छात्र तथा शिक्षक, दोनों ही साहित्य से दूर हो गए हैं। छात्रों को प्रेरित करने के लिए शिक्षकों के पुस्तकालय से संबंध जोड़ने और नियमित पढ़ने को आप जरूरी मानते थे। आपकी राय थी कि पहले की तरह लेखन आज भी राष्ट्र को सार्थक दिशा देने में सक्षम सिद्ध हो सकता है पर इसके लिए जरूरी है कि देश के नेताओं का किताबों से संबंध हो।

आपकी कई रचनाओं से स्पष्ट होता है कि कहीं-न-कहीं आदिवासियों के शोषण, विश्वविद्यालयों में व्याप्त असीम भ्रष्टाचार, राजनीतिक निरंकुशता,

प्रशासनतंत्र के कदाचार और भ्रष्टाचार और देश-समाज की इन जैसी तमाम असंगतियों ने जैसे आपको उबाल कर रख दिया हो। स्थिर, शांत व्यक्तित्व और लेखन में भाषाई शालीनता के बावजूद आपकी रचनाओं को पढ़कर यह महसूस करना मुश्किल नहीं था कि आपके भीतर व्यवस्था के प्रति गहरा आक्रोश था। बगैर कानून की शिक्षा के ही एक बार डोरंडा महाविद्यालय में अपनी वेतनवृद्धि रोके जाने के विरुद्ध उच्च न्यायालय में अपने मुकदमे की पैरवी आपने स्वयं की और विपक्ष में राँची के दो बड़े वकील होने के बावजूद आपने मुकदमा जीता।

लेखन में हो या जीवन में, सार्थक परिवर्तन के लिए डॉ. गोस्वामी सदैव संघर्षशील रहे। जिन भी कारणों से हो, पर डॉ. गोस्वामी के व्यक्तित्व और कृतियों का आलोचकों द्वारा सही मूल्यांकन नहीं हुआ, पर इसकी परवाह किए बगैर अपनी रचनाधर्मिता के प्रति आप प्रतिबद्ध बने रहे और निरंतर समर्पण भाव से लेखन में सक्रिय रहे। कई वर्ष अस्वस्थ रहने के बाद 11 अप्रैल, 2020 को आपका निधन हो गया। राँची आपकी जन्मभूमि भी रही और कर्मभूमि भी। जन्म से लेकर मृत्युपर्यंत आप राँची के ही रहे।

□

शिक्षा

नारायण दास ग्रोवर

शिक्षा जगत् को समर्पित श्री एन.डी. ग्रोवर ने झारखंड में न सिर्फ शहरी अपितु आदिवासी एवं नक्सल आंदोलन से प्रभावित ग्रामीण इलाकों में भी स्कूल और कॉलेज सहित लगभग 50 डीएवी शिक्षण संस्थानों की स्थापना कर गुणवत्तापूर्ण शिक्षा का एक बड़ा ढाँचा खड़ा किया और इस तरह अविद्या के अंधकार से ग्रस्त जन-जीवन को विद्या के प्रकाश से आलोकित कर दिया। झारखंड के इन स्कूलों में आज 1 लाख से अधिक बच्चे शिक्षा पाते हैं। झारखंड में शिक्षा के अभूतपूर्व विस्तार में अपने अतुलनीय योगदान के कारण आप झारखंड में शिक्षा के एक स्तंभ माने गए।

आपका जन्म 15 नवंबर, 1923 को अविभाजित भारत के पंजाब के मियाँवाली जिले के इसाखेल कस्बे (अब पाकिस्तान) में हुआ। आपने एक ऐसे परिवार में जन्म लिया, जो कभी धनाढ्य जमींदार हुआ करता था। सन् 1939 में मैट्रिक की परीक्षा पास करने के पश्चात् आपकी शिक्षा पंजाब विश्वविद्यालय के डीएवी कॉलेज, लाहौर में हुई। वहाँ से आपने सन् 1945 में रसायन शास्त्र में स्नातकोत्तर (एमएससी) की परीक्षा पास की। मशहूर वैज्ञानिक हरगोविंद खुराना कॉलेज में आपके सीनियर थे। आप दोनों एक ही हॉस्टल में रहते थे।

पढ़ाई खत्म होने के बाद जल्द ही देश का विभाजन हो गया और सब कुछ छोड़-छाड़कर आपको सरहद के इस पार आना पड़ा। आप लखनऊ आ गए। विभाजन की त्रासदी झेलते आपके परिवार की स्थिति तब ऐसी थी कि आपने सुख कम, संघर्ष ही ज्यादा देखे। इधर आने के बाद आपने कुछ समय तक पहले लखनऊ और फिर रोहतक में अध्यापन कार्य और छोटा-मोटा व्यापार भी किया। लाहौर में अपने गणित शिक्षक भगवानदास जी की प्रेरणा से आप सन् 1957 में आर्यसमाजी और डीएवी सोसाइटी के आजीवन सदस्य बन गए। उसी वर्ष डीएवी कॉलेज, अंबाला, जहाँ भगवानदास जी प्राचार्य थे, से जुड़कर आपने वहाँ सन् 1960 तक शिक्षण कार्य किया। भगवानदास जी की अनुशंसा पर ही सन् 1960 में आपने अबोहर में डीएवी कॉलेज की स्थापना की और इसके सबसे कम उम्र के संस्थापक प्राचार्य बने। आपके जीवन को दिशा देने में भगवानदास जी का बहुत योगदान रहा। अबोहर में रहते हुए आपने अबोहर-फजिल्का क्षेत्र में एक दर्जन से अधिक शिक्षण

संस्थाओं की स्थापना की। अबोहर में आपने बलराम जाखड़ (पूर्व लोकसभाध्यक्ष) के साथ मिलकर कई सामाजिक कार्य किए। इसके बाद आप सन् 1977 से सन् 1982 तक हिसार में डीएवी कॉलेज के प्राचार्य रहे। लड़कियों की शिक्षा के आप इतने बड़े हिमायती थे कि हिसार में इनके कॉलेज में बाहर से आकर पढ़नेवाली लड़कियाँ जब रहने के लिए आवास की व्यवस्था नहीं कर पाईं तो आपने अपना ही आवास उन्हें दे दिया, ताकि उनकी पढ़ाई बाधित न हो और खुद रहने के लिए धर्मशाला में चले गए।

जब सन् 1982 में तत्कालीन ऊर्जा एवं कोयला मंत्री विक्रम महाजन के आग्रह पर डीएवी प्रबंधन ने बिहार, मध्य प्रदेश में सीसीएल और बीसीसीएल के कर्मचारियों के बच्चों के लिए रजरप्पा, बीना, अलकुसा एवं कुसुंदा में 4 स्कूलों की स्थापना की जिम्मेदारी ली तो डीएवी संगठन से कोई भी पूर्वी भारत आकर इस दायित्व को लेने के लिए तैयार नहीं था। तब 59 वर्ष की आयु में आपने यह चुनौती स्वीकार की। आपने न सिर्फ इस चुनौती को स्वीकार किया, वरन् सफलता की एक अद्वितीय मिसाल कायम कर दी। इस कार्य को मूर्त रूप देने के लिए क्षेत्रीय निदेशक के रूप में आपने झारखंड (तब बिहार) में राँची को ही केंद्र बनाया। आपने मानद क्षेत्रीय निदेशक के रूप में बिहार और झारखंड में करीब 25 वर्षों (सन् 1982-सन् 2008) तक कार्य किया। अपनी लगन और मेहनत के दम पर झारखंड और पड़ोसी राज्यों के ओर-छोर तक आपने डीएवी स्कूलों की शृंखला खड़ी कर दी। झारखंड के तो लगभग हर जिले में आपने स्कूल स्थापित किए। इसके अलावा पलामू में इंजीनियरिंग कॉलेज और गिरिडीह में बी.एड. कॉलेज भी आपकी प्रेरणा से ही स्थापित हुए।

झारखंड में आपने आदिवासी उत्थान अभियान को भी सफलतापूर्वक संचालित किया। आपका सदैव यह ध्यान रहता था कि जो सबसे निचले पायदान पर खड़ा है, उसमें भी शिक्षा का समावेश हो। पिछड़ों, दलितों और शिक्षा से वंचित बच्चों के प्रति आपमें एक सहज प्रेम था। आदिवासी, अनुसूचित जाति के बच्चे भी शिक्षित हों, ताकि जिस झोंपड़ी में ज्ञान का प्रकाश नहीं पहुँचा हो, वहाँ भी ज्ञान की ज्योति जले। आपने झारखंड के सभी डीएवी स्कूलों में 7 प्रतिशत सीटें गरीब-मेधावी आदिवासी बच्चों को निःशुल्क शिक्षा देने के लिए आरक्षित कीं।

ग्रोवर साहब के 'कार्यक्षेत्र का विस्तार शिक्षा से लेकर सेवा तक था। शिक्षा के क्षेत्र में आपके कार्य, जिनमें स्कूल स्थापित और संचालित करने के अलावा महिलाओं में स्वरोजगारपरक शिक्षा, प्रौढ़ शिक्षा को बढ़ावा और चरित्र निर्माण

शिविर (वैदिक कैंप) लगाना आदि सर्वविदित हैं, पर सेवा क्षेत्र में भी आपने अनेक कार्य किए, जिनमें शीत ऋतु में वस्त्र, कंबल, भोजनादि का वितरण, अनाथ बच्चों को अनाथालय में भेजना और पढ़ा-लिखाकर रोजगार की व्यवस्था करना प्रमुख हैं। आपने गरीबों और जरूरतमंदों के बीच से अशिक्षा को दूर करने के लिए 'संकल्प सर्व शिक्षा' के तहत तेरह 3-आर शिक्षा केंद्रों की स्थापना की। आदिवासी बहुल ग्रामीण क्षेत्रों में महिला शिक्षा को बढ़ावा देने के लिए आप सदैव विशेष रूप से प्रयत्नशील रहे। आपने महिलाओं के 'सीखने और कमाने' के उद्देश्य से व्यावसायिक प्रशिक्षण की व्यवस्था कराने की पहल की। आपने 'संकल्प नेत्र ज्योति' अभियान के तहत झारखंड के आदिवासी बहुल जिले खूँटी, सिमडेगा और लोहरदगा में सन् 1985 से आई कैंप लगाकर अनेक वर्षों तक आदिवासियों की नेत्र संबंधी चिकित्सा कराई। खूँटी में ही स्वामी दयानंद नेत्रालय के नाम से एक अस्पताल बनवाने में आपका महत्त्वपूर्ण योगदान रहा। खूँटी में आपके काम से प्रभावित पूर्व सांसद् और लोकसभा उपाध्यक्ष कड़िया मुंडा ने सदैव आपको सहयोग दिया। सामाजिक बुराइयों, भ्रष्टाचार और अन्याय का आपने सदा विरोध किया और इनके खिलाफ सदैव अभियान चलाते रहे। प्राकृतिक आपदाओं से पीड़ितों की सहायता के लिए न केवल सदैव खुद तत्पर रहे, वरन् विद्यार्थियों, अभिभावकों और शिक्षकों को भी यथासंभव मदद के लिए प्रेरित किया।

आप बहुत निडर थे। आपके अधीन स्कूलों में नामांकन के लिए आप पर हरदम ही प्रभावशाली लोगों का दबाव आता था, पर आपने कभी इसकी परवाह नहीं की। आप अपने उसूलों के पक्के थे और आपने उनपर कभी समझौता नहीं किया। झारखंड आए तो काफी समय तक वाहन के रूप में साइकिल का इस्तेमाल करते रहे। रेलयात्रा सदैव द्वितीय श्रेणी के स्लीपर क्लास में की। हरदम इस बात का खयाल रखते थे कि आपकी वजह से किसी को कष्ट न हो।

जीवन में जब भी कठिनाइयों से आपका सामना हुआ, आपने उनसे सीखा और अपने को एक सरल, मेहनती और कर्तव्यपरायण व्यक्ति के रूप में निखारा। कठिनाइयों के समय आपके आत्मबल से आपको सदा सहारा मिला। विचार और कर्म से ग्रोवर साहब पूरी तरह गांधीवादी थे और महर्षि दयानंद के विचारों का आप पर गहरा प्रभाव था। आप निष्काम कर्मयोगी थे और सतत रूप से बहुत ही जोश के साथ अपने काम में लगे रहते थे। यह इसी का परिणाम था कि झारखंड में 59 से 85 वर्ष की आयु के बीच में काम करने के बावजूद आप लगभग हर साल औसतन तीन स्कूल/कॉलेज खोलने में और शिक्षा के क्षेत्र में इतना योगदान करने में सफल

हो सके। आपने अपने जीवनकाल में झारखंड के साथ-साथ पंजाब, बिहार, उत्तर प्रदेश, मध्य प्रदेश, उड़ीसा और पश्चिम बंगाल के विभिन्न क्षेत्रों, विशेषकर पिछड़े आदिवासी क्षेत्रों में स्कूल और कॉलेज सहित 200 से अधिक शिक्षण संस्थानों की स्थापना की। आपने डीएवी मैनेजिंग कमिटी के उपाध्यक्ष पद को वर्षों सुशोभित किया।

आप कहते थे कि इंसान को अपने काम पर कभी संतोष नहीं कर लेना चाहिए। कोई भी समझदार व्यक्ति अगर अपने काम पर यानी छोटी-मोटी सफलताओं एवं तथाकथित उपलब्धियों पर संतुष्ट हो जाए तो उसकी वहाँ से आगे बढ़ने की संभावना कम हो जाती है। आपने सदा यह कहा और माना कि अभी मंजिल दूर है, सफर जारी है, प्रयास जारी है।' आप 16 घंटे लगातार प्रतिदिन काम करते थे। आप कहते थे, "मुझे थकावट नहीं होती।" 84 वर्ष की आयु में भी इतने सक्रिय थे कि देखकर आश्चर्य होता था। अपने विषय में पूछे गए सवाल आप टाल जाते थे, क्योंकि अपने विषय में कहना-बोलना-सुनना आपको बिल्कुल पसंद नहीं था। अपनी धुन के आगे आपने अपने स्वास्थ्य की भी कभी परवाह नहीं की। आपकी धुन और सक्रियता पर मौत ही विराम लगा पाई।

6 फरवरी, 2008 को 85 वर्ष की अवस्था में चंडीगढ़ के एक अस्पताल में इलाज के क्रम में आपका निधन हो गया। आपके निधन पर झारखंड विधानसभा में आपको श्रद्धांजलि दी गई। तत्कालीन विधानसभा अध्यक्ष आलमगीर आलम ने शोक संवेदना व्यक्त करते हुए कहा, "प्रख्यात शिक्षाविद् एन.डी. ग्रोवर अपने जीवन के अंतिम समय तक बिहार और झारखंड के कोने-कोने में शिक्षा की अलख जगाते रहे। उनके निधन से समाज में शिक्षा की मशाल को लेकर आगे बढ़ने वाले एक युगपुरूष का अंत हो गया।" झारखंड के तत्कालीन राज्यपाल सैयद सिब्ते रजी, मुख्यमंत्री मधु कोड़ा और विपक्ष के नेता अर्जुन मुंडा सहित राज्य के अनेक प्रमुख नेताओं ने आपके निधन पर शोक व्यक्त किया। बिहार विधान परिषद्, पटना में भी शिक्षा के क्षेत्र में आपके योगदान को स्मरण करते हुए शोक व्यक्त किया गया। आज ग्रोवर साहब भले ही हमारे बीच नहीं हैं, लेकिन आपके द्वारा स्थापित शिक्षण संस्थान आपके जीवित स्मारक हैं, जो वर्षों तक समाज में शिक्षा का प्रकाश फैलाते रहेंगे।

□

पत्रकारिता

हरिवंश

हरिवंश नारायण सिंह (हरिवंश के नाम से चर्चित) एक भारतीय पत्रकार और राजनेता हैं। हरिवंश ने देश के सामने सामाजिक सरोकार से जुड़ी निर्भीक, जिम्मेदार, प्रतिबद्ध और सृजनात्मक पत्रकारिता का मॉडल पेश किया। देशभर में मूल्यों और जन सरोकार की पत्रकारिता के लिए आपकी पहचान है। आप एक प्रखर वक्ता, लेखक और विचारक हैं। हरिवंश वर्तमान में राज्यसभा के उपसभापति हैं। आप दूसरी बार इस पद के लिए चुने गए हैं।

आपका जन्म 30 जून, 1956 को उत्तर प्रदेश के बलिया जिले के सिताब दियारा गाँव में हुआ, जिसे 'जेपी (जयप्रकाश नारायण) के गाँव' के नाम से जाना जाता है। आपके पिता बाँके बिहारी सिंह एवं माता देवरानी देवी का स्वर्गवास हो चुका है। आशा सिंह आपकी जीवनसंगिनी हैं। आपकी पढ़ाई की शुरुआत गाँव के स्कूल में हुई। जयप्रकाश नारायण के नाम पर बने हाईस्कूल से मैट्रिक किया। इंटर की पढ़ाई के लिए बनारस के उदयप्रताप कॉलेज में दाखिला हुआ। बी.एच.यू. (बनारस हिंदू विश्वविद्यालय) से स्नातक व अर्थशास्त्र में स्नातकोत्तर तक की पढ़ाई की। फिर बी.एच.यू. के ही पत्रकारिता विभाग से डिप्लोमा स्तरीय प्रशिक्षण भी प्राप्त किया। बी.एच.यू. में छात्र राजनीति में सक्रिय रहे।

जेपी आंदोलन, छात्र राजनीति का असर और पढ़ने-लिखने की आदत से प्रेरित व प्रभावित होकर आपका पत्रकारिता में आना हुआ। सक्रिय पत्रकारिता की शुरुआत 'टाइम्स ऑफ इंडिया' समूह से हुई। 'टाइम्स ऑफ इंडिया' समूह में ट्रेनी जर्नलिस्ट के रूप में चयन हुआ। फिर उसी समूह की हिंदी पत्रिका 'धर्मयुग' में उप-संपादक के रूप में सन् 1977-1981 तक कार्य किया। 'धर्मयुग' में धर्मवीर भारती से लेकर गणेश मंत्री जैसे पत्रकारों का सान्निध्य और मार्गदर्शन मिला। इस तरह पत्रकारिता की वैचारिकी और सरोकार का पाठ सीखने का अवसर कॅरियर के आरंभिक दिनों में ही मिला। फिर आपने सन् 1981 से सन् 1984 तक बैंक ऑफ इंडिया, हैदराबाद व पटना में अधिकारी के रूप में कार्य किया। मन पत्रकारिता में रमा था, सो लौटकर 'आनंद बाजार पत्रिका समूह' की हिंदी पत्रिका 'रविवार' में सहायक संपादक के तौर पर सन् 1985-1989 तक कार्य किया।

हरिवंश की पत्रकारिता के कॅरियर में अहम और सबसे लंबा पड़ाव बना

'प्रभात खबर'। आप अक्तूबर, 1989 में राँची से प्रकाशित अखबार 'प्रभात खबर' के प्रधान संपादक बने। अगले ही साल जब चंद्रशेखर देश के प्रधानमंत्री बने तो उन्होंने आपको पीएमओ से जुड़ने का प्रस्ताव दिया। अतिरिक्त सूचना सलाहकार (संयुक्त सचिव स्तर का पद) के रूप में आप दिसंबर, 1990 से जून, 1991 तक पीएमओ से जुड़े रहे। चंद्रशेखर के प्रधानमंत्री का पद छोड़ते ही वहाँ से इस्तीफा देकर आपने सन् 1991 में पुनः 'प्रभात खबर' में वापसी की। तब से जून, 2016 तक आप अखबार में प्रधान संपादक के रूप में कार्यरत रहे। जब आप 'प्रभात खबर', जिसके भविष्य को लेकर तब अनेक अटकलें लगाई जा रही थीं, से जुड़े, तब अपने प्रबंधकीय कौशल और प्रयास से पहले इसे राँची में स्थापित किया और फिर इसे हिंदी पट्टी का सर्वश्रेष्ठ वैचारिक अखबार बना दिया। यह सफलता कम संसाधनों के बावजूद आपने हासिल कर दिखाई।

आप एक प्रयोगधर्मी पत्रकार रहे और 'प्रभात खबर' को आपने पत्रकारिता की प्रयोग भूमि बनाया। आपके प्रयोग के मूल में नैतिकता और प्रतिबद्धता के भाव रहे। आपने अपनी शर्तों और सिद्धांतों से कभी समझौता नहीं किया। अवसरवादिता से दूर रहे और संस्थान और सहकर्मियों के साथ विश्वास का नाता जोड़ा। 'प्रभात खबर' की टैगलाइन ही रखी 'अखबार नहीं, आंदोलन' और इसे पूरी प्रामाणिकता दी। आपने 'प्रभात खबर' को सदा हस्तक्षेपकारी भूमिका में बनाए रखा और इसके माध्यम से आंदोलन की जमीन तैयार करने में मदद करते रहे। यही कारण है कि झारखंड सहित पूरे देश के अनेक एक्टिविस्ट अखबार से जुड़े रहे। हरिवंश स्वभाव से तो आंदोलनकर्मी रहे, पर इसके पीछे आपकी भावना सदैव ही परिवर्तन और निर्माण की रही।

आपने हिंदी पत्रकारिता को जन-सरोकार से जोड़ा और इसके लिए आपने अखबार में जन-सरोकार की भाषा का प्रयोग किया। आपके आने के बाद 'प्रभात खबर' में शोषित, वंचित एवं अशिक्षित लोगों के मुद्दों को काफी जगह मिलने लगी, जिससे इन सबसे जुड़े आंदोलनों को गति मिली। यह आपकी विशेषता रही कि पूँजीवादी व्यवस्था से बगैर टकराहट मोल लिए आम लोगों के जीवन की बेहतरी के लिए आपने राजनीतिक और सामाजिक चेतना को बढ़ावा दिया। झारखंड में साक्षरता आंदोलन को बढ़ावा देने के लिए आपने आद्री को 'प्रभात खबर' के साथ लेकर 'अक्षर झारखंड कार्यक्रम' की आधारशिला रखो।

जनपक्षीय पत्रकारिता की, जनमुद्दों को चिंहित करने की, उन्हें पुरजोर तरीके से उठाने, उसे दिशा देने और जनसरोकार को हिंदी पत्रकारिता की मुख्यधारा का

विषय बनाने में आपने महत्त्वपूर्ण भूमिका निभाई। इसी दिशा में राज्य भर में भ्रष्टाचार के खिलाफ 'घूस को घूँसा', 'झारखंड पीपुल्स असेम्बली', दुमका के जनजातीय हिजला मेले में किसानों, ग्रामीणों के लिए चौपाल का वार्षिक आयोजन की आपने पहल की। पत्रकारिता में मूल्यों और सिद्धांतों के विघटन के इस युग में आपने संपादक पद की संस्थागत गरिमा को नई ऊँचाई दी।

'प्रभात खबर' को किसी विचारधारा का मुखपत्र नहीं बनने दिया। खुद समाजवादी विचारधारा के होकर भी अखबार में इसका या किसी एक विचारधारा का पक्ष नहीं लिया। अखबार को सदैव एक सामाजिक-वैचारिक मंच ही बनाए रखा और पत्रकारिता के मूल्यों पर कभी आँच नहीं आने दी। अपनी प्रगतिशील दृष्टि की बदौलत ही आप 'प्रभात खबर' को एक क्षेत्रीय अखबार से राष्ट्रीय महत्त्व का अखबार बनाने में सफल रहे। आपकी जनसरोकार की पत्रकारिता ने झारखंड के क्षेत्रीय मुद्दों को राष्ट्रीय पत्रकारिता का बड़ा विषय बना दिया और इस पर काफी चर्चा हुई। आप देश में क्षेत्रीय पत्रकारिता के प्रतीक बन गए।

अखबारों की दुनिया में झारखंड का सामाजिक, आर्थिक और राजनीतिक अंकेक्षण करने का काम पहली बार 'प्रभात खबर' ने किया। इस अंकेक्षण में भ्रष्टाचार, विकास, प्रशासन, संस्कृति वगैरह पर विशेष अध्ययन कराया गया। आपने 'झारखंड डेवलपमेंट रिपोर्ट' प्रकाशित कराई, जिसे विकास की भाषा की औसत समझ वाला व्यक्ति भी समझ सके और जान सके कि राज्य विकास के पैमाने पर कहाँ खड़ा है? विकास के प्रति नागरिक समझ को विकसित करने और जनता को इस विषय पर सत्ता में वैचारिक हस्तक्षेप करने का यह नायाब प्रयोग था। 'झारखंड डेवलपमेंट रिपोर्ट' पर विख्यात समाजशास्त्री प्रो. रजनी कोठारी ने कहा—"यह अनूठा काम है। ऐसा कहीं नहीं हो रहा है।"

मूल्य-आधारित पत्रकारिता के प्रति अपनी प्रतिबद्धता और विज्ञापनदाता के नाराज होने का जोखिम लेने के साहस ने आपको पत्रकारिता के क्षेत्र में विशिष्ट बनाया। आपने सरकार की विफलता को उजागर करने और परिणामस्वरूप सरकार के द्वारा बनाए गए दबाव को झेलने का साहस दिखाया। घोटालों, गड़बड़ियों को पूरी तत्परता और तीव्रता से आम जनता के सामने लाते रहे। आदिवासी बहुल इलाके में वर्षों से चल रहे चारा घोटाले का पता सबको था पर उसे उजागर करने का जोखिम आपने उठाया। आपने नदी, पहाड़, जमीन और सरकारी कारखानों की लूट के प्रकरण उठाए, जिनमें सीबीआई जाँच बैठी। यह 'प्रभात खबर' के अभियान का असर था कि सरकारी कंपनियों के हजारों घर ताकतवर सफेदपोशों के कब्जे से

मुक्त हुए। सन् 1992 में आपने 'प्रभात खबर' के द्वारा 'भारत किधर' व्याख्यानमाला शुरू की, जिसमें वर्ष दर वर्ष देश की अनेक प्रभावशाली हस्तियों ने अपने विचार साझा किए।

आदिवासी समाज के प्रति आपके मन में गहरा रुझान रहा है। आपके मन में आदिवासी जीवन-मूल्यों, उनके संघर्ष की चेतना और स्वाभिमान तथा सांस्कृतिक संवेदना के प्रति आदर का भाव रहा है। 'रविवार' में रहते हुए आपने धनबाद के कोल माफिया से लेकर राँची के आदिवासी इलाकों की दुर्दशा पर कई स्टोरी की, जो चर्चित हुई। आप 'रविवार' में रहते हुए झारखंड के बारे में लिखते रहे। झारखंड आंदोलन, छोटानागपुर में हो रहे घपलों पर भी आपने 'रविवार' में कई स्टोरी की। आपने आदिवासी इलाकों में व्याप्त आर्थिक अपराध और अनंत शोषण के विरुद्ध खूब कलम चलाई। आपने 'प्रभात खबर' के माध्यम से आदिवासी समाज और संस्कृति से संबंधित विषय ही नहीं उठाए, आदिवासी समाज में लेखकों और पत्रकारों की पौध तैयार की।

झारखंड अलग राज्य आंदोलन को आपने बौद्धिक शक्ति, गति व दिशा दी। झारखंड अलग राज्य आंदोलन में आपने खुलकर वैचारिक रूप से भागीदारी की। राज्य निर्माण के बाद सामाजिक-राजनीतिक परिस्थितियों में आपने अपने लेखन से सशक्त विपक्ष की भूमिका निभाई।

आपको झारखंड सरकार द्वारा राज्य योजना आयोग का अध्यक्ष, माखनलाल चतुर्वेदी राष्ट्रीय पत्रकारिता एवं संचार विश्वविद्यालय, भोपाल, मध्य प्रदेश का कुलपति, कई बड़े अखबारों से प्रधान संपादक बनने जैसे प्रस्ताव मिले। सन् 2010 में आपको भाजपा से राज्यसभा का प्रस्ताव भी मिला। पर आप ऐसे बड़े-बड़े प्रस्तावों को नकारते रहे और 'प्रभात खबर' को ही अपना मिशन बनाकर चले। आपने संघर्ष की राह चुनी। आपका संघर्ष भी दो मोर्चों पर था—अखबार के अस्तित्व को बचाना और साथ ही साथ पत्रकारिता के मूल्यों का संरक्षण और संवर्धन भी करना। हरिवंश ने अखबार की पूँजी के रूप में धन के अलावा श्रम, मानव और विचार को भी स्थान दिया। आपने अपनी टीम पर भरोसा किया और उसे लिखने की स्वतंत्रता दी। आप अखबार में सुधार के लिए लगातार प्रयत्नशील रहे और आलोचनाओं पर गौर किया। उल्लेखनीय है कि सन् 1995 में एक पाठक के रूप में मेरे द्वारा भेजे गए एक शिकायती पत्र का स्वागत करते हुए आपने न सिर्फ उसका जवाब दिया; वरन् मिलने के लिए आमंत्रित भी किया।

बहुआयामी व्यक्तित्व के धनी हरिवंश का पत्रकारिता, राजनीति और सामाजिक

सरोकार के क्षेत्र में उल्लेखनीय योगदान है। हरिवंश समाजवादी-गांधीवादी विचारों के प्रतिनिधि हैं। पत्रकारिता में आने के पूर्व ही आप समाजवादी विचारधारा के पूर्ण प्रभाव में आ चुके थे। आप जेपी, लोहिया से प्रभावित रहे। गांधी जी के विचारों-सिद्धांतों में न केवल आस्था रही, अपितु वे उसे भारत के सामाजिक-राजनीतिक परिवर्तन का सूत्र मानते हैं और आज भी उन्हीं के रास्ते को भारत को आगे ले जाने के लिए जरूरी मानते हैं।

राजनीतिक संस्कार और आंदोलन के मिजाज का बीजारोपण बचपन में ही गाँव में हो गया। जे.पी. का प्रभाव तो था ही। फिर बी.एच.यू. में छात्र राजनीति में भागीदारी से यह रंग गहराया। आपके जीवन और विचारों पर लोहिया का काफी प्रभाव पड़ा। राजनीति में जाने की लालसा, प्रखर राजनीतिक सोच और अभिव्यक्ति के बावजूद याचक बनकर या आत्मसम्मान से समझौता करके राजनीति में शामिल होना आपको मंजूर नहीं था।

सांस्थानिक रूप में हरिवंश की पत्रकारिता के तीन पड़ाव बने—'धर्मयुग', 'रविवार' और 'प्रभात खबर'। आपके पत्रकारिता के कॅरियर में तीनों का अपना खास महत्त्व रहा। पत्रकारिता के जरिए सामाजिक राजनीतिक बदलाव में सार्थक व सक्रिय हस्तक्षेप के लिए 'इंडिया टुडे', 'तहलका' जैसी पत्रिका ने आप पर विशेष स्टोरी की। दिल्ली से प्रकाशित प्रतिष्ठित अंग्रेजी पत्रिका 'सिविल सोसाइटी' ने 'प्रभात खबर' को भँवरजाल से निकाल हिंदी पत्रकारिता और क्षेत्रीय पत्रकारिता का एक मानक या मॉडल बनाने के लिए व्यक्तित्व-कृतित्व पर दो बार आप पर विशेष कवर स्टोरी की। आपकी ऐसे संपादक के रूप में पहचान बनी, जो संपादक बनकर भी लिखते रहे। झारखंड के पूर्व मुख्य सचिव वी.एस. दूबे कहते हैं, "मुख्य सचिव रहते हुए हरिवंश जी से तीन-चार बार मिलना हुआ। जब भी मिले, झारखंड, वहाँ के समाज, आदिवासी और गाँवों के लिए कुछ करने का ही सुझाव दिया।"

आप उच्च कोटि के लेखक हैं, जिनके लेखन संसार में विषयों का असाधारण वैविध्य है। आपने राजनीति के अलावा साहित्य, भाषा, संस्कृति, अध्यात्म, और शिक्षा पर प्रचुर लेखन किया है। आपने मूल्य आधारित पत्रकारिता और ज्ञान-आधारित लेखन की परंपरा को समृद्ध किया। 'रविवार', 'धर्मयुग', 'प्रभात खबर' व देश की अन्य पत्र-पत्रिकाओं में आपके लगभग 1,150 प्रमुख लेख प्रकाशित हुए हैं। आपने 20 पुस्तकों का लेखन और संपादन किया है और अनेक व्याख्यान और साक्षात्कार दिए हैं। आपने भारतीय प्रेस संस्थान की पत्रिका 'विदुरा' का संपादन भी किया। पत्रकार के रूप में आपने अमेरिका, ब्रिटेन, ब्राजील, रूस, चीन, जापान,

इटली, सिंगापुर, तंजानिया, बांग्लादेश, इंडोनेशिया सहित 26 देशों की 35-36 यात्राएँ कीं और लौटकर अपने अनुभवों का यात्रा-वृतांत लिखा।

आप कई संगठनों और सरकारी समितियों से जुड़े रहे। आपको भारत सरकार के विदेश मंत्रालय द्वारा सूरीनाम में सन् 2003 में आयोजित 'विश्व हिंदी सम्मेलन' की आयोजन समिति का एवं पर्यटन और संस्कृति मंत्रालय द्वारा 'लोकनायक जयप्रकाश राष्ट्रीय जन्म शताब्दी समिति' का सदस्य बनाया गया। आप माखनलाल चतुर्वेदी राष्ट्रीय पत्रकारिता विश्वविद्यालय की प्रबंध समिति (1998-2003) के सदस्य रहे। आप एडिटर्स गिल्ड ऑफ इंडिया, वर्ल्ड एडिटर्स फोरम (वैन), फ्रांस, के.के. बिड़ला फाउंडेशन पत्रकार रिसर्च फेलोशिप के सदस्य रहे। भारत सरकार के कल्याण मंत्रालय (1991-96), रेल मंत्रालय (1999-2002), विदेश मंत्रालय की हिंदी सलाहकार समितियों के आप सदस्य रहे। बिहार सरकार ने आपको राज्य साक्षरता मिशन एवं राजभाषा विभाग की पुरस्कार चयन समिति (1992) का सदस्य बनाया। झारखंड सरकार द्वारा आपको सन् 2001 एवं सन् 2004 में बेस्ट विधायक पुरस्कार चयन समिति का सदस्य बनाया।

पत्रकारिता में अपने शानदार योगदान के लिए आपको अनेक सम्मान मिले। अखिल भारतीय पत्रकारिता विकास परिषद् से सन् 1996 नें कलकत्ता में आपको मिले 'महावीर प्रसाद द्विवेदी पत्रकारिता सम्मान' के अलावा सन् 2008 में भोपाल (म.प्र.) में 'माधव राव सप्रे सम्मान', सन् 2012 में जोहांसबर्ग (द. अफ्रीका) में आयोजित 9वें विश्व हिंदी सम्मेलन में पत्रकारिता के माध्यम से हिंदी भाषा की विशिष्ट सेवा के लिए सम्मान, सन् 2014 में अध्यात्म साधना केंद्र, नई दिल्ली से 'आचार्य तुलसी सम्मान' (सन् 2014) प्रमुख हैं।

अप्रैल, 2014 में, हरिवंश जनता दल (यूनाइटेड) के उम्मीदवार के रूप में बिहार से राज्यसभा के लिए निर्विरोध निर्वाचित हुए। राष्ट्रीय जनतांत्रिक गठबंधन (एनडीए) के उम्मीदवार के रूप में निर्वाचित होकर आप पहली बार 9 अगस्त, 2018 को राज्यसभा के उपसभापति बने। पहले कार्यकाल की समाप्ति पर 14 सितंबर, 2020 को आप दूसरी बार राज्यसभा के उपसभापति निर्वाचित हुए। राज्यसभा सांसद होने के बावजूद बौद्धिक नेता और पूर्वग्रह से रहित विचारक के तौर पर आपकी पहचान है।

□

स्वतंत्रता आंदोलन, समाज सेवा

प्रभुदयाल हिम्मतसिंहका

प्रभुदयाल जी एक अग्रणी स्वतंत्रता सेनानी थे। आप महात्मा गांधी, पंडित नेहरू, सुभाष चंद्र बोस, वल्लभ भाई पटेल सहित उस समय के अनेक बड़े नेताओं के निकट सहयोगी रहे। तीसरी और चौथी लोकसभा में कांग्रेस पार्टी की टिकट पर बिहार (अब झारखंड) के आदिवासी बहुल क्षेत्र गोड्डा से जीतकर सांसद बने। संतालों की समस्याओं को हरदम सरकार तक पहुँचाकर आप उनका समाधान कराने की कोशिश में लगे रहते थे। अछूतोद्धार एवं अस्पृश्यता निवारण के लिए आपने बहुत काम किया।

आपका जन्म दुमका में 16 अगस्त, 1889 को हुआ। आपकी प्रारंभिक शिक्षा दुमका जिला स्कूल में हुई। इसके बाद आपने कलकत्ता में वकालत की पढ़ाई की और कलकत्ता उच्च न्यायालय में सोलिसिटर और उच्चतम न्यायालय में वकील रहे। आपके लंबे जीवन का काफी हिस्सा आपके वकालत के पेशे के अलावा सामाजिक और राजनीतिक गतिविधियों में बीता। इस दौरान दुमका के अलावा, कलकत्ता और असम आपका कार्यक्षेत्र रहा।

छात्र के रूप में कलकत्ता में रहते हुए ही प्रभुदयाल जी में देशभक्ति की ज्वाला धधकने लगी थी। इसके लिए आपने क्रांतिकारी मार्ग चुना और विपिनचंद्र गांगुली के नेतृत्ववाली 'बंगाल रिवोल्युशनरी पार्टी' के सदस्य बन गए। आप रोड़ा आर्म्स केस (1914) और बंगाल छोड़ो आंदोलन (1916) में सक्रिय रहे। आपने भारत छोड़ो आंदोलन (1942) एवं गांधी जी के साथ दांडी मार्च में भी भाग लिया। राजनीतिक गतिविधियों के कारण सन् 1914 में आप जेल गए। रोड़ा आर्म्स लूट केस में आप पुलिस द्वारा पकड़े गए और फिर प्रमाण के अभाव में छूट भी गए, पर आपको मार्च, 1916 में चार वर्षों के लिए बंगाल से निकाल दिया गया। तब आप अपने घर दुमका आ गए और सामाजिक कार्यों में सक्रिय हो गए। इसके पहले ही सन् 1913 में देवघर के पास जसीडीह में लोगों की स्वास्थ्य-लाभ की आवश्यकता को ध्यान में रखकर बन रहे 'आरोग्य भवन' की स्थापना में आपने सहयोग किया। फिर दुमका में आपने कन्या पाठशाला की स्थापना की पहल की। उस समय बालिकाओं की शिक्षा की हिमायत करना बहुत असाधारण और चुनौतीपूर्ण बात थी। दुमका में तब तक कोई हिंदी पुस्तकालय नहीं था। आपकी पहल से तब वहाँ एक पुस्तकालय भी

शुरू हुआ। दुमका में आपने एक चिकित्सा केंद्र भी शुरू किया, जहाँ बायो-केमिक दवाओं के द्वारा होने वाला उपचार देहात के निवासियों के लिए बहुत उपयोगी साबित हुआ। सन् 1917 में वकालत पास कर आपने दुमका में वकालत शुरू की। वहाँ जल्द ही आपकी वकालत अच्छी चल निकली। आप में जन-सेवा की भावना प्रबल होने के कारण आपने नाममात्र की फीस लेकर गरीबों के मुकदमे लड़े। कोर्ट में मुकदमा ले जाने की बजाय आपकी हर संभव पहली कोशिश यही होती कि मामला दोनों पक्ष आपस में सहमति से सुलझा लें।

दुमका तब एक काफी पिछड़ा हुआ क्षेत्र था। तब वहाँ यातायात के साधन के रूप में बैलगाड़ी और घोड़ागाड़ी का ही प्रचलन था। धीमी गति के यातायात साधनों के कारण दुमका का अन्य व्यापारिक केंद्रों से संपर्क नहीं के बराबर था। दुमका के समर्थ व्यक्तियों से प्रभुदयाल जी ने यातायात की कठिनाइयों पर चर्चा की, पर सार्वजनिक यातायात के लिए मोटर गाड़ी के उनके प्रस्ताव से सहमत होने का साहस लोग नहीं जुटा सके। पर धुन के पक्के प्रभुदयाल जी ने हार नहीं मानी और बगैर लाभ-हानि की परवाह किए एक फोर्ड कार खरीदकर आपने उसे वहाँ टैक्सी के रूप में चलवाने का प्रयोग शुरू किया। जब सवारी और सामान की दूरी बहुत कम समय में तय होने लगी तो जनता का इसे अच्छा समर्थन मिला। एक वर्ष के बाद ही इस सफलता से उत्साहित होकर आपने यात्रियों के लिए बस और माल ढोने के लिए लॉरी सेवा चालू कर दी। इस प्रयोग से दुमका नौनीहाट, भागलपुर (बिहार) आदि क्षेत्र आपस में जुड़ गए और उस क्षेत्र की व्यापारिक गतिविधियों में गति आई और वहाँ सभ्यता की रोशनी भी तेजी से फैलने लगी। इस तरह दुमका में सड़क परिवहन में मोटर गाड़ी लाकर उस क्षेत्र का द्रुत यातायात से परिचय कराने का श्रेय आपको ही जाता है। सन् 1917 में चम्पारण सत्याग्रह की सफलता के बाद जब गांधी जी ने स्वाधीनता, ग्राम स्वराज्य, स्वावलंबन और समृद्धि के प्रतीक के रूप में चरखा देश के सामने रखा, तो सशस्त्र क्रांति की राह के पथिक प्रभुदयाल जी भी इससे प्रभावित हुए और गांधी जी के अनुयायी बन गए। आपने तब दुमका की ग्रामीण जनता में आत्मनिर्भर स्वाधीन चेतना के जागरण के लिए जरमुंडी में एक चरखा केंद्र स्थापित किया।

आप दुमका क्षेत्र के लोगों के सुख-दुःख में सदैव भागीदार रहे। क्षेत्र के लोगों की प्राकृतिक आपदा में या सिंचाई के लिए नहर-कुओं के निर्माण में या फिर नौकरी दिलाने में सहायता करने में आप हरदम तत्पर रहते थे। गुजरात में आदिवासी समुदाय के उत्थान में लगे समाजसेवी अमृतलाल विट्ठलदास ठक्कर, जो ठक्कर

बापा के नाम से प्रसिद्ध थे, से संपर्क होने पर उन्हीं की सलाह से आपने अपने क्षेत्र में जहाँ कुष्ठ का काफी प्रकोप था, 'संताल पहाड़िया सेवा मंडल' के माध्यम से कुष्ठ निवारण का कार्य प्रारंभ किया। इसी संस्था के द्वारा संताल और अन्य पिछड़ी जातियों के लिए शुरू किए गए शिक्षा केंद्रों से शिक्षा प्राप्त कर अनेक आदिवासी उच्च सरकारी पदों पर पहुँचने में सफल रहे। आप शिक्षा, कुष्ठ निवारण, विधवा विवाह, हरिजन उत्थान, स्काऊट्स एंड गाइड्स जैसे समाज सेवा के कार्यक्रमों में जीवनभर सक्रिय रहे। समाज सुधार की जो बातें दूसरों से कहते, उसे आप खुद भी करने में विश्वास रखते थे। विधवा विवाह के आप प्रबल हिमायती थे और इसका परिचय आपने अपने पोते का विवाह उस महिला की लड़की से करके दिया, जिसका विधवा होने पर आपने ही विवाह कराया था। सन् 1946 से मृत्युपर्यंत आप कुष्ठ निवारण के काम में संताल पहाड़िया सेवा मंडल के माध्यम से जुड़े रहे। दुमका में आपके सामाजिक कार्यों में परिवार और विशेष रूप से आपके अनुज रामजीवन हिम्मतसिंहका, जो खुद संताल परगना के एक जाने-माने समाजसेवी थे, ने मजबूती से साथ निभाया। कलकत्ता में रहते हुए आपने अपने गृह राज्य बिहार (अब झारखंड) से जाकर वहाँ पढ़ाई करने वाले विद्यार्थियों के लिए राजेंद्र छात्रावास की स्थापना की, जिसमें रह कर यहाँ के हजारों छात्रों ने उच्च शिक्षा पाई। आपने कलकत्ता में अनेक सामाजिक संस्थाएँ खड़ी कीं, पर बिहार के लिए कुछ करने की बेचैनी उनके मन में सदैव रही।

आज यह एक अविश्वसनीय-सी बात लगेगी कि सन् 1962 में आपके झारखंड के गोड्डा से (तब बिहार) पहली बार और सन् 1967 में दूसरी बार लोकसभा का सदस्य चुने जाने से पहले आप दो दूसरे राज्यों असम (1946-48) और बंगाल (1948) की विधानसभाओं के सदस्य भी रहे। इसके अलावा आप संविधानसभा (1948-50), प्रॉविजनल संसद् (1950-52) और राज्यसभा (1956-62) के सदस्य भी रहे। दुमका में आप पार्षद (1917-20) भी रहे। इसके पहले सन् 1912 में आपने डिप्टी-मजिस्ट्रेट बनने का सरकारी आग्रह ठुकरा दिया था। सन् 1924 में, जब देशबंधु चित्तरंजन दास कलकत्ता कॉरपोरेशन के मेयर चुने गए, उसी समय प्रभुदयाल जी कॉरपोरेशन के पार्षद चुने गए। आप फिर लगातार सन् 1943 तक वहाँ पार्षद चुने जाते रहे।

प्रभुदयाल जी सन् 1920 में गांधी जी के संपर्क में आए। सन् 1946 में जब असम में सांप्रदायिक हिंसा भड़कने पर गांधी जी वहाँ गए तो प्रभुदयाल जी ने उनके साथ पाँच दिनों तक दंगाग्रस्त इलाकों की यात्रा की और दंगापीड़ितों को राहत देने

में सहयोग दिया। नेताजी से आपके बड़े निकट संबंध रहे। नेताजी की लंबी बीमारी के दौरान जेनेवा (स्विट्जरलैंड) में चिकित्सा व्यय का भार प्रभुदयाल जी ने अपने ऊपर लिया और निरंतर समय पर उनके लिए औषधि और रुपए-पैसे की व्यवस्था करते रहे। डॉ. राममनोहर लोहिया से प्रभुदयाल जी का संपर्क सन् 1926 में हुआ और शीघ्र ही डॉ. लोहिया से आपका संबंध छोटे भाई की तरह का हो गया। लोहिया जी के व्यक्तित्व निर्माण में प्रभुदयाल जी का काफी योगदान रहा। विरोधी राजनीतिक विचारधारा का होने के बावजूद, दोनों में आत्मीय संबंध अंतिम समय तक बना रहा। राजेंद्र बाबू से तो आपका परिचय कलकत्ते में पढ़ने के दौरान ही हो गया था। सन् 1934 में जब बिहार में भूकंप आया और उससे भीषण तबाही हुई तो राहत कार्य में सहयोग के लिए डॉ. राजेंद्र प्रसाद के बुलाने पर प्रभुदयाल जी ने न सिर्फ धन भेजा, बल्कि स्वयं वहाँ जाकर राहत कार्य में हाथ बँटाया। राजेंद्र बाबू ने आपको भूकंप राहत के लिए बनी अखिल भारतीय कमिटी में रखा। राजेंद्र बाबू के साथ आपके संबंध प्रगाढ़ होते गए और अंत समय तक ऐसे ही बने रहे। सरदार पटेल के भी आप विश्वासपात्र थे। सरदार पटेल ने आपको असम में कई राजनीतिक अभियानों की जिम्मेदारी सौंपी, जिन्हें आपने सफलतापूर्वक निभाया। लालबहादुर शास्त्री से भी आपके निकटतम संबंध थे। लोकनायक जयप्रकाश नारायण से तो आपके घर जैसे संबंध थे।

प्रभुदयाल जी ने एक जागरूक विधिवेत्ता और जन-प्रतिनिधि के रूप में संविधान निर्माण में अपना योगदान किया। संविधान के आमुख में आपके भी हस्ताक्षर हैं। सन् 1950 के प्रारंभ में संविधान का कार्य पूर्ण होने पर सन् 1952 तक यही संविधान सभा अंतरिम संसद् के रूप में कार्य करती रही और इस अवधि में प्रभुदयाल जी इसके सदस्य बने रहे। राजनीतिक आदर्शों में होते अवमूल्यन से तालमेल न बिठा पाने के कारण सन् 1971 में आपने अपने को दलगत राजनीति से पूरी तरह मुक्त कर लिया और पूरी तरह समाज सेवा को सम्पिर्त हो गए। सांसद के रूप में आपके भाषण संतुलित और विचारशील हुआ करते थे। कानूनी मसलों पर संसद् में आपके भाषण बहुत पसंद किए जाते थे। आपने पत्रकारिता के क्षेत्र में भी कार्य किया और राष्ट्रीय विचारधारा को दिशा देने वाले दो पत्रों का सफलतापूर्वक संचालन कर आपने सिद्ध कर दिया कि पत्रकारिता में भी आपकी गहरी पैठ थी।

अपने कर्मों से आपने संताल परगना का नाम देश में ऊँचा किया। सन् 1991 में 102 वर्ष की उम्र में अपने पीछे अपनी कीर्ति और एक भरा-पूरा परिवार छोड़कर आप सदा के लिए इस दुनिया से प्रयाण कर गए।

□

पर्यावरण, संस्कृति

बुलू इमाम

हजारीबाग के रहने वाले बुलू इमाम को जनजातीय कला एवं सांस्कृतिक विरासत के संरक्षण के क्षेत्र में सराहनीय योगदान के लिए जाना जाता है। आप एक जाने-माने लेखक भी हैं, जिन्होंने इन विषयों पर बहुत लिखा है। आप एक ख्यातिप्राप्त पर्यावरणविद् भी हैं। भारत सरकार द्वारा सन् 2019 में बुलू इमाम का 'पद्मश्री' सम्मान के लिए चयन किया गया, जिसे आपने देश के राष्ट्रपति रामनाथ कोविंद के हाथों प्राप्त किया।

आपका जन्म 31 अगस्त, 1942 को हजारीबाग में हुआ। आपके दादा सैयद हसन इमाम कलकत्ता उच्च न्यायालय में अग्रणी बैरिस्टर और बाद में जज (1912-16) रहे। उन्होंने भारतीय राष्ट्रीय कांग्रेस के सन् 1918 में बंबई में हुए विशेष सत्र की अध्यक्षता की। आपके पिता टूटू इमाम देश-विदेश में ख्यातिप्राप्त शिकारी, मोटर रेसर, वन्यजीव एवं घुड़सवारी विशेषज्ञ थे। आपके पिता ने सन् 1956 में कलकत्ते में भारतीय ग्रां.प्री. जीतकर बहुत सुर्खियाँ बटोरी थीं। टूटू इमाम ने सिद्धांत रूप से सिर्फ उन्हीं जंगली जानवरों का शिकार किया, जो आदमखोर हो जाते थे। बुलू इमाम ने भी अपने जीवन में मूल्यों से कभी समझौता नहीं किया।

बुलू इमाम ने अपने जीवन की शुरुआत एक वन्यजीवप्रेमी, पेंटर, कवि और लेखक के रूप में सन् 1960 में की। देश की कई ख्यातिप्राप्त कला संस्थाओं में आपकी पेंटिंग्स की प्रदर्शनी लगी। आपकी पेंटिंग्स की पहली प्रदर्शनी सन् 1961 में, जब आपकी आयु महज सन् 19 वर्ष की थी, कलकत्ता की प्रतिष्ठित 'एकेडमी ऑफ फाइन आर्ट' में लगी। इसी तरह आपका पहला कविता संग्रह महज 20 वर्ष की आयु में ही सन् 1962 में प्रकाशित हो गया। इसके साथ ही वन्यप्राणी जगत् में आपकी खोज भी चलती रही। पर्यावरण संरक्षण के क्षेत्र में आपकी सदैव रुचि रही। आप सन् 1988 में प्रख्यात पर्यावरणविद् सुंदरलाल बहुगुणा के 'चिपको आंदोलन' से जुड़े और वनों की रक्षा के लिए आपने जंगलों में कई बार पदयात्राएँ कीं।

बुलू इमाम ने सन् 1991 से लेकर अगले 6 वर्षों के दौरान इस्को सहित कई अन्य स्थानों में गुफा चित्रों की खोज की और इन चित्रों एवं सिंधु लिपि के बीच के संबंध की ओर दुनिया का ध्यान आकृष्ट कराया। आपने सन् 1991 में हजारीबाग के इस्को में प्रथम शैल-कला (10,000, B.C.) और उसके बाद उत्तरी कर्णपुरा

घाटी में एक दर्जन से अधिक शैल-कला स्थलों की खोज की। आपने सन् 1993 में विवाह के अवसर पर प्राकृतिक रंगों से की जाने वाली कोहबर पेंटिंग एवं सन् 1994 में फसल कटाई के अवसर से जुड़ी सोहराय पेंटिंग को प्रकाश में लाकर हजारीबाग इलाके की इन ग्रामीण कलाओं को नया जीवन दिया। आज ये पेंटिंग्स पूरे झारखंड के प्रमुख सार्वजनिक स्थलों पर देखी जा सकती हैं। आपके अनुसार 'सोहराय' शब्द अपने में पशुओं को पालतू बनाने और संभवतः इस क्षेत्र के आदिवासी समुदाय में कृषि की शुरुआत का इतिहास समेटे हुए है। आपने यह स्थापित किया कि हजारीबाग के आस-पास पाए गए मेसो-चैल्कोलिथिक शैल-कला तथा जनजातीय गाँवों के घरों में महिलाओं द्वारा की गई भित्ति कला के बीच समानता है। आपने सन् 1995 में हजारीबाग के दीपूगढ़ा मोहल्ले में 'संस्कृति म्यूजियम एंड आर्ट गैलरी' की स्थापना की, जिसके माध्यम से आप सोहराय एवं कोहबर कला के संरक्षण एवं संवर्द्धन का कार्य कर रहे हैं। इस संग्रहालय में एक लाख वर्ष से भी ज्यादा पुराने औजार और कला के दुर्लभ नमूने देखे जा सकते हैं। सन् 2019 में आपके द्वारा भेजी गई टीम ने कनाडा के ओटावा शहर में अवस्थित नेशनल गैलरी ऑफ कनाडा में 50 फीट लंबी सोहराय पेंटिंग कर उसे सुसज्जित किया।

बुलू इमाम के मन में बचपन से ही जनजातीय समुदाय से गहरा लगाव रहा है। इस क्षेत्र की जनजातीय कला को बढ़ावा देने के लिए सन् 1995 में आपने ट्राइबल वीमेन आर्टिस्ट्स कॉपरेटिव (टीडब्ल्युएसी) की स्थापना की। इस संस्था के बैनर तले अमेरिका, कनाडा, यूरोप एवं आस्ट्रेलिया में सोहराय एवं कोहबर पेंटिंग्स की 50 से भी अधिक अंतरराष्ट्रीय प्रदर्शनियाँ आयोजित करने का श्रेय आपको है। इस तरह आपने न सिर्फ महिला भित्तिचित्र कलाकारों का सशक्तीकरण किया है, बल्कि इन अवसरों का उपयोग करते हुए अंतरराष्ट्रीय मंचों पर जनजातीय समुदाय के अधिकारों को मान्यता देने के लिए मजबूती से आवाज उठाई है।

श्री इमाम पुरातत्व विज्ञान, जनजातीय और शैल-कला, स्थानीय लोक संगीत और इतिहास से संबंधित क्षेत्रों में अनुसंधानकर्ता और ऑथिरिटी हैं। आपने कला और पुरातत्व विज्ञान पर 400 से अधिक शोध-पत्र प्रकाशित किए हैं और कई पुस्तकें तथा मोनोग्राफ लिखे हैं, जिनमें इंटैक, दिल्ली द्वारा प्रकाशित 'ब्राइडल केव्स' (1995), आर्यन बुक्स इंटरनेशनल, दिल्ली द्वारा प्रकाशित 'एंटिकेरियन रिमेंस ऑफ झारखंड' (2014), 'द नोमैडिक बिरहोर्स ऑफ झारखंड-देयर लाइफ, आर्ट, सॉग्स, फॉकलोर एंड इथनोबॉटनी, बर्लिन (2015), द माँझी संताल्स ऑफ हजारीबाग-देयर हंट रूल्स, सॉग्स, लाइफस्टाइल, फॉकलोर एंड हंटिंग डॉग्स,

बर्लिन (2015), हजारीबाग स्कूल ऑफ पेंटिंग एंड डेकोरेटिव आर्ट्स, बर्लिन (2015), 'द फ्लावरिंग ब्रांच सॉंग्स ऑफ माँझी संताल्स ऑफ हजारीबाग, बर्लिन (2015) प्रमुख हैं। आपने अंतरराष्ट्रीय मंचों पर दर्जनों शोध-पत्र प्रस्तुत किए हैं। आप सन् 1987 से इंटैक के हजारीबाग चैप्टर के संयोजक हैं।

आपने झारखंड की आदिवासी कला और संस्कृति पर कई फिल्मों का निर्माण किया है, जिनमें जी टेलिफिल्म्स मुंबई द्वारा निर्मित 'द बिरहोर-स्टडी ऑफ नोमेडिक ट्राइब इन हजारीबाग' (1999) एवं 'द सोहराय आर्ट ऑफ हजारीबाग' (1999), फिल्म प्रभाग, भारत सरकार के साथ बनाई गई फीचर फिल्म 'ट्राइबल वीमेन आर्टिस्ट्स' (2001), सुजेन गुप्ता, बर्लिन के निर्देशन में बनी 'वन इयर्ड एलीफेंट फ्राम हजारीबाग (2004), बिनॉय के. बहल द्वारा दूरदर्शन के लिए निर्मित 'अर्ली क्रिएटिव एक्सप्रेशन ऑफ मैन (आर्ट ऑफ इंडिया सिरीज, नं. 10) एवं 'द इटर्नल डांस' (आर्ट ऑफ इंडिया सिरीज, नं. 11) (2004) एवं नेशनल ज्योग्राफिक द्वारा निर्मित 'सर्च फॉर द फर्स्ट डॉग' प्रमुख हैं। 'ट्राइबल वीमेन आर्टिस्ट्स' फिल्म को सन् 2001 के राष्ट्रीय फिल्म पुरस्कार समारोह में कला/संस्कृति की सर्वश्रेष्ठ फिल्म का राष्ट्रीय फिल्म पुरस्कार प्राप्त हुआ। सन् 2008 में आपने विभिन्न जनजातीय समुदायों के गीतों, लोक कथाओं पर पुस्तकों का प्रकाशन किया।

आपको लंदन के 'हाउस ऑफ लॉर्ड्स' में 12 जून, 2012 को गांधी फाउंडेशन द्वारा 'गांधी इंटरनेशनल पीस अवॉर्ड' (2011) दिया गया। इनके अलावा आपको कई पुरस्कारों से नवाजा जा चुका है, जिनमें झारखंड की संस्कृति में योगदान के लिए झारखंड सरकार द्वारा दिया जाने वाला राजकीय पुरस्कार 'राजकीय संस्कृति सम्मान' (2006), झारखंड में जनजातीय कला में योगदान के लिए महामहिम राज्यपाल द्वारा प्रदान किया गया 'दूरदर्शन स्वर्ण जयंती पुरस्कार' (2009), प्रमुख हैं। आपको श्री एडवर्ड स्मिथ, पारिस्थितिकी विज्ञानी, यू.के. के द्वारा यूएसए के 'गोल्डमैन अवॉर्ड', सन् 2006 एवं इंटैक, नई दिल्ली द्वारा इंदिरा गांधी नेशनल इंटेग्रेशन अवॉर्ड (2007) के लिए नामित भी किया गया।

सोहराय कला के सामने खड़ी चुनौतियाँ का जिक्र करते हुए आप कहते हैं कि पहली चुनौती तो इसका कैनवास, जो मिट्टी की दीवार है, मिलने की है, क्योंकि अब गाँवों में भी ज्यादातर मकान पक्के बनने लगे हैं, दूसरी चुनौती है, इसमें उपयोग किए जाने वाले ऑर्गेनिक रंगों, सफेद काओलिन मिट्टी, काली मैंगनीज मिट्टी और लाल मिट्टी की उपलब्धता और तीसरी चुनौती है महिला कलाकारों के पास समय और संसाधनों का अभाव। इसीलिए आप इस कला को बचाने के लिए इसे संरक्षण

दिए जाने की जरूरत पर जोर देते हैं। आप इस बात पर अफसोस व्यक्त करते हैं कि हजारीबाग के आसपास देश की कुछ सबसे बड़ी कोयला खनों के बीच स्थित ऐतिहासिक स्थलों एवं गाँवों को अपने अथक प्रयास और राष्ट्रीय एवं अंतरराष्ट्रीय विद्वानों के समर्थन के बावजूद इनके महत्त्व को समझाने और नष्ट होने से बचाने में असमर्थ रहे हैं। इनके नष्ट होने से अतीत के साथ हमारे संबंध के साक्ष्य सदैव के लिए समाप्त हो जाएँगे।

यह तो निश्चित रूप से कहा जा सकता है कि बुलू इमाम के द्वारा किए गए कार्य और स्थापित संस्थाएँ, यह स्थापित करने में सफल रही हैं कि किस तरह पर्यावरण, जनजातीय लोगों के अधिकार, महिलाओं की कला, और इस क्षेत्र का प्रागैतिहासिक काल एक-दूसरे से जुड़े हैं। झारखंड के हजारीबाग क्षेत्र में इतिहास और वर्तमान के बीच पुल बनाने के आपके कार्य को असाधारण से कम नहीं माना जा सकता।

□

साहित्य

महुआ माजी

साहित्य के क्षेत्र में झारखंड का नाम पूरी दुनिया में रोशन कर चुकी महुआ माजी झारखंड महिला आयोग की अध्यक्ष रह चुकी हैं। आपका पहला ही उपन्यास 'मैं बोरिशाइल्ला' बेस्टसेलर रह चुका है और इस उपन्यास के लिए महुआ जी को देश-विदेश में अनेक पुरस्कार मिले हैं। आप इस वर्ष झारखंड से निर्विरोध राज्यसभा की सदस्य चुनी गई हैं।

महुआ माजी का जन्म 10 दिसंबर, 1932 को एक खतियानी बंगाली परिवार में झारखंड की राजधानी राँची में हुआ। श्री परिमल घोष आपके पिता थे। आपका परिवार अविभाजित भारत के बंगाल से पिछली सदी के तीसरे दशक में राँची आकर यहाँ बसा। आपकी पढ़ाई-लिखाई राँची में ही हुई। आपने समाजशास्त्र में एमए और पीएचडी की है और यूजीसी की नेट परीक्षा भी पास की है। आपने पुणे के फिल्म एंड टेलीविजन इंस्टिट्यूट से 'फिल्म अप्रिसिएशन कोर्स' तथा रवींद्र भारती विश्वविद्यालय से फाइन आर्ट्स में 'अंकन विभाकर' की डिग्री हासिल की है।

आपको बचपन से ही कला, साहित्य और संस्कृति से गहरा लगाव था। बाद में चित्रकारिता में भी आपकी रुचि जागी। कॉलेज के दिनों में कविताएँ लिखने के शौक ने आपको लेखन की ओर प्रेरित किया। पत्र-पत्रिकाओं में नियमित रूप से आपकी कविताएँ छपती रहीं। एक कथाकार के रूप में आपको पहला ब्रेक तब मिला, जब सन् 2001 में आपकी पहली कहानी 'मोइली की मौत' कथादेश पत्रिका के नवलेखन अंक में छपी। फिर तो यह सिलसिला चल पड़ा।

सन् 2006 में आपने अपना पहला उपन्यास 'मैं बोरिशाइल्ला' लिखा, जिसे राजकमल प्रकाशन ने प्रकाशित किया। यह ऐतिहासिक उपन्यास दरअसल बांग्लादेश के अभ्युदय की महागाथा है। आपके इस उपन्यास की बहुत सराहना की गई और आप हिंदी जगत् में छा गईं। इसे एक ऐतिहासिक और महत्त्वपूर्ण उपन्यास करार देते हुए प्रसिद्ध लेखक और संपादक राजेंद्र यादव ने कहा कि सीधे युद्ध-क्षेत्र और मोर्चों से जुड़ी कहानी को लेकर शायद ही किसी महिला ने इतना साहस दिखाया हो। इस कहानी को कहने में महुआ माजी ने जितनी खोज और मेहनत की है, उसे देखकर आश्चर्य होता है। कृष्णा सोबती ने 'मैं बोरिशाइल्ला' उपन्यास को अखिल भारतीय स्तर पर एक उपलब्धि मानते हुए कहा कि इस उपन्यास ने तथ्य

आधारित रचनाशीलता को नया स्वरूप और विस्तार दिया है आज की राजनीति जिस आत्मघाती धार्मिक उन्माद में से सिर उठाती है–ठीक उसके विपरीत बांग्लादेश के अभ्युत्थान का यह संघर्ष मजहब को लेकर नहीं, भाषायी संस्कृति की निजता की सुरक्षा को लेकर शुरू हुआ था। महुआ माजी ने इस उपन्यास में बांग्लादेश को एक सार्वभौम राष्ट्र के रूप में स्थापित करने के वृत्तांत को आश्चर्यजनक प्रामाणिकता के साथ प्रस्तुत किया है। यह उपन्यास सन् 2008 में रूपा एंड कंपनी (प्रकाशक) ने अंग्रेजी में 'मी बोरिशाइल्ला' के नाम से छापा, जिसे सन् 2010 में इटली के रोम शहर में स्थित यूरोप के सबसे बड़े विश्वविद्यालय 'सापिएंजा यूनिवर्सिटी ऑफ रोम' ने अपने मॉडर्न लिट्रेचर के स्नातक पाठ्यक्रम में शामिल कर लिया।

आपका अगला उपन्यास 'मरंग गोड़ा नीलकंठ हुआ' सन् 2012 में प्रकाशित हुआ और वह भी काफी चर्चित हुआ। इसका कथानक विकिरण, प्रदूषण एवं विस्थापन से जूझते आदिवासियों के जीवन और संघर्ष पर आधारित है। जब हिंदी की मुख्य धारा के लेखक हाशिए के समाज को लेकर लगभग उदासीन हों, तब आदिवासियों की दशा, दुर्दशा और जीवन संघर्ष पर केंद्रित यह उपन्यास एक बड़ी कमी की भरपाई करता है। इस उपन्यास में महुआ माजी यूरेनियम की तलाश से जुड़ी जिस संपूर्ण प्रक्रिया को उजागर करती हैं, वह हिंदी उपन्यास का जोखिम के इलाके में प्रवेश है। आपने गहरे शोध, सर्वेक्षण और समाजशास्त्रीय दृष्टि का सहारा लेकर इस उपन्यास के माध्यम से एक जरूरी हस्तक्षेप किया है। इस उपन्यास में ग्रामीणों के प्रतिरोध को मानवीय संबंधों की उष्मा और अंतर्द्वंद्व में घुला-मिला कर प्रस्तुत कर लेने के कमाल से आपकी लेखनी की विशेषता झलकती है। इस उपन्यास पर महाश्वेता देवी, जो खुद आदिवासियों के विषय पर शोधपूर्ण लेखन के लिए मशहूर रहीं, ने कहा कि यह आदिवासियों पर लिखा गया सबसे महत्त्वपूर्ण उपन्यास है। आदिवासियों को लेकर शोध, संवेदना और प्रेम के साथ लिखी गई इस पुस्तक को हर स्कूल और कॉलेज तक जाना चाहिए। सुप्रसिद्ध समालोचक विजय मोहन सिंह ने कहा कि यह उपन्यास सिर्फ सिंहभूम के आदिवासियों तक सीमित नहीं है, बल्कि इसका फैलाव जापान, अमेरिका, ऑस्ट्रेलिया तथा विभिन्न द्वीपों पर रहनेवाले आदिवासियों के जीवन तक है। इस अर्थ में यह अपने ढंग का पहला अंतरराष्ट्रीय उपन्यास है।

आपने अपनी कहानियों और उपन्यास के माध्यम से आदिवासी लोगों की परंपराओं, समृद्ध संस्कृति को सामने रखने की कोशिश की है। देश की हंस, कथादेश, वागर्थ, कथाक्रम, नया ज्ञानोदय जैसी अग्रणी हिंदी पत्रिकाओं में आपकी

कहानियाँ प्रकाशित होती रही हैं। आपकी एक कहानी 'चंद्रबिंदू' का भारतीय ज्ञानपीठ की नया ज्ञानोदय पत्रिका के 'बेस्ट ऑफ नया ज्ञानोदय' विशेषांक सहित तीन अंकों में छपना किसी भी कथाकार के लिए किसी महत्त्वपूर्ण उपलब्धि से कम नहीं।

राजनीति में आपके आने की कहानी बहुत दिलचस्प है। 'मरंग गोड़ा नीलकंठ हुआ' उपन्यास लिखने के क्रम में आपका कई बार झारखंड के सुदूरवर्ती, दुर्गम पहाड़ी क्षेत्रों में जाना हुआ। इस क्रम में जनजातीय समुदाय, विशेषकर उसकी महिलाओं से उनकी समस्याओं पर आपकी बातचीत हुई। आपने महसूस किया कि जब भी लोग बाहर से उनके पास आकर सहानुभूतिपूर्वक उनसे जुड़ी बातें करते हैं, तो ये उनसे अपनी समस्याओं के समाधान की उम्मीद जोड़ लेते हैं। बहुधा उनकी उम्मीद पूरी नहीं हो पाती। आपने मन में ठान लिया कि मौका मिला तो इनकी समस्याओं के समाधान के लिए ईमानदारी से पूरी कोशिश करेंगी। फिर जब सन् 2013 में आपको झारखंड सरकार ने राज्य महिला आयोग का अध्यक्ष नियुक्त किया, तब आपने इसके लिए कोई कोर-कसर बाकी नहीं छोड़ी। महिला आयोग में आपके काम से प्रभावित होकर राज्य के एक प्रमुख दल झारखंड मुक्ति मोर्चा ने सन् 2015 में आपको राँची निर्वाचन क्षेत्र से विधानसभा चुनाव लड़ने के लिए टिकट दे दिया। पहले ही प्रयास में आपको अच्छे वोट मिले। इसके बाद सन् 2015 में ही पार्टी ने आपको अपनी महिला विंग का केंद्रीय अध्यक्ष नियुक्त कर दिया। अपनी मेहनत और लगन के बूते इस पद पर वे तब से अब तक कार्यरत हैं। सन् 2019 में आपने राँची से विधानसभा का चुनाव दुबारा लड़ा।

झारखंड महिला आयोग की अध्यक्ष के रूप में नवंबर सन् 2013 से नवंबर सन् 2016 तक के अपने तीन साल के कार्यकाल में झारखंड में महिलाओं के शोषण और उत्पीड़न को आपने करीब से देखा-समझा है। आपकी नजर में झारखंड में महिलाओं की अनेक समस्याओं के बीच डायन प्रथा और लड़कियों की तस्करी सबसे प्रमुख समस्याएँ हैं, जिनके निदान के लिए आप लगातार प्रयासरत रही हैं। आप मानती हैं कि जमीन विवाद और अंधविश्वास, ये दो बातें हैं, जो डायन प्रथा को बढ़ावा दे रही हैं। अंधविश्वास को दूर करने के लिए शिक्षा और जागरुकता की जरूरत है। शिक्षा के माध्यम से ही महिलाओं में कानून की समझ बनेगी। वैसे तो विभिन्न तरह की समस्याएँ लेकर समाधान की आशा से आपके पास आए लोगों का दिनभर सिलसिला चलता रहता है और आप भी सबकी हर संभव मदद करती हैं, पर कला, संस्कृति, साहित्य से जुड़े लोगों की समस्याओं की आपने सदैव बहुत तत्परता से समाधान करने की कोशिश की है। आपका विश्वास है कि आदिवासी

संस्कृति से ही आज पूरी दुनिया को बचाया जा सकता है, क्योंकि वे ही प्रकृति के साथ मिल-जुलकर रहना जानते हैं। आपका मानना है कि आदिवासियों के बारे में कई तरह की गलत धारणाएँ प्रचारित की जाती रही हैं, जिन्हें तोड़कर उनकी सच्ची तस्वीर सामने लाने की जरूरत है।

लेखन और राजनीति के अलावा आपकी संगीत, नृत्य, नाटक में गहरी रुचि है। आपको प्रकृति से बहुत प्रेम है। जब समय और मौका मिलता है, आप प्रकृति के बीच समय बिताना पसंद करती हैं। साथ ही बागवानी में आपका बहुत मन लगता है। झारखंड के विकास के सपने को साकार करने के लिए आप संकल्पित और समर्पित भाव से निरंतर क्रियाशील रहती हैं।

अपने लेखन के लिए आपको कई महत्त्वपूर्ण पुरस्कार प्राप्त हो चुके हैं। उन्हें 'मैं बोरिशाइल्ला' के लिए सन् 2007 में लंदन के हाउस ऑफ लॉर्ड्स में ब्रिटेन के आंतरिक सुरक्षा मंत्री के हाथों 'अंतराष्ट्रीय कथा यू.के. सम्मान' प्रदान किया गया। आपको मिले अन्य पुरस्कारों में प्रमुख हैं—सन् 2010 में मिला मध्य प्रदेश साहित्य अकादमी तथा संस्कृति परिषद् का 'अखिल भारतीय वीर सिंह देव सम्मान', सन् 2010 में ही मिला उज्जैन की कालिदास अकादमी में 'विश्व हिंदी सेवा सम्मान', झारखंड सरकार का 'राजभाषा सम्मान', सन् 2012 में मिला 'राजकमल प्रकाशन कृति सम्मान : 'मैला आँचल'-फणीश्वरनाथ रेणु पुरस्कार', लोक सेवा समिति, झारखंड द्वारा प्रदत्त 'झारखंड रत्न सम्मान', सन् 2019 में मिला 'बिहार हिंदी साहित्य सम्मेलन शताब्दी सम्मान'।

आप बातचीत में इस बात पर गर्व महसूस करती हैं कि डायन समस्या के उन्मूलन पर काम कर रही छुटनी देवी, जिन्हें सन् 2021 में भारत सरकार ने 'पद्मश्री' देकर सम्मानित किया, के संघर्ष के शुरुआती दौर में उनको महिला आयोग की अध्यक्ष के रूप में आपने लगातार प्रोत्साहन और सहयोग दिया। संप्रति वे अपनी राजनीतिक व्यस्तता के बीच अपने तीसरे उपन्यास और महिला आयोग के अपने अनुभवों के आधार पर महिलाओं की समस्या पर एक पुस्तक पर काम कर रही हैं।

□

सिनेमा-निर्माण

मेघनाथ

मेघनाथ एक सामाजिक कार्यकर्ता और फिल्मकार हैं, जो झारखंड में पिछले चार दशकों से अधिक से विनाशकारी विकास के खिलाफ जन-संघर्षों के साथ खड़े रहे हैं। आप झारखंड से बंधुआ मजदूरी के अभिशाप को समाप्त करने की मुहिम, जल-जंगल-जमीन बचाने के संघर्ष एवं आदिवासियों के जीवन की बेहतरी के प्रयासों से लगातार जुड़े हुए हैं। वे झारखंड के सामाजिक, सांस्कृतिक जीवन का अभिन्न अंग बन चुके हैं। एक फिल्मकार के रूप में आपने जनता के उस कमजोर और असहाय तबके को अपनी रचनात्मकता का हिस्सा बनाया है, जिसकी कोई नहीं सुनता। आपकी फिल्में 58वें और 65वें राष्ट्रीय फिल्म पुरस्कार में पुरस्कृत हो चुकी हैं। अनुपम खेर का कार्यकाल समाप्त होने के बाद आप सन् 2018 में कुछ माह के लिए झारखंड फिल्म विकास परिषद् के अध्यक्ष भी रहे हैं। राजनीतिक कारणों से आपको पद से हटा दिया गया, पर अल्प समय में ही आपने झारखंड में फिल्म निर्माण की अनंत संभावनाओं को देखते हुए इसके विकास के लिए नीति का जो मसौदा तैयार किया, उसे लागू करने से राज्य में फिल्म निर्माण को बढ़ावा, सही दिशा और तेज गति मिल सकती है।

आपका जन्म 29 जून, 1953 को बंबई (अब मुंबई) में एक समृद्ध परिवार में हुआ था। आपका नामकरण उस जमाने के मशहूर गायक-संगीतकार हेमंत कुमार ने किया। आपकी प्रारंभिक स्कूली शिक्षा बंबई में ही हुई। आपके पिता एक उद्योगपति थे। गरीबों के प्रति संवेदनशीलता की पहली झलक आपमें तब ही दिख गई थी जब अपनी फैक्ट्री में आप अपने पिता ही के खिलाफ हड़तालरत कर्मचारियों का साथ देने उनके बीच पहुँच गए। सन् 1968 में अपने चाचा के यहाँ आप कोलकाता आ गए और आगे की स्कूली शिक्षा आपने यहीं पूरी की। आपने सन् 1977 में सेंट जेवियर्स कॉलेज, कोलकाता से ग्रेजुएशन किया और सन् 1980 में इंडियन सोशल इंस्टिट्यूट, बैंगलोर से सोशल वर्क में डिप्लोमा लिया। मन में अभिव्यक्ति की बेचैनी ने आपको फिल्मों की ओर मोड़ दिया। आपने सन् 1988 में नोट्रेडम कम्युनिकेशन सेंटर, पटना से और सन् 1989 में सेन्डिट, नई दिल्ली से फिल्म बनाने पर छोटे-छोटे कोर्स किए। आपने सन् 1990 में पुणे (महाराष्ट्र) के फिल्म एंड टेलीविजन इंस्टिट्यूट के नेशनल फिल्म अर्काइव्स ऑफ इंडिया से 'फिल्म अप्रिशिएसन

कोर्स' भी किया। झारखंड आने के बाद राँची के सेंट जेवियर्स कॉलेज में 'मास कम्युनिकेशन एवं पत्रकारिता विभाग' को स्थापित करने में आपकी भी एक भूमिका रही, सन् 2004 से सन् 2015 तक इस विभाग में आपने अतिथि अध्यापक के रूप में 'फिल्म अध्ययन और फिल्म निर्माण' विषय पढ़ाया।

स्वयंसेवक के रूप में सामाजिक गतिविधियों में आपकी भागीदारी स्कूल के छात्र रहते हुए ही सन् 1971 में कोलकाता में बांग्लादेश युद्ध के समय भारत आए शरणार्थियों के शिविरों में शुरू हो गई। इसके बाद सन् 1972 में आप वहीं 'स्टूडेंट हेल्थ होम' से स्वयंसेवक के रूप में जुड़ गए और बाद में इसके संयुक्त सचिव बने। आपने पश्चिम बंगाल में अनेक रक्तदान शिविरों के आयोजन में सहभागिता की। आप सात साल हेल्थ होम से जुड़े रहे और इस दौरान रक्तदान शिविरों से इकट्ठा हुए तीन लाख रुपयों से अस्पताल के भवन में तीन नई मंजिलें जोड़ी गईं और 12 बेड के इस अस्पताल का विस्तार 70 बेड तक हो गया। इस अस्पताल को देखने आए ख्वाजा अहमद अब्बास ने इसके द्वार पर लिखे, "यह अस्पताल छात्रों और युवाओं के खून से बना है," को देखकर तब के मशहूर समाचार-पत्र 'ब्लिट्ज' में इसके बारे में बहुत प्रमुखता से छापा। इस अस्पताल की साफ-सफाई और रख-रखाव को देखकर तत्कालीन राष्ट्रपति वी.वी. गिरि ने कहा था कि यह इकलौता अस्पताल है, जिसमें आने पर अस्पताल जैसी गंध नहीं आती। सन् 1978 में आपने मुर्शिदाबाद जिले में बाढ़ राहत का काम भी किया। कॉलेज में पढ़ते हुए आप कॉलेज के बाद अपना पूरा समय स्वयंसेवक के रूप में काम करते थे।

झारखंड से लगाव की आपकी कहानी तब शुरू हुई जब कोलकाता से स्कूली छात्रों के एक ग्रुप के साथ आप दुमका के गुइयाजोरी गाँव में कैंप करने आए। तभी आपको यहाँ की शांति, आदिवासियों की जीवनशैली और उनका प्रकृति प्रेम और जीवन में कृत्रिमता और भौतिकता का अभाव ऐसा भा गया कि आप एक बार जो यहाँ आए, तो फिर यहीं के होकर रह गए। आप चाहते थे कि आप समाज के सबसे निचले पायदान पर जीवन बिताने वाले लोगों के लिए काम करें। स्वभाव से संवेदनशील और जिज्ञासु मेघनाथ सन् 1981 में झारखंड में बँधुआ मजदूरी पर काम करने पलामू (तब बिहार में) आए और सुप्रसिद्ध लेखिका महाश्वेता देवी के कहने पर वहीं रुक गए। आप मानते थे कि 'बँधुआ मजदूरी खुद में कोई रोग नहीं है। दरअसल, यह सामंतवाद का लक्षण है।' इसके निदान के लिए आपको लगा कि जमीन बचाने की लड़ाई लड़नी होगी। अंततः जल-जंगल-जमीन बचाने के लिए लोगों द्वारा वहाँ किए जा रहे संघर्ष से आप जुड़ गए। फिर 'जन चेतना सभा'

का गठन किया गया और इसके मंच पर पलामू में बन रहे बड़े बाँधों के विरोध के साथ खड़े हो गए, जिस कारण औरंगा और कोयल-कारो नदियों पर बन रहे बाँधों का निर्माण बंद हुआ। अलग राज्य बनाने के झारखंड आंदोलन में आपकी अहम भागीदारी रही। आप बी.पी. केसरी, एन.ई. होरो सहित झारखंड समन्वय समिति के अन्य संस्थापक सदस्यों में से एक थे। आपने जनजातीय क्षेत्र में जन-पक्षीय विकास के मॉडल पर चर्चा और बहस की शुरुआत की। आपने 'पीपल्स साइंस इंस्टिट्यूट' के सदस्यों के साथ 'पानी चेतना मंच' की स्थापना की। आपने सिंचाई के एक वैकल्पिक मॉडल पर काम किया और (1993-95) के दौरान सुखा मुक्ति अभियान के तहत पलामू जिले में जल संरक्षण के लिए 125 छोटे चेक डैम (आहर) एवं पाइंस बनाए जाने के प्रयास में आप शामिल रहे। आप मेधा पाटकर के साथ 'नर्मदा बचाओ आंदोलन' में सक्रिय रहे और इसी क्रम में सन् 1990 में नर्मदा के तट पर हुए 22 दिनों के अनशन में आप शामिल रहे। सन् 1996 में जब जन आंदोलनों के राष्ट्रीय सम्मेलन (एनएपीएम) का गठन हुआ, तो आप उसके साथ जुड़े। झारखंड आंदोलन के क्रम में एक बार और जल-जंगल-जमीन के आंदोलन में शामिल होने के कारण दो बार आपको जेल भी जाना पड़ा।

आप फिल्म निर्माण को अपनी सामाजिक और सांस्कृतिक गतिविधियों का विस्तार मानते हैं। आपकी फोटोग्राफी में बहुत रुचि रही और आप खुद एक बहुत अच्छे फोटोग्राफर थे। सन् 1989-91 के दौरान आपने सुप्रसिद्ध डॉक्युमेंट्री फिल्म निर्माता तपन बोस और सुहासिनी मूले के साथ काम किया। आप सन् 1991 में राँची आए और फिर यहीं बस गए। सन् 1993 में संस्कृति और संवाद पर काम करने के लिए कुछ लोगों के साथ मिलकर आपने 'अखड़ा' ग्रुप बनाया। आपने फीचर फिल्म की बजाए डॉक्युमेंट्री बनाने को इसलिए चुना क्योंकि इसका निर्माण हर आदमी की पहुँच के अंदर है। आप मानते हैं कि सिनेमा का मतलब सिर्फ मनोरंजन नहीं है। आपके अनुसार, सिनेमा का उपयोग लोगों को शिक्षित करने, उनमें चेतना जगाने और अच्छी और जरूरी बातों के प्रचार-प्रसार के लिए भी होना चाहिए। इसी दृष्टि के साथ अपने सहयोगी बीजु टोप्पो के साथ मिलकर आपने सन् 1988 में फिल्म निर्माण शुरू किया और अबतक आपने 40 से अधिक डॉक्युमेंट्री फिल्मों का निर्माण किया है, जिन्हें राष्ट्रीय और अंतरराष्ट्रीय स्तर पर सराहा गया है। अपने 40 से अधिक वर्षों के सामाजिक और सांस्कृतिक जीवन में आपको मदर टेरेसा, सुंदरलाल बहुगुणा, बाबा आम्टे, डॉ. रामदयाल मुंडा, देबब्रत रॉय, पन्नालाल दासगुप्ता, फादर जेरार्ड बेकर्स, बिशप जॉर्ज सोपियाँ, आनंद पटवर्धन, सतीश बहादुर एवं पी.के. नायर

सहित अनेक जानी-मानी हस्तियों के साथ काम करने और सीखने का अवसर मिला है। इसी दौरान आपने अनेक लोगों को फिल्म निर्माण से जोड़कर झारखंड में फिल्म बनाने वालों की एक पूरी फौज तैयार कर दी है।

बीजु टोप्पो के साथ आपके द्वारा पर्यावरण सहित कई अन्य महत्त्वपूर्ण सामाजिक मुद्दों पर बनाई गई लगभग सभी फिल्में उल्लेखनीय हैं। इनकी कुछ प्रमुख फिल्में हैं—'शहीद जो अनजान रहे' (1996), 'एक हादसा और भी' (1997), 'जब चींटी लड़ी हाथी से' (1998), 'हमारे गाँव में हमारा राज' (2000), 'विकास बंदूक की नाल से' (2003), 'फ्रॉम कलिंगा टू काशीपुर' (2004), 'कोरा राजी' (कुड़ुख)(2005), 'खोरार देशेर जोलेर कोथा' (बंग्ला) एवं 'पावर फॉर चेंज' (2007), '100 दिन मिलेगा काम' (2009), पर्यावरण संरक्षण के विषय पर 'लोहा गरम है', झारखंड की संस्कृति के संवर्धन के लिए 'गाड़ी लोहरदगा मेल', कृषि के विषय से जुड़ी 'एक रोपा धान' एवं 'मुक्त ग्यान कुटीर' (2010), 'टेकिंग साइड', 'एक्युमुलेटेड इनजस्टिस' (2015), फिल्म्स डिवीजन ऑफ इंडिया के लिए 'नाची से बांची' (2017), 'मुंडारी सृष्टिकथा' एवं 'झरिया' (2018), 'करम' एवं 'सोहराय' (2019)।

सन् 2010 में आपको 'एक रोपा धान' और 'लोहा गरम है', के लिए राष्ट्रीय पुरस्कार मिलने के बाद सन् 2018 में 'नाची से बांची' के लिए बीजु टोप्पो के साथ 65वें राष्ट्रीय फिल्म पुरस्कारों में बेस्ट बायोग्राफिकल फिल्म का रजत कमल पुरस्कार मिला। 70 मिनट की यह फिल्म झारखंड की आदिवासी संस्कृति के पुनर्जागरण में अविस्मरणीय भूमिका निभाने वाले क्रांतिकारी चिंतक और शिक्षाविद् पद्मश्री डॉ. रामदयाल मुंडा के जीवन और कार्यों पर आधारित है। झारखंड के लिए अपना जीवन समर्पित करनेवाले मेघनाथ ने पुरस्कार मिलने पर कहा कि "फिल्म को पुरस्कार मिलना बेशक एक उपलब्धि है, पर झारखंड के ज्यादा-से-ज्यादा स्कूलों और कॉलेजों में यह फिल्म दिखाई जाए, ताकि रामदयाल मुंडा की कहानी से विद्यार्थियों को प्रेरणा मिले।" इनके अलावा भी आपकी फिल्मों को कई राष्ट्रीय एवं अंतरराष्ट्रीय पुरस्कार मिले हैं, जिनमें 'विकास बंदूक की नाल से' को सन् 2004 में ट्रेवलिंग फिल्म साउथ एशिया पुरस्कार एवं सन् 2005 में वातावरण स्टार अवॉर्ड फोर बेस्ट डॉक्युमेंट्री, 'कोरा राजी' को सन् 2006 में मुंबई इंटरनेशनल फिल्म फेस्टिवल में सेकेंड बेस्ट डॉक्युमेंट्री फिल्म/वीडियो, 'लोहा गरम है' को सन् 2009 में बेस्ट एनवायरमेंट फिल्म अवॉर्ड एवं सन् 2010 में राष्ट्रीय फिल्म अवॉर्ड, 'एक रोपा धान' को सन् 2010 में इंडियन डॉक्युमेंट्री प्रोड्यूसर्स एसोसिएशन से

सिल्वर मेडल एवं राष्ट्रीय फिल्म अवॉर्ड, 'गाड़ी लोहरदगा मेल' को सन् 2011 में बेस्ट शॉर्ट फिल्म अवॉर्ड, 'द हंट' को सन् 2015 में स्पेशल ज्यूरी अवॉर्ड, सन् 2016 में बेस्ट डॉक्युमेंट्री अवॉर्ड (केरल एवं शिमला) एवं सिनेमा ऑफ रेजिस्टेंस अवॉर्ड (केरल) और सन् 2017 में गोल्डन बोधिसत्व अवॉर्ड (पटना) और 'नाची से बांची' को सन् 2018 में राष्ट्रीय फिल्म पुरस्कार के अलावा ज्यूरी मेंसन अवॉर्ड (मुंबई) एवं स्पेशल ज्यूरी डॉक्र्युमेंट्री अवॉर्ड (शिमला) प्रमुख हैं।

आपके जीवन पर विगत शताब्दी के दो सबसे बड़े चिंतकों, गांधी और मार्क्स दोनों का बहुत प्रभाव पड़ा है। मेघनाथ कहते हैं, "गांधी और मार्क्स को दो परस्पर विपरीत ध्रुवों पर मान लेना 20वीं शताब्दी की सबसे बड़ी राजनीतिक त्रासदी है।" आप कहते हैं, "विकास जन और प्रकृति की कीमत पर नहीं होना चाहिए। मैं चाहता हूँ कि ऐसा विकास हो, जो सर्वांगीण है और जिसमें सब शामिल हैं।" आपकी 'विकास के सपने फिल्म समारोह' आयोजित करने की इच्छा है। फिल्मों में इनके योगदान को ध्यान में रखते हुए नेशनल फिल्म आर्काइव्स इनके ऊपर एक मोनोग्राफ तैयार कर रहा है।

□

स्वास्थ्य, आदिवासी अधिकार

जेमा मेंडिस

जेमा मेंडिस ने दिल्ली के प्रतिष्ठित होली फैमिली अस्पताल में 20 वर्ष तक काम करने के बाद सुविधाभरी जिंदगी का त्यागकर स्वास्थ्य सेवा से वंचित झारखंड के गरीब संताल आदिवासियों के बीच काम करने को चुना और सरल तरीके अपनाकर एक सुदूर, गुमनाम स्थान पर स्थायी बदलाव लाने में सफल रहीं। आपने झारखंड के हजारीबाग जिले के एक छोटे से गाँव कसियाडीह को ही सदा के लिए अपना घर और वहाँ के संताल ग्रामीणों को अपना परिवार बना लिया।

पूर्वी अफ्रीकी देश उगांडा में 17 अप्रैल, 1934 को आपका जन्म हुआ। अपने पिता की नौ संतानों में आप छठवीं संतान हैं। पुश्तैनी रूप से आपका परिवार गोवा का है। आपकी प्राथमिक स्तर की स्कूली शिक्षा उगांडा में ही हुई, जहाँ आपके पिता मेरियानो मेंडिस एकाउंट्स अधिकारी थे। आपने अपनी स्कूली शिक्षा गोवा में पूरी की। पढ़ने में आपकी ज्यादा दिलचस्पी नहीं थी। आप सन् 1954 में पुणे में 'मेडिकल मिशन सिस्टर्स' नामक धार्मिक समूह से जुड़ गईं। यह समूह विभिन्न स्थानों पर अस्पतालों का संचालन करता था। पुणे में आपने दो वर्षों तक धार्मिक शिक्षा ली। इस दौरान वहाँ उनका जीवन बेहद नियंत्रित रहा और वे कठोर अनुशासन में रहीं। उसके बाद आपको पुणे के एक स्वास्थ्य केंद्र में काम करने का मौका मिला। जब यह निश्चित हो गया कि आपको नर्सिंग करनी है, तब आपको पटना भेज दिया गया, जहाँ से सन् 1961 में आपने नर्सिंग में अपना ग्रेजुएशन पूरा किया। आप पटना में ढाई साल रहीं।

नर्सिंग का कोर्स पूरा करने के बाद आपने राँची के पास मांडर के होली फैमिली अस्पताल में नर्स के रूप में काम करने की इच्छा व्यक्त की, पर आपको दिल्ली के होली फैमिली हॉस्पिटल भेज दिया गया। वहाँ आपने 20 वर्षों तक काम किया। इसी दौरान सोनिया गांधी ने इस अस्पताल में अपने दोनों बच्चों, प्रियंका और राहुल को जन्म दिया। सन् 1967 में आप दिल्ली की लोकल सुपीरियर बन गईं। सन् 1978 से सन् 1981 तक आप वहाँ सिस्टर सुपीरियर रहीं, जिसके अंतर्गत आपने भारत में होली फैमिली के सभी अस्पतालों के संचालन की जिम्मेदारी निभाई। जेमा का बांग्लादेश (तब पूर्वी पाकिस्तान) के ढाका में एक अस्पताल में काम करने के लिए जाना हुआ। नर्स के रूप में वहाँ नौ ही महीने काम करने के बाद सन् 1964 में

भारत-पाकिस्तान के बीच युद्ध छिड़ जाने पर एक भारतीय होने के नाते सुरक्षा की दृष्टि से आपको भारत वापस लौटना पड़ा।

जेमा ने नर्सिंग को इसलिए अपनाया था कि वो स्वास्थ्य के क्षेत्र में गरीबों की सेवा करना चाहती थीं। पर आपने जब दिल्ली में देखा कि उस बड़े अस्पताल में आपका सारा प्रयास संपन्न लोगों की सेवा में लग रहा है, तो परेशान रहने लगीं। वहाँ कहा जाता था कि गरीब लोगों की मदद करने के लिए हमें अमीरों का ध्यान रखने की जरूरत है। चूँकि आपको यह नहीं करना था, इसलिए आपने तय किया कि आप किसी ऐसी जगह जाकर सेवा का काम करेंगी, जहाँ के लोग आर्थिक रूप से गरीब, सामाजिक रूप से हाशिए पर, सांस्कृतिक रूप से शोषित और राजनीतिक रूप से बेजुबान हैं। जेमा को लगता था कि हेल्थ केयर की हमारी व्यवस्था न्यायसंगत नहीं है, क्योंकि यह शहरों तक ही सीमित है। इसलिए आपने स्वास्थ्य सुविधाओं से वंचित गाँव के लोगों के बीच काम करना तय किया।

आपका लक्ष्य स्पष्ट था कि आपको संताल आदिवासियों के बीच में ही काम करना है, जिन्हें स्वास्थ्य सेवा की बेहद जरूरत है। इसके लिए सन् 1981 में आप झारखंड (तब बिहार) के हजारीबाग जिले में चरही आ गईं। जेमा जब संतालों की सेवा का व्रत लेकर यहाँ रहने आईं, तब यहाँ चारों तरफ मुख्यतः जंगल था, जिनके बीच तितर-बितर बसे हुए गाँव थे, जहाँ सड़क नहीं होने के कारण पहुँचना आसान नहीं था। चूँकि आप संतालों के बीच रहना चाहती थीं, इसलिए शीघ्र ही आपने पास ही उसी पंचायत के अंतर्गत लगभग 50 घरों के छोटे से आदिवासी टोले कसियाडीह में रहना तय किया। यहाँ के स्थानीय जनजातीय समुदाय के लोगों ने ही जमीन दी और घर बनाने की व्यवस्था की। इस तरह वहाँ तब बने मिट्टी के दो कच्चे घर, जिनमें एक दो कमरों का स्वास्थ्य केंद्र और दूसरा सिस्टर्स के रहने और काम करने के लिए घर, आज भी वैसे ही हैं। जहाँ आपने काम शुरू किया, तब उस क्षेत्र के अनगिनत जनजातीय गाँवों के बीच न तो कोई डॉक्टर था और न ही स्वास्थ्य सेवा का कोई बुनियादी ढाँचा। यहाँ लोग ऐसी बीमारियों से भी मरते थे, जिनका इलाज संभव था। आपने ऐसी चिकित्सा व्यवस्था बनाई, जिससे ऐसी मौतों को रोका जा सके।

संताल समुदाय के बीच स्वास्थ्य सेवा देते हुए बहुत जल्द आपने जान लिया कि यहाँ के जनजातीय समुदाय को सिर्फ चिकित्सा के लिए ही नहीं, अपनी जमीन बचाने के लिए भी मदद की जरूरत है। जनजातीय समुदाय सदा से शोषण और विस्थापन का शिकार होता रहा है। इस समुदाय ने कभी यह नहीं सोचा कि जिस

जमीन पर वे रहते हैं उसपर अपना दखल साबित करने के लिए कानूनी दस्तावेज जरूरी हैं। इसी वजह से बाहर से आकर बसनेवाले धीरे-धीरे इनकी जमीनों के मालिक बनते चले गए। जब उन क्षेत्रों में कोयला खनन के लिए जमीन अधिग्रहण होने की सुगबुगाहट शुरू हुई तो जेमा को लगा कि इन आदिवासियों की जमीन भी चली जाएगी और इन्हें कागज न रहने की वजह से कोई मुआवजा भी नहीं मिलेगा। तब सभी ग्राम-प्रधानों को बुलाकर एक गैर-लाभकारी संगठन बनाने का फैसला हुआ और 'संताल स्वास्थ्य सेवा समिति' का गठन हुआ। शुरू से ही यह स्पष्ट कर दिया गया कि इस संगठन का नेतृत्व सदैव सिर्फ जनजातीय समुदाय के लोग ही करेंगे। इस संस्था के माध्यम से जेमा ने इस क्षेत्र में आदिवासियों को कागज बनवाने के लिए जागरूक और एकजुट किया तथा जमीन का कागज बनाने में उनकी मदद की। फिर भी जब कोयला कंपनियों ने हजारीबाग जिले के मांडू, चुरचु के अनेक आदिवासी परिवारों की जमीन ले ली तो विस्थापित लोगों के पुनर्वास के लिए निर्धारित सुविधाएँ प्राप्त करने के लिए लंबी लड़ाई लड़नी पड़ी। इसी तरह सन् 2002 में भी जब राँची-कोडरमा रेल लाइन का काम शुरू हुआ, तब भी संतालों की जमीन इस परियोजना में जाने से बचाने के लिए जी-जान से कोशिश की, जिसके कारण इनकी तीन-चौथाई जमीन बच गई।

आपको यहाँ काम करते हुए चार दशक से अधिक का समय हो गया है। इस दौरान आपने आदिवासियों के बीच शिक्षा के प्रसार, अधिकारों के प्रति जागरूकता, साफ-सफाई पर जोर, पीने के लिए स्वच्छ एवं सुरक्षित पेयजल के प्रयोग और अंधविश्वास दूर करने पर काम किया और काफी हद तक इसमें सफलता पाई। अब कसियाडीह के अतिरिक्त ऐसे दो और स्वास्थ्य केंद्र मांडू और डाड़ी प्रखंडों में भी खुल गए हैं। आपके काम से हजारों घरों में बदलाव आया है।

जेमा इस जनजातीय समाज का अभिन्न अंग बन गई हैं। जेमा ने पूरी तरह गरीब संताल आदिवासियों की जीवन शैली, भाषा, खान-पान, रहन-सहन, रीति-रिवाज, संस्कृति को अपना लिया है। आप मिट्टी के कच्चे घर में रहती हैं, जहाँ बेरोक-टोक रात-दिन किसी भी समय लोग आपसे मिल सकते हैं। आप किसी को गैर नहीं मानतीं। आपने इन आदिवासियों से जीवन की रफ्तार को धीमा रखना, सहनशीलता, सहयोग करना, सामुदायिक जीवन व्यवस्था में रहना, आतिथ्य, साझा करना, विवादों को आपस में मिल-बैठकर सुलझाना, विवाद सुलझने के बाद उसे हरदम के लिए दफन कर देना, फुर्सत का महत्त्व, जीवन के साथ सामंजस्य बिठाना जैसे अनमोल गुणों को सीखा है।

'मेडिकल मिशन सिस्टर्स' के दस्तावेज में सिस्टर्स के लिए स्पष्ट निर्देश है—लोगों के बीच रहना और उसी समुदाय का हो जाना, अपने जीवन को उनसे प्रभावित होने देना। इसका उद्देश्य है, उनकी गरीबी के मुख्य कारण को जानना और इसके समाधान के लिए उनके संघर्ष में शामिल होना। इसकी शुरुआत हुई पहनने के लिए दो पुरानी साड़ी और पुराने टायर की बनी चप्पल, बैठने के लिए कुर्सी-टेबल की जगह छोटी स्टूल और ठंड के समय शॉल-स्वेटर की जगह लपेटने के लिए सस्ते कंबल से। जब आप यहाँ आईं, तो संताल समुदाय सिर्फ संताली ही बोलता था। आपके सामने एक नई भाषा, नई संस्कृति के साथ सामंजस्य बिठाने की भी चुनौती थी। यह सब कर पाना इतना आसान नहीं था, पर आपने जीवन भर इन आदर्शों का अक्षरश: निर्वाह किया है।

उम्र होने के कारण अब आप पहले जितनी भाग-दौड़ नहीं कर पातीं, पर आपको इस बात का संतोष है कि आपके द्वारा शुरू किए गए काम को अब स्थानीय लोग आगे बढ़ा रहे हैं। आप कहती हैं कि झारखंड में अपार संसाधन हैं, पर यहाँ के लोगों को इसका लाभ नहीं मिल रहा है। अपनी जमीन से विस्थापित और बेदखल जनजातीय समुदाय के ये लोग तथाकथित विकास के लाभ से भी वंचित रह जाते हैं। फिर भी भविष्य को लेकर आप आशावादी हैं। आप कहती हैं, "अभी तो पृथ्वी का विनाश जारी है, पर यह विनाशकारी विकास रुकेगा। जरूरत इस बात की है कि हम पूरी दुनिया में आशा का संदेश फैलाएँ, चारों तरफ हर्ष का प्रसार करें। हम ऐसे लोग तैयार करें, जिनके पास थोड़ा हो, पर वे खुश रहें, और जो दूसरों को नुकसान पहुँचाकर आगे नहीं बढ़ेंगे।"

□

खेल-मुक्केबाजी

अरुणा मिश्रा

अरुणा मिश्रा एक भारतीय महिला मुक्केबाज हैं जिन्होंने सन् 2004 में नार्वे में आयोजित विश्व मुक्केबाजी का खिताब जीता। आप जमशेदपुर की हैं और झारखंड पुलिस में कार्यरत हैं।

अरुणा मिश्रा का जन्म झारखंड (तब बिहार) के सिंहभूम जिले के मुसाबनी में 23 नवंबर, 1979 को हुआ था। मूलत: बिहार के दरभंगा जिले के मकरंदा गाँव, स्टेशन मनीगाछी के रहनेवाले आपके पिता स्व. के.के. मिश्रा अच्छे एथलीट थे। सन् 1956 में उन्हें जमशेदपुर की ट्यूब कंपनी में स्पोर्ट्स कोटा में नौकरी मिली और तब वे जमशेदपुर आकर बस गए। बाद में खुद खेलप्रेमी रूसी मोदी ने उनको टाटा स्टील कंपनी में नौकरी दी। टाटा स्टील में कार्यरत रहने के दौरान ही उन्हें कुछ वर्ष मुसाबनी में रहना पड़ा, जहाँ अरुणा मिश्रा का जन्म हुआ। अरुणा मिश्रा की पढ़ाई जमशेदपुर में ही हुई। सन् 2000 में आपने जमशेदपुर वीमेंस कॉलेज से ग्रेजुएशन किया। पिता ही की तरह आपको भी खेल-कूद में बहुत दिलचस्पी थी।

मुक्केबाजी में आने की आपकी कहानी बहुत दिलचस्प है। सन् 2001 में आप पर कोच एंथ्रेंस लकड़ा की नजर पड़ी तो उन्होंने आपको बॉक्सिंग से जुड़ने को कहा। रिंग में चल रही प्रैक्टिस की ओर इशारा कर उन्होंने अरुणा से पूछा कि उन सबसे बॉक्सिंग कर सकोगी, तो आपने जवाब दिया कि हम सबको मारकर गिरा देंगे। फिर अरुणा ने कोच से पूछा कि मेडल तो मिलेगा न ? बॉक्सिंग शुरू करने के पहले ही कोच को आप पर इतना भरोसा था कि उन्होंने कहा कि आपको मेडल नहीं मिला, तो वे बॉक्सिंग सिखाना ही छोड़ देंगे। माँ से इजाजत मिलने की उम्मीद नहीं थी, इसलिए अरुणा ने बगैर उन्हें बताए ही प्रैक्टिस शुरू कर दी। जमशेदपुर के जेआरडी टाटा स्पोर्ट्स कॉम्प्लेक्स के रिंग में प्रैक्टिस सेशन खत्म होने के बाद भी आप रुकी रहती थीं, ताकि और प्रैक्टिस कर सकें। नवंबर, 2001 में पंजाब में नेशनल गेम्स होने वाले थे। ठीक इसके एक महीने पहले फुटबॉल मैच खेलते हुए टकरा जाने पर आपको सिर में गहरी चोट लगी, जिससे बेहोश हो गईं और अगले दिन होश आया। इस चोट के कारण मेडिकल ग्राउंड पर नेशनल गेम्स के लिए इनका चुनाव नहीं हुआ, पर कोच आपको वहाँ ले गए और फिर खेलने का मौका भी मिला। 60 किलोग्राम वर्ग के फाइनल में मणिपुर की बॉक्सर के द्वारा आपके

सिर की पुरानी चोट पर मारने के कारण आप मुकाबला नहीं जीत पाईं और आपको सिल्वर मेडल मिला। पर दो ही महीने बाद फरवरी, 2002 में दिल्ली में हुई सीनियर नेशनल बॉक्सिंग चैंपियनशिप में मणिपुर की उसी बॉक्सर को फाइनल में हराकर आपने गोल्ड मेडल जीता। सन् 2003 में सीनियर नेशनल बॉक्सिंग चैंपियनशिप के 60 किलोग्राम वर्ग में फिर गोल्ड मेडल जीतने पर भारतीय टीम में आपका चयन हो गया और आप स्पोर्ट्स ऑथोरिटी ऑफ इंडिया के कोच अनुप कुमार के अधीन दिल्ली के जवाहरलाल नेहरू स्टेडियम में प्रैक्टिस करने लगीं। सन् 2003 में तुर्की में हुई वर्ल्ड बॉक्सिंग टूर्नामेंट में आपने 63 किलोग्राम वर्ग में काँस्य पदक जीता। इस तरह आपने अपनी पहली ही अंतरराष्ट्रीय प्रतियोगिता में भारत के लिए मेडल जीता। सन् 2003 में ही भारत (हरियाणा) में ही हुई एशियन बॉक्सिंग चैंप्यिनशिप के 66 किलोग्राम वर्ग में आपने पहला अंतरराष्ट्रीय गोल्ड मेडल जीता। सन् 2004 में नार्वे में हुई वर्ल्ड बॉक्सिंग चैंपियनशिप में गोल्ड मेडल जीतकर आप वर्ल्ड बॉक्सिंग चैम्पियन बनीं और देश का और अपने राज्य का नाम रौशन किया। सन् 2005 में आपने चीन में हुए एशियन बॉक्सिंग चैंपियनशिप में सिल्वर मेडल जीता। सन् 2007 में दिल्ली में हुए वर्ल्ड बॉक्सिंग चैंपियनशिप में आपने कांस्य पदक जीता। राष्ट्रीय-अंतरराष्ट्रीय प्रतियोगिताओं में आपकी जीत का सिलसिला वर्षों तक जारी रहा। सन् 2001 में आपके पहली बार नेशनल गेम्स में भाग लेने के बाद अबतक तीन ही नेशनल गेम्स हुए और आपने तीनों में ही गोल्ड मेडल जीता। सन् 2015 में आखिरी बार केरल में हुए नेशनल गेम्स के 75 किलोग्राम वर्ग में आपने जो खिताब जीता था, वह अबतक बरकरार है।

सन् 2003 में आपको टाटा स्टील में स्पोर्ट्स कोटा के अंतर्गत नौकरी मिली। सन् 2007 में स्पोर्ट्स कोटा के तहत ही आपको झारखंड पुलिस नें सब-इंसपेक्टर की नौकरी मिल गई और आपका पदस्थापन चाईबासा में किया गया। इसके बाद आपने वर्ल्ड पुलिस गेम्स में सन् 2011, सन् 2015 और सन् 2017 में स्वर्ण पदक जीता। आपने सन् 2007 से सन् 2017 के बीच हुए सभी ऑल इंडिया पुलिस गेम्स में लगातार हर बार मुक्केबाजी का स्वर्ण पदक जीता।

आप सन् 2007 से जमशेदपुर में 'बिरसा बॉक्सिंग सेंटर' के नाम से एक प्रशिक्षण केंद्र चलाती हैं, जिसमें एक समय में तकरीबन 100 बच्चे प्रशिक्षण लेते हैं और यह प्रशिक्षण आप निःशुल्क देती हैं। पूछने पर बताती हैं कि इसका खर्च वे अपनी तनख्वाह से चलाती हैं। आपके केंद्र से प्रशिक्षण पाकर स्पोर्ट्स कोटा में अब तक 18 बच्चे सरकारी नौकरी प्राप्त कर चुके हैं।

खेल-कूद के क्षेत्र में अपनी उपलब्धियों के लिए आपको अनेक पुरस्कार और सम्मान प्राप्त हुए हैं। आप 'राँची यूनिवर्सिटी ब्लू' पाने वाली पहली महिला खिलाड़ी हैं। सन् 2003 में झारखंड के तत्कालीन राज्यपाल वेद मारवाह ने आपको सम्मानित किया। सन् 2004 और सन् 2007 में आपको टाटा स्टील द्वारा 'नेशनल प्राइड अवॉर्ड' देकर सम्मानिन किया गया। सन् 2007 में झारखंड सरकार द्वारा आपको 'बिरसा मुंडा अवॉर्ड' दिया गया। सन् 2010 में आपको 'झारखंड रत्न पुरस्कार' मिला। भारत सरकार का 'अनन्या अवॉर्ड' आपको चार बार मिला। यह पुरस्कार आपको सन् 2007 में तत्कालीन लोकसभा अध्यक्ष सोमनाथ चटर्जी और सन् 2015 एवं सन् 2017 में यह पुरस्कार तत्कालीन गृह मंत्री राजनाथ सिंह के हाथों प्राप्त हुआ। यह पुरस्कार आपको सन् 2011 में भी मिला। झारखंड के पुलिस महानिदेशक से आपको सात बार 'कमेंडेशन रॉल' मिल चुका है। झारखंड के लिए सन् 2015 में आप 'कैशलेस' की और सन् 2019 में भारत निर्वाचन आयोग की ब्रांड एंबेसेडर रह चुकी हैं।

आप इस बात पर अफसोस जताती हैं कि जब आप मुक्केबाजी में अपने कॅरियर के शिखर पर थीं, तब ओलंपिक गेम्स में महिलाओं की मुक्केबाजी प्रतियोगिता होती ही नहीं थी। इस वजह से आप देश के लिए मुक्केबाजी का पदक लाकर देश का नाम रोशन करने से वंचित रह गईं। ओलंपिक में महिला मुक्केबाजी की शुरुआत सन् 2012 में लंदन ओलंपिक्स में हुई। आप मानती हैं कि उनकी उपलब्धियों में आपकी माँ का बहुत योगदान है। आपकी माँ ने अपनी चारों ही बेटियों को खेल-कूद में भाग लेने के लिए सदैव प्रोत्साहित किया। भारत की पहली महिला आईपीएस अधिकारी किरण बेदी से प्रभावित होकर आपकी माँ ने बेटियों को पुलिस सेवा में भेजा।

बागवानी आपका शौक है। सन् 2006 में आपका विवाह हुआ। आपके पति शिशिर कुमार झा एक चार्टर्ड एकाउंटेंट हैं। आपकी दो बेटियाँ हैं।

□

राजनीति

इंदर सिंह नामधारी

इंदर सिंह नामधारी एक राजनेता, लेखक और प्रखर वक्ता हैं। सन् 2000 में झारखंड के नए राज्य के रूप में अस्तित्व में आने पर आप इसकी विधानसभा के पहले अध्यक्ष चुने गए और उस पद पर दो टर्म (2000 से 2006 तक) रहे। सन् 2009 के आम चुनाव में चतरा लोकसभा क्षेत्र से निर्दलीय उम्मीदवार के रूप में 15वीं लोकसभा के सदस्य चुने गए। आप सन् 1980 से सन् 2009 के बीच डाल्टनगंज विधानसभा क्षेत्र से बिहार और झारखंड विधानसभाओं में कुल मिलाकर 6 बार सदस्य रहे। आपने बिहार में राजस्व, भूमि-सुधार और परिवहन विभाग के कैबिनेट मंत्री (1995-97) के रूप में कार्य किया।

आपका जन्म सन् 1940 में अविभाजित भारत के गुजरात जिले के नौशेरा गाँव (अब पाकिस्तान में) में पिता जोध सिंह और माता द्रौपदी देवी के घर हुआ। वैसे आधिकारिक रिकॉर्ड्स में आपकी जन्मतिथि 10 सितंबर, 1942 दर्ज है। जब छह वर्ष की उम्र थी, तब आप एक कुएँ में गिर गए। कुएँ में पानी तो कम था, पर उस कुएँ से हरदम साँप निकलते रहते थे। अफरा-तफरी और आपा-धापी के बीच कुएँ से आपको पिता ने निकाला, पर इसमें आधे घंटे का वक्त लग गया और उतनी देर तक आपको कुएँ में ही रहना पड़ा। सही सलामत निकल आने पर सबने माना कि आपको दूसरी जिंदगी मिली है। देश के विभाजन की त्रासदी आपके परिवार ने भी झेली। पाकिस्तान में अपना घर, व्यापार सब कुछ छोड़कर आपका परिवार भारत आ गया। इधर आने के बाद कुछ ही माह इटावा (उ.प्र.) में रहने के बाद आपका परिवार सन् 1948 में डाल्टनगंज में आकर बस गया। डाल्टनगंज आकर ही आपकी शिक्षा की शुरुआत हुई। आपने डाल्टनगंज के जिला स्कूल से मैट्रिक और जीएलए कॉलेज से आइएससी की पढ़ाई की। फिर आपने झारखंड (तब बिहार) में बीआइटी सिंदरी से सन् 1964 में टेलिकम्युनिकेशन में इंजीनियरिंग की डिग्री प्राप्त की। इसके बाद वहीं पर तकरीबन डेढ़ वर्ष तक आपने अध्यापन कार्य किया। आप एक व्यावसायिक परिवार के सदस्य थे। लगातार आप पर दबाव रहता था कि नौकरी छोड़कर व्यापार करें, तो आखिरकार सन् 1966 में नौकरी छोड़कर डाल्टनगंज लौट आए और पारिवारिक सॉ मिल (आरा मशीन) एवं तेल मिल का काम देखने लगे।

सन् 1966 में हुई दो छोटी-छोटी घटनाओं ने आपके जीवन की दिशा ही बदल दी। डाल्टनगंज की गौशाला में लगे गोपाष्टमी के मेले में गौ की महत्ता पर हिंदी-संस्कृत में दिए गए आपके भाषण की बहुत प्रशंसा हुई और इसने लोगों का ध्यान आपकी ओर खींचा, जिनमें राष्ट्रीय स्वयंसेवक संघ के लोग भी थे। उसी वर्ष पं. दीनदयाल उपाध्याय डाल्टनगंज आए। आपको भी उनके बौद्धिक में आने का निमंत्रण मिला। उनके बौद्धिक को सुनकर आप बहुत प्रभावित हुए। भारतीय जनसंघ ने आपको सन् 1967 के विधानसभा चुनाव में डाल्टनगंज से पार्टी का टिकट दे दिया। आप चुनाव जीत तो नहीं पाए, पर आपको सम्मानजनक वोट मिले। सन् 1969 के मध्यावधि चुनाव में जनसंघ की टिकट पर ही आप फिर विधानसभा चुनाव लड़े। इस बार वोट तो बढ़े, पर सफलता दूर ही रही। दो बार चुनाव हार जाने पर परिवार ने आपको चुनाव से दूर रहने की हिदायत दे दी। अगला चुनाव तो आपने नहीं लड़ा, पर जनसंघ की राजनीति में सक्रियता से भाग लेते रहे। सन् 1971 में बांग्लादेश मुक्ति आंदोलन के समर्थन में आंदोलन में शामिल होने के कारण आप पहली बार जेल गए और तिहाड़ जेल में करीब 10 दिन रहने के बाद छूटे। सन् 1974 में जेपी आंदोलन में आपने सक्रियता से भाग लिया। आप गिरफ्तार हुए, हजारीबाग जेल भेजे गए और 3 महीने बाद छूटे। कर्पूरी ठाकुर के मुख्यमंत्रित्वकाल में सन् 1979 में बिहार राज्य पथ परिवहन निगम के अध्यक्ष मनोनीत किए गए। इस पद पर आकर आपने निगम का कायाकल्प कर दिया। पर 14 महीने में ही सरकार बदल जाने पर आपने अपने पद से इस्तीफा दे दिया। उस पद पर आपके काम को लोग अब तक याद करते हैं। इस पद पर शानदार काम करने का लाभ आपको तब मिला, जब 11 साल बाद आपने सन् 1980 में डाल्टनगंज से फिर विधानसभा चुनाव लड़ा। इस बार आपकी जीत हुई। इसके बाद सन् 1984 में इंदिरा गांधी की हत्या के कारण कांग्रेस के पक्ष में बनी सहानुभूति लहर में हुई आपकी हार के बाद आप सन् 2009 तक लगातार विधानसभा का चुनाव जीतते रहे। इस बीच सन् 1996 में एकदम एक नए क्षेत्र जमशेदपुर से पहली बार जनता दल की टिकट पर आप लोकसभा का चुनाव लड़े पर सफल नहीं हो सके।

बातचीत में नामधारी जी ने बताया कि सन् 1988 में जब आप भारतीय जनता पार्टी के बिहार प्रदेश अध्यक्ष थे, तब बिहार, बंगाल, उड़ीसा और मध्य प्रदेश के 24 जिलों को मिलाकर झारखंड की माँग चल रही थी। आपको लगता था कि कई राज्यों से काटकर झारखंड का निर्माण न तो व्यावहारिक था और न ही संभव। भारतीय जनता पार्टी छोटे राज्यों की पक्षधर थी और पार्टी में उत्तर

प्रदेश को काटकर उत्तराखंड और मध्य प्रदेश को काटकर छत्तीसगढ़ बनाने पर सहमति थी। आपने पार्टी के आगरा में उसी वर्ष हुए राष्ट्रीय अधिवेशन में सिर्फ बिहार के 18 जिलों को काटकर झारखंड बनाने का प्रस्ताव रखा, जिसे पार्टी ने स्वीकार कर लिया। इसके बाद सन् 1999 में जब भारतीय जनता पार्टी के नेतृत्व में केंद्र में एक स्थायी सरकार बनी तो अन्य दो नए राज्यों के साथ झारखंड को भी मंजूरी दे दी गई। नामधारी जो मानते हैं कि यदि आपने कई राज्यों के 24 जिलों की बजाय बिहार के 18 जिलो का प्रस्ताव नहीं लाया होता तो झारखंड बनने में पता नहीं और कितने साल लगते!

आपने झारखंड के पलामू और गढ़वा जिलों में तीन कॉलेजों—जोध सिंह नामधारी महिला महाविद्यालय, डाल्टनगंज, सद्गुरु जगजीत सिंह नामधारी कॉलेज, गढ़वा और बलवंत सिंह नामधरी मेमोरियल कॉलेज, सतबरवा की स्थापना की। आपने पलामू के चैनपुर में हरिप्रताप उच्च विद्यालय की स्थापना की।

आपने अपने समृद्ध शासकीय और जीवन अनुभव के आधार पर कई पुस्तकों का लेखन किया है, जिनमें 'शासन एवं अनुशासन-संसदीय नियमों का संकलन', 'धर्मों रक्षति रक्षितः', 'संसदीय व्यवस्था के आदर्श एवं यथार्थ', 'बाबा अब न बसहु एही गाँव—आध्यात्मिक लेख संग्रह' और 'घूँघट के पट खोल—अध्यात्मिक लेख संग्रह' प्रमुख हैं। आपकी कविता, साहित्य और संगीत में विशेष रुचि रही है। इसके अलावा आप पत्र-पत्रिकाओं में नियमित रूप से वर्षों से लिखते रहे हैं और यह क्रम अब भी जारी है। 'प्रभात खबर' में काफी समय तक आपने साप्ताहिक कॉलम लिखा।

सन् 2008 में झारखंड विधानसभा के 'स्थापना दिवस' के अवसर पर आपको उत्कृष्ट विधायक चुना गया और सम्मानित किया गया। आप अब राजनीति में सक्रिय नहीं हैं। आपने अनेक देशों की यात्रा की हैं। अभी हाल ही में आपकी आत्मकथा 'एक सिख नेता की दास्तान' प्रकाशित हुई है।

□

साहित्य

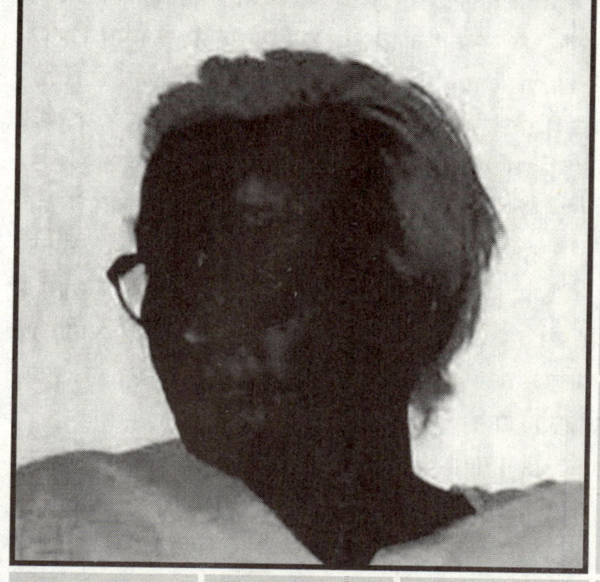

डॉ. दिनेश्वर प्रसाद

झारखंड की राजधानी राँची में रचे-बसे हिंदी साहित्य जगत् के आप मील-स्तंभ थे। आप साहित्यकारों व साहित्य मनीषियों के बीच काफी सम्मानित थे तथा नये रचनाकारों के प्रेरणास्त्रोत भी थे। आपका सपना था कि राष्ट्र-भाषा हिंदी के साथ-साथ लोकभाषा भी समुन्नत हो। यह आपके सहयोग और मार्गदर्शन का ही प्रतिफल था कि उपेक्षित भाषाओं एवं उनके साहित्य को पहचान मिली।

डॉ. दिनेश्वर प्रसाद का जन्म 4 जनवरी, 1932 को बिहार के मुंगेर जिले में मयदरियापुर गाँव में हुआ था। आपने सन् 1954 में पटना विश्वविद्यालय से हिंदी में एम.ए. किया और बाद में राँची विश्वविद्यालय से डी.लिट्. किया। आपने अध्यापन कार्य की शुरुआत पटना विश्वविद्यालय में की, जहाँ नवंबर, 1955 से जुलाई, 1957 तक काम किया। सन् 1957 में बिहार राज्य लोक सेवा आयोग द्वारा चयनित होने पर आप राँची कॉलेज में अध्यापन के लिए राँची आ गए और फिर यहीं के होकर रह गए। सन् 1966 में आप राँची विश्वविद्यालय के हिंदी स्नातकोत्तर विभाग में आ गए। डॉ. दिनेश्वर प्रसाद राँची विश्वविद्यालय के स्नातकोत्तर हिंदी विभागाध्यक्ष और मानविकी संकायाध्यक्ष रहे। आप फरवरी, 1993 में सेनानिवृत हुए। 13 अप्रैल, 2012 को आपका निधन हो गया।

आपका व्यक्तित्व बहुआयामी था। तुलनात्मक साहित्य पर आपकी जबरदस्त पकड़ थी। इतिहास, समाजशास्त्र व अन्य विधाओं के भी आप बड़े जानकार थे। आप प्रखर चिंतक, ईमानदार, कर्मठ, कुशाग्र-बुद्धि और सदाचारी थे। आपकी सादगी, आत्मीयता, सौम्य व्यक्तित्व, विद्वता आदि से कोई भी संपर्क में आया व्यक्ति आकर्षित हुए बिना नहीं रह सकता था। आपने कर्म को ही अपना धर्म बना लिया। आप लोकसाहित्य के प्रकांड विद्वान् थे और लोकसाहित्य पर आपका काम सर्वाधिक प्रामाणिक और सर्वश्रेष्ठ था। आप मानते थे कि हिंदी में लोकसाहित्य के संकलन और क्षेत्रीय अध्ययन का जितना कार्य हुआ है, उतना सैद्धांतिक अध्ययन का नहीं। लोकसाहित्य के सैद्धांतिक पक्ष पर किया कार्य कितना अधूरा, लेकिन कितना संभावनापूर्ण है, यह बताने के लिए आपने एक शोधपरक पुस्तक 'लोकसाहित्य और संस्कृति' लिखी। इस पुस्तक में आपने संस्कृति से लोकसाहित्य के संबंध पर भी लिखा है।

विभिन्न जनजातीय एवं क्षेत्रीय भाषाओं के रोचक साहित्य के प्रति आपकी रुचि और संवेदनशीलता अद्‌भुत थी। विभिन्न जनजातीय एवं क्षेत्रीय भाषाओं के साहित्य की प्रमुख विधाओं, मुख्यत: लोकगीत एवं लोककथा आदि को शोध का सर्वथा मौलिक विषय बनाकर आपने अपने कई विद्यार्थियों और शोधार्थियों को उन पर कार्य करने को प्रेरित किया। आपके जीवन का मूल मंत्र साहित्य सेवा था। एक आदर्श शिक्षक और अद्‌भुत व्यक्ति के रूप में आपका निष्कपट स्वभाव प्रशंसनीय और अनुकरणीय था। राष्ट्रव्यापी पहचान के बावजूद अहंकार आपको छू भी नहीं पाया था। आप विद्वता, सादगी और सहजता की प्रतिमूर्ति थे। आप स्वभाव से बेहद मिलनसार थे। आप एक कुशल वक्ता थे। गंभीर तरीके से अपनी बात रखने के बावजूद आप श्रोताओं को बाँधे रखते थे।

आप केवल हिंदी साहित्य के विद्वान् ही नहीं थे, वरन् अंग्रेजी, संस्कृत व जनजातीय भाषाओं के भी बड़े ज्ञाता थे। आप एक भाषाविद् थे और भाषा विज्ञान के पंडित थे। आपने झारखंड की भाषाओं पर गहन विचार किया। आप झारखंड की जनजातीय एवं क्षेत्रीय भाषाओं के गंभीर पारखी थे। आप मानते थे कि झारखंड खनिज की दृष्टि से जितना संपन्न है, उतना ही संपन्न भाषा और साहित्य की दृष्टि से भी है, जिसका उद्‌घाटन होना चाहिए। आपकी प्रकाशित पुस्तकों में किशोर विद्या निकेतन, वाराणसी से प्रकाशित 'मुंडारी शब्दावली: अखिल भारतीय संदर्भ' (1999) एवं ज्योति प्रकाशन, पटना से प्रकाशित 'हॉफमैन ऑन मुंडारी पोएट्री' (1979) झारखंड की मुंडारी भाषा में आपकी दिलचस्पी और इसके विकास में योगदान के प्रमाण हैं। आपकी मुंडारी पर लिखी पुस्तक पूर्व प्रचलित इस धारणा का खंडन करती है कि आदिवासी और गैर-आदिवासी अलग-अलग समुदाय हैं। आपने बताया कि मुंडारी में अनेक ऐसे शब्द मिलते हैं, जिनके रूप को परिवर्तन के बावजूद, संस्कृत में पहचाना जा सकता है। आपने अनेक छात्रों को झारखंड की भाषाओं में शोध के लिए प्रेरित और प्रोत्साहित किया।

आपने जनजातीय भाषाओं के विकास के लिए लिपि समस्या के निदान की जरूरत पर बल दिया। आपका सुझाव था कि जो जनजातीय भाषाएँ जिस राज्य में बोली जाती हैं, उनके लिए उस राज्य की प्रमुख भाषा की लिपि स्वीकार कर लेनी चाहिए। राज्य विशेष की मान्य लिपि में लिखे जाने पर जनजातीय भाषाएँ अपने आसपास वृहत्तर समाज से जुड़ेंगी, जिससे इनके विकास में मदद मिलेगी।

जनजातीय समुदाय पर आपने गंभीर चिंतन किया। आपके विचारों में जनजातियाँ कालक्रम में बहुसंख्यक से अल्पसंख्यक होती गईं और यदि वे अबतक

बची हुई हैं, तो इसका एक कारण उनकी सामाजिक-सांस्कृतिक एकात्मकता और उससे प्राप्त होने वाली प्रतिरोध शक्ति है। आप कहते थे कि कांग्रेस के नेतृत्व में हुए देश की स्वतंत्रता के आंदोलन के बहुत पहले से ही वे अपनी अस्मिता की रक्षा के लिए संघर्षरत रहे हैं। उनका संघर्ष दो स्तर पर जारी रहा है; एक गैर-जनजातियों के आर्थिक शोषण और दासता के विरुद्ध और दूसरा, साम्राज्यवाद और सामंती व्यवस्था के विरुद्ध।

आपकी कई विषयों में गहरी पैठ थी। आपको लोग 'चलता-फिरता ज्ञानकोश' मानते थे। आप एक संपूर्ण शिक्षक थे। सतत अध्ययनरत रहना और नियमित अध्यापन और लेखन आपकी दिनचर्या के महत्त्वपूर्ण अंग थे। जीवन भर अध्यापन आपकी पहली प्राथमिकता रही। इस तरह पढ़ाते कि कठिन से कठिन विषय भी छात्रों के लिए सरल बन जाता। डॉ. दिनेश्वर प्रसाद के निर्देशन में 12 शोधार्थियों को डी.लिट्. की उपाधि मिली, जबकि 45 शोधार्थियों को पी.एच.डी. की डिग्री मिली। इनमें से 10 कुरमाली सहित अन्य झारखंडी भाषा के थे। आपके व्यक्तित्व की पहचान थी, आपकी प्रतिबद्धता, विषयों की विविधता, सीमाओं में न बँधने की जिद, चुनौतियों को स्वीकार करने और आगे बढ़ने का लगातार साहस।

आपने 12 पुस्तकें लिखीं, जिनमें दो में आपने फादर कामिल बुल्के के साथ सह-लेखन किया। आपने फादर कामिल बुल्के के सुप्रसिद्ध अंग्रेजी-हिंदी कोश का संशोधन एवं परिवर्द्धन कार्य किया। आपने कोश के बाद के संस्करण में वैज्ञानिक और तकनीकी तथा मानविकी की विभिन्न विषय संबंधी शब्दावली को अपेक्षित विस्तार दिया। आपने आज की अंग्रेजी में प्रयुक्त भारतीय, अमेरिकी, ऑस्ट्रेलियाई, न्यूजीलैंड और दक्षिण अफ्रीकी शब्दों को भी कोश में समाहित किया, जिससे यह कोश अधिक उपयोगी, अद्यतन और पूर्ण बन गया। आप बाइबिल के हिंदी अनुवाद में भी डॉ. बुल्के के घनिष्ठ सहयोगी रहे। इसके अतिरिक्त आपने अंग्रेजी के एक कविता संग्रह का हिंदी में अनुवाद और 4 पुस्तकों का संपादन किया। हिंदी और अंग्रेजी में आपके अनेक लेख विभिन्न पत्र-पत्रिकाओं में छपे। आप झारखंड बनने पर सन् 2001 में शुरू की गई त्रैमासिक साहित्यिक पत्रिका 'कांची' के प्रधान संपादक रहे। आप पाश्चात्य साहित्य के गंभीर अध्येता थे। आपने वाल्ट व्हिटमैन की चर्चित पुस्तक का 'मैं इस पृथ्वी को कभी नहीं भूलूँगा' के नाम से अनुवाद कर इसे प्रकाशित किया।

सन् 2006 में आपको केंद्रीय हिंदी संस्थान, आगरा से 'राहुल सांस्कृत्यायन पुरस्कार' मिला, जो आपको तत्कालीन राष्ट्रपति डॉ. ए.पी.जे. अब्दुल कलाम ने

प्रदान किया। इसके अलावा आपको कई और सम्मान मिले, जिनमें प्रमुख हैं, सन् 1995 में बिहार राष्ट्रभाषा परिषद्, पटना से मिला 'साहित्य सेवा सम्मान', सन् 1997 में राँची एक्सप्रेस से मिला साहित्य के क्षेत्र में प्रतिष्ठित पुरस्कार 'राधाकृष्ण पुरस्कार' और सन् 2008 में मिला 'अक्षर कुंभ सम्मान'। सन् 201[illegible] में झारखंड की कुरमाली भाषा की समृद्धि में आपके योगदान के लिए कुरमाली परिषद् द्वारा आपको सम्मानित किया गया। आप राधाकृष्ण पुरस्कार चयन समिति के कई वर्ष सदस्य रहे।

□

साहित्य

रणेंद्र

हिंदी के अप्रतिम कवि, कहानीकार, उपन्यासकार रणेंद्र सन् 2020 का 'श्रीलाल शुक्ल स्मृति इफको साहित्य सम्मान' पाने वाले झारखंड के पहले साहित्यकार हैं। उर्वरक क्षेत्र की प्रमुख कंपनी इफको द्वारा प्रतिवर्ष दिया जाने वाला यह प्रतिष्ठित पुरस्कार किसी ऐसे रचनाकार को दिया जाता है, जिसकी रचनाओं में ग्रामीण और कृषि जीवन से जुड़ी समस्याओं, आकांक्षाओं और संघर्षों को मुद्रित किया गया हो। आदिवासी जीवन को अपनी लेखनी का विषय बनाने वाले लेखकों में रणेंद्र एक प्रमुख नाम है।

आपका जन्म बिहार के नालंदा जिले के सोहसराय कस्बे में 10 फरवरी, 1960 को एक मध्यमवर्गीय परिवार में हुआ। अपने पिता की छह संतानों, तीन बेटे और तीन बेटियों में आप एक हैं। आपका पुश्तैनी स्थान बिहार का छपरा शहर है। आपके पिता शत्रुघ्न प्रसाद सोहसराय के डिग्री कॉलेज में हिंदी के प्राध्यापक और एक जाने-माने उपन्यासकार थे। बचपन से ही आपको अपने घर में साहित्य का माहौल मिला। आपके घर में नालंदा साहित्य सम्मेलन की साहित्यिक गोष्ठियाँ नियमित रूप से हुआ करती थीं। अपने घर की बैठक में सन् 1974 के संपूर्ण क्रांति आंदोलन के दिनों में उसकी योजनाओं और क्रियान्वयन पर चर्चा के लिए होने वाली तूफानी बैठकों और उनमें शामिल होते आंदोलन के अगली पंक्ति के कई नेताओं को आपने नजदीक से देखा। आपातकाल की घोषणा के बाद आपके पिता भी 'मीसा' के तहत गिरफ्तार हुए और उन्होंने अठारह महीने जेल में बिताए। पिताजी के जेल में रहने के दौरान आपके परिवार को गंभीर आर्थिक संकट का सामना करना पड़ा। इसके पहले भी आपके पिता डॉ. श्यामाप्रसाद मुखर्जी के नेतृत्व वाले कश्मीर के 'अलग विधान-अलग निशान' के खिलाफ आंदोलन और गौहत्या-बंदी आंदोलन के सिलसिले में जेल-यात्रा कर चुके थे।

आपका छात्र जीवन औसत ही रहा। पिता का आप पर इंजीनियर बनने का दबाव था। आपने विज्ञान से स्नातक तो कर लिया, पर इंजीनियर न तो बनने की इच्छा थी और न बने। तब जब लगता था कि शुरू होने से पहले ही कॅरियर खत्म हो गया और भविष्य में अँधेरे के सिवा कुछ नहीं दिख रहा था, पिता की ही सलाह पर पटना में राज्य लोक सेवा आयोग की प्रतियोगिता परीक्षा की तैयारी में लग गए।

सन् 1979 से सन् 1988 के लंबे अंतराल के बीच अनेक प्रयास और पिता के अटूट भरोसे के सहारे आखिर सन् 1988 में आपका चयन बिहार राज्य प्रशासनिक सेवा में हो गया।

आपने अपनी प्रशासनिक सेवा की शुरुआत बिहार के रोहतास में अंचलाधिकारी के रूप में की। सन् 1991 में आपने अनगड़ा प्रखंड (वर्तमान झारखंड) में प्रखंड विकास पदाधिकारी के रूप में योगदान दिया। इसके बाद आप सदा के लिए बिहार के इसी हिस्से, जो बाद में झारखंड बना, में रह गए। सन् 1999 से सन् 2004 तक आप झारखंड राज्य खादी ग्रामोद्योग आयोग में रहे। सन् 2006 में भारतीय प्रशासनिक सेवा में आपकी प्रोन्नति हुई। प्रोन्नति के बाद आपने झारखंड लोक सेवा आयोग, प्रशासनिक प्रशिक्षण संस्थान जैसे महत्त्वपूर्ण विभागों में काम किया। प्रशासनिक प्रशिक्षण संस्थान में आप सन् 2005 से सन् 2015 तक रहे। झारखंड में काम करते हुए आपकी सदैव यह कोशिश रही कि आदिवासियों, विशेषकर आदिम जनजाति समूहों के अध्ययन और उनके इतिहास पर शोध का काम हो। रणेंद्र ने झारखंड में राज्य प्रशासनिक सेवा में काम करने के क्रम में यहाँ के आदिवासी गाँवों में काफी समय बिताया है और इस दौरान आपको अनेक आदिवासी समुदायों के बीच रहने, घुलने-मिलने, सुख-दुःख में भागीदार होने का अवसर मिला है। ऐसे मौकों पर आप उनकी जीवन दृष्टि को समझने की कोशिश करते रहे हैं। आप कहते हैं कि भारतीय संस्कृति के जो मूल तत्व हैं, उसे सिर्फ आदिवासी समुदाय ने ही अब तक बचा रखा है। आप आदिवासियों के जीवन दर्शन में न्यूनतम में अधिकतम संतुष्टि का भाव, प्रकृति से लगाव, प्रकृति से, जंगलों से उतना ही लेना, जिससे कि अगली पीढ़ी को यह सब और बेहतर मिले, सदैव 'मैं' की जगह 'हम', जिसमें पशुधन और वनस्पतियाँ भी शामिल हैं, की बात, जीव जगत् और वनस्पति जगत् में इनसान की हैसियत को अन्य सभी इकाईओं के समान दर्जा जैसी विशेषताओं को समझने का आग्रह करते दिखते हैं।

आदिवासी बाहुल्य राज्य झारखंड से संबद्ध रहते हुए आप यहाँ के आदिवासी समुदायों की सामाजिक-सांस्कृतिक विशेषताओं और अंत:संबंधों से रू-ब-रू होते रहे हैं। इसीलिए आपने आदिवासी जीवन को अपने लेखन का मुख्य विषय बनाया। आपके उपन्यासों के अध्ययन से यह तथ्य उभरकर सामने आता है कि आदिवासी समाज सहजीविता, सह-अस्तित्व और समानता की अवधारणा को जीने वाला समाज रहा है। अपने साहित्य में आपने अशिक्षा, गरीबी, बेरोजगारी, विस्थापन, घुसपैठ, स्त्री-शोषण, धार्मिक-भाषिक अस्मिता जैसे सवालों को संवेदनशीलता के

साथ उठाया है। आपने आदिवासी समाज में व्याप्त बुराइयों और कुप्रथाओं को भी उजागर किया है। अपनी रचनाओं में आप वैश्वीकरण एवं विकास के इस दौर में आदिवासी समुदाय के भीतर हो रहे सामाजिक, आर्थिक और सांस्कृतिक परिवर्तनों की बारीकी से पड़ताल करते हैं। आपके उपन्यास पाठकों का आदिवासी जीवन के विविध आयामों से संपूर्णता में परिचय कराते हैं। आप आदिवासियों को किसानों से अलग देखने के नजरिए को दोषपूर्ण मानते हैं। रणेंद्र झारखंड के जनजीवन और उसके सरोकारों को साहित्यिक विमर्श की परिधि से उठाकर उसके केंद्र में स्थापित करने में सफल रहे हैं। अपने उपन्यास में आदिवासी मुद्दों के अलावा आपने वर्ग भेद पर टिकी हुई घातक व्यवस्था पर भी सवाल उठाए हैं और उस पर चोट की है। आपकी कृतियों से झारखंड की साहित्यिक प्रतिष्ठा में अपार वृद्धि हुई है।

सन् 2008 में भारतीय ज्ञानपीठ द्वारा प्रकाशित आपके पहले ही उपन्यास 'ग्लोबल गाँव के देवता', से आप साहित्य जगत् में चर्चा में आए। इस उपन्यास, जिसमें आपने आदिवासी समुदाय 'असुर' का आख्यान प्रस्तुत किया है, से आदिवासी विमर्श को सर्वाधिक गति मिली। आपका यह उपन्यास जम्मू से लेकर केरल तक के दर्जनों विश्वविद्यालयों-महाविद्यालयों में पिछले एक-डेढ़ दशक से पाठ्यक्रम में शामिल है। आपके साहित्य में सदा ही हाशिए के प्रति अपार संवेदना दिखती है। आदिवासी समुदाय 'मुंडा' के जीवन संघर्ष पर केंद्रित सन् 2014 में पेंगुइन बुक्स से प्रकाशित आपका उपन्यास 'गायब होता देश' एवं भारतीय शास्त्रीय संगीत के घरानों पर आधारित सन् 2021 में राजकमल प्रकाशन से प्रकाशित 'गूँगी रुलाई का कोरस' भी बहुत चर्चित रहे हैं। इनके अलावा आपने सन् 2003 में आधार प्रकाशन से प्रकाशित 'पंचायती राज : हाशिए से हुकूमत तक' एवं सन् 2008 में वाणी प्रकाशन से प्रकाशित 'झारखंड एनसाइक्लोपीडिया' के चार खंडों का संपादन किया। इसके अतिरिक्त आपके दो कहानी संग्रह, 'रात बाकी एवं अन्य कहानियाँ' सन् 2010 में राजकमल प्रकाशन से एवं 'छप्पन छुरी बहत्तर पेंच' सन् 2020 में आधार प्रकाशन से एवं एक कविता संग्रह, 'थोड़ा सा स्त्री होना चाहता हूँ' सन् 2010 में शिल्पायन से प्रकाशित हो चुके हैं। आपके इस कविता संग्रह में आदिवासी जीवन-वंचन-प्रतिकार और प्राकृतिक सौंदर्य की कई कविताएँ हैं। इनकी अनेक रचनाएँ कई भाषाओं में अनूदित हो चुकी हैं। 'ग्लोबल गाँव के देवता' का अंग्रेजी अनुवाद 'लाइर्स ऑफ ग्लोबल विलेज' नाम से प्रकाशित हो चुका है। भारतीय ज्ञानपीठ की साहित्यिक पत्रिका 'नया ज्ञानोदय' ने जुलाई, 2014 में लेखक-पाठक सर्वेक्षण की सूची प्रकाशित की थी, जिसमें रणेंद्र की रचना 'गायब होता देश' को

10 सर्वश्रेष्ठ उपन्यासों में शामिल किया गया। आपने सन् 1999 से सन् 2005 के दौरान 'कांची' नामक त्रैमासिक साहित्यिक पत्रिका का संपादन भी किया है।

रणेंद्र को अपनी उत्कृष्ट रचनाओं के लिए अनेक महत्त्वपूर्ण सम्मान प्राप्त हो चुके हैं। 'श्रीलाल शुक्ल स्मृति इफको साहित्य सम्मान' के अलावा आपको सन् 2006 में 'रात बाकी' कहानी पर 'कथादेश' की कहानी प्रतियोगिता का प्रथम पुरस्कार, सन् 2010 में 'ग्लोबल गाँव के देवता' के लिए 'जे.सी. जोशी स्मृति जनप्रिय लेखक सम्मान', समस्त कथा साहित्य के लिए सन् 2013 का 'बनारसी प्रसाद भोजपुरी सम्मान' और सन् 2019 का प्रथम 'विमलादेवी स्मृति सम्मान', सन् 2019 का 'वनमाली कथा सम्मान' एवं सन् 2012 में 'गूँगी रुलाई का कोरस' उपन्यास के लिए 'ढींगरा फैमिली फाउंडेशन अंतरराष्ट्रीय कथा सम्मान' मिल चुके हैं।

आप आज भी अफसोस करते हैं कि सन् 1974 में व्यवस्था परिवर्तन के लिए खड़ा हुआ इतना बड़ा आंदोलन, आंदोलनकारी नेतृत्व के सत्ता में आने के बावजूद भी महज सत्ता परिवर्तन तक सीमित होकर रह गया। आपातकाल और उसके बाद के लंबे संघर्ष और अनेक यंत्रणाएँ झेलने के बाद आंदोलनकारियों के हाथ में सत्ता की बागडोर आ जाने के बावजूद भी सत्ता के चरित्र में परिवर्तन न होना बेहद निराशाजनक था। आप मानते हैं कि विपक्ष से सत्ता में जाने के बाद राजनीतिक दलों को यह बात याद रहनी चाहिए कि सत्ता और व्यवस्था की आलोचना राष्ट्र की आलोचना नहीं होती और जनतंत्र में सत्ता की आलोचना तो हर सजग-सचेत नागरिक, मीडिया और विपक्ष की नैतिक जिम्मेदारी है और उनके इस अधिकार की रक्षा करना सत्ता का दायित्व है।

रणेंद्र भारतीय प्रशासनिक सेवा से सन् 2020 में सेवानिवृत्त हुए और सन् 2018 से आप सन् 1953 में स्थापित राँची के 'डॉ. रामदयाल मुंडा जनजातीय शोध संस्थान' के निदेशक हैं।

□

संगीत-गायकी

शिल्पा राव

दुनिया में संगीत का सबसे बड़ा पुरस्कार माने जाने वाले ग्रैमी अवॉर्ड के लिए सन् 2020 में नामित झारखंड की शिल्पा राव आज देश की एक जानी-मानी और बेहद लोकप्रिय गायिका हैं। कम ही उम्र में जिंगल्स, गजल, शास्त्रीय संगीत से लेकर हर तरह के लोकप्रिय गीत गाने में जो सफलता शिल्पा ने हासिल की है, वह चमत्कारी है।

शिल्पा राव का जन्म 11 अप्रैल, 1984 को जमशेदपुर में एस.वी. राव (पिता) और श्यामला राव (माता) के घर हुआ और आपका नाम रखा गया अपेक्षा राव। बाद में यह नाम बदला गया और संगीत में आपकी रुचि को देखते हुए कला से संबंधित नया नाम 'शिल्पा' रखा गया। आपका बचपन और किशोरावस्था जमशेदपुर में ही बीती। आपकी स्कूली शिक्षा भी जमशेदपुर में ही हुई। शिल्पा शुरू से ही एक अच्छी छात्रा थी। आपने जमशेदपुर के लिटिल फ्लावर स्कूल से सन् 2000 में आईसीएससी 88 प्रतिशत अंकों के साथ फर्स्ट डिवीजन में और सन् 2002 में साइंस में प्लस टू भी फर्स्ट डिवीजन में जमशेदपुर के ही लोयोला स्कूल से की। इसके बाद आपने सेंट जेवियर्स कॉलेज, मुंबई से बीएससी ऑनर्स और मुंबई विश्वविद्यालय से स्टैटिक्स में एमएससी की पढ़ाई भी फर्स्ट डिवीजन में पूरी की। शिल्पा ने रीतेश कृष्णन से विवाह किया है, जो एक फोटोग्राफर हैं।

शिल्पा के पूरे परिवार का संगीत से बेहद लगाव रहा। आपके दादा और पिता की भी संगीत में काफी रुचि रही। आपके पिता ने तो संगीत में शिक्षा लेकर डिग्री हासिल की है। आपके भाई अनुराग एक बहुत अच्छे पियानो वादक हैं, जो इन दिनों फ्रांस में हैं और वहाँ पियानो पर जाज संगीत बजाते हैं। घर में संगीत का माहौल होने के कारण शिल्पा का भी बचपन से ही संगीत की ओर आकर्षण होना स्वाभाविक था। शिल्पा को शास्त्रीय संगीत की प्रारंभिक शिक्षा बचपन से पिता से मिली। आपको आपके पिता ने ही संगीत की बारीकियाँ सिखाईं। स्कूल में पढ़ने के दौरान गाने की प्रतियोगिताओं में आपने अनेक पुरस्कार प्राप्त किए। आप अपने स्कूल के क्वायर ग्रुप की सदस्य थीं। सन् 2001 में अपनी गायकी की ओर सबका ध्यान आपने तब खींचा, जब दिल्ली के सिरी फोर्ट ऑडिटोरियम में गाकर आपने पुरस्कार जीता। इसके बाद तो आपको सन् 2001 में ही सुप्रसिद्ध गायक हरिहरन के

साथ जमशेदपुर में और सफल संगीतकार-गायक शंकर महादेवन के साथ हैदराबाद और श्रीकाकुलम में स्टेज पर गाने का अवसर मिल गया। आप उस्ताद रशीद खान साहब (पद्मश्री) के साथ भी स्टेज पर गा चुकी हैं।

सुप्रसिद्ध शास्त्रीय गायक हरिहरन ने शिल्पा को, जब आप महज 13 वर्ष की थीं, गायक बनने के लिए प्रेरित किया। सन् 2001 में एक राष्ट्रीय स्तर की संगीत प्रतियोगिता, जिसे शिल्पा ने जीता, के एक निर्णायक शंकर महादेवन ने बेहतर कॅरियर के लिए आपको मुंबई में रहने की सलाह दी। आगे चलकर आपको हरिहरन (पद्मश्री) से गजल सीखने का सुअवसर मिला। इसी तरह मुंबई मे आपको गुलाम मुस्तफा खान (पद्मश्री) से शास्त्रीय संगीत की शिक्षा प्राप्त करने का सौभाग्य मिला।

बॉलीवुड में गाने का पहला मौका शिल्पा को सन् 2007 में मिला, जब वह कॉलेज की छात्रा ही थीं। आपने अपना पहला गाना फिल्म 'अनवर' में संगीतकार मिथुन शर्मा के निर्देशन मे 'तोसे नैना लागे…' गाया। यह उस वर्ष के सबसे लोकप्रिय गानों में एक था। इस गाने को शिल्पा अपने दिल के बेहद करीब मानती हैं, क्योंकि आपको लगता है कि ये आपकी सबसे मासूम प्रस्तुति है। उसी वर्ष फिल्म 'सलाम-ए-इश्क' में शंकर महादेवन के साथ आपने एक डुएट गाया और तब से शिल्पा ने पीछे मुड़कर नहीं देखा। आपने 'बचना ऐ हसीनों', 'पा', 'एक मैं और एक तू', 'जब तक है जान', 'इंग्लिश विंग्लिश', 'लुटेरा', 'ऐ दिल है मुश्किल' सहित हिंदी की कई हिट फिल्मों में गाने गाए हैं और आपके गाने बहुत हिट हुए हैं। आप अबतक दीपिका पादुकोण, अनुष्का शर्मा, प्रियंका चोपड़ा, कटरीना कैफ जैसी बॉलीवुड की कई बड़ी अभिनेत्रियों के लिए गा चुकी हैं। आपको ए.आर. रहमान, प्रीतम, शंकर महादेवन, इलैयाराजा, विशाल-शेखर, मिथुन शर्मा, अमित त्रिवेदी जैसे सुप्रसिद्ध संगीत निर्देशकों के साथ काम करने और गाने का अवसर मिल चुका है। आपने एम.टी.वी. अनप्लग्ड सहित कई टी.वी. सीरिज में भी अपनी गायकी का जादू बिखेरा है।

आपने झारखंड और देश के अनेक प्रमुख शहरों में अपनी गायकी से रंग जमाकर श्रोताओं का दिल जीता है और वाह-वाही बटोरी है। दिल्ली, मुंबई, लखनऊ जैसे देश के बड़े शहरों के साथ झारखंड में टाटा स्टील के 100 वर्ष पूरे होने के अवसर पर जमशेदपुर के कीनन स्टेडियम में हुए कार्यक्रम के अलावा आपने राँची, हजारीबाग, बिहार के पटना, समस्तीपुर में स्टेज शो करके सुर्खियाँ बटोरी हैं। सन् 2018 में मुंबई के गेटवे ऑफ इंडिया पर राजनाथ सिंह और नितिन

गड़करी की उपस्थिति में मुंबई ब्लास्ट के लिए जब आपने गाया तो उसकी बहुत सराहना हुई। आप यूएसए, यूके, हॉलैंड, मिडिल ईस्ट सहित कई देशों में स्टेज पर कार्यक्रम कर चुकी हैं। आप भारत की सिर्फ दूसरी ही ऐसी संगीत कलाकार हैं, जिसे दुनियाभर में पाकिस्तान के बेहद लोकप्रिय संगीत कार्यक्रम 'कोक स्टुडियो' में गाने का अवसर मिला। आपने अपने पहले गाने के रूप में वहाँ नूरी बैंड के द्वारा रचित एक लोकगीत 'पार चन्ना दे···' गाया, जो सोहनी-महिवाल के प्रेम पर आधारित लोकगाथा है। कोक स्टुडियो के लिए गाए आपके इस गाने को पूरी दुनिया में दो करोड़ लोगों ने देखा। मुंबई में गायकी के अपने शुरुआती तीन वर्षों तक आपने जिंगल गायिका के रूप में काम किया, जिसमें आपने कई प्रसिद्ध उत्पादों के लिए गाया। आप मानती हैं कि जिंगल्स गाने से मुंबई में आपके बहुत अच्छे संपर्क बन गए, जिससे गायकी का कॅरियर बनाने में आपको काफी मदद मिली।

आपको अपनी शानदार गायकी के लिए कई महत्त्वपूर्ण पुरस्कार मिल चुके हैं, जिनमें 'खुदा जाने' के लिए सन् 2009 में मिला 'स्टार स्क्रीन अवॉर्ड' और सन् 2019 में 'वार' फिल्म के 'घुँघरू···' गाने के लिए मिला 'फिल्म फेयर अवॉर्ड' प्रमुख हैं। इनके अलावा सन् 2011 में आपको 'बेकाबू···' के लिए 'इंडियन टेलीविजन एकेडमी अवॉर्ड' और सन् 2014 में कोक स्टुडियो, सीजन 2 के लिए गाए 'दम दम···' के लिए 'ग्लोबल इंडियन म्यूजिक एकेडमी अवॉर्ड' मिल चुका है। आपको दो बार (2009 एवं 2010 में) 'बेस्ट फीमेल प्लेबैक सिंगर' के 'फिल्म फेयर अवॉर्ड' और 'आइफा अवॉर्ड' के लिए नामांकित किया गया है। इनके अलावा आपके गानों को 'जी सिने अवॉर्ड', 'मिर्ची म्यूजिक अवॉर्ड' सहित कई बड़े अवॉर्ड्स के लिए नामांकन मिलता रहा है। 'टाइम्स ऑफ इंडिया' ने आपकी आवाज की तारीफ करते हुए उसे 'गंभीर पर भावपूर्ण' करार दिया।

आप अपनी आवाज के साथ प्रयोग करने के लिए जानी जाती हैं। आप अपने गाने में हरदम नए अंदाज और सभी तरह के संगीत को आजमाने की कोशिश करती हैं। शिल्पा मानती हैं कि संगीत वही है, जो दिल से आए। गजल गाना शिल्पा को बहुत प्रिय रहा है। आपको महान् गजल गायक मेहंदी हसन की गजलें गाना बहुत पसंद है। संगीत में 'क्या अच्छा है और क्या नहीं' की समझ देने का श्रेय आप अपने पिता को देती हैं। शिल्पा राव अपनी फिटनेस के प्रति बहुत सजग रहती हैं और इसके लिए सदैव इस बात का ध्यान रखती हैं कि आपका खान-पान और रहन-सहन सही रहे।

सामाजिक मुहिमों में आपकी खासी दिलचस्पी है और आप अपने कार्यक्रम कर उनके लिए धनराशि जुटाने में मदद करती हैं। पर्यावरण के मुद्दे पर एन.डी.टी.वी. के कार्यक्रम 'ग्रीनॉथन' में आप शामिल हुईं। आपने तंबाकू सेवन के खिलाफ, स्तन-कैंसर पर जागरूकता बढ़ाने और नेपाल भूकंप एवं असम में बाढ़ पीड़ितों की सहायता के लिए धनराशि जुटाने के उद्देश्य से अनेक स्टेज कार्यक्रमों में शिरकत की है।

झारखंड आपको बहुत प्रिय है, क्योंकि आपके बचपन की यादें यहाँ से जुड़ी हैं और आपके माता-पिता जमशेदपुर में ही रहते हैं। जमशेदपुर में अपने बचपन के दिनों को याद कर आप कहती हैं, "जमशेदपुर मेरा घर है और मुंबई ने मुझे एक ज्यादा धैर्यवान व्यक्ति और ज्यादा मेहनती कलाकार बनाया है।" व्यस्तता के बावजूद समय मिलने पर अपने माता-पिता से मिलने जमशेदपुर आती हैं।

□

राजनीति, श्रमिक आंदोलन

ए.के. राय

त्याग, तपस्या और बलिदान की प्रतिमूर्ति ए.के. राय मजदूरों के मसीहा थे। आप करीब चार दशकों तक धनबाद कोयलांचल की राजनीति में सक्रिय रहे और गरीब, मजदूर, वंचितों की आवाज बने रहे। आपने झारखंड के साथ बिहार, पश्चिम बंगाल, ओड़िसा, छत्तीसगढ़, आंध्र प्रदेश तक मजदूरों की लड़ाई लड़ी। ए.के. राय वैसे गिने-चुने नेताओं की परंपरा से थे, जिनमें विचारों और सरोकारों का दुर्लभ मेल होता है। आप हमेशा जन आंदोलनों से जुड़े रहे और स्थानीय संदर्भ में सिद्धांतों का प्रतिपादन करते रहे। आप मन से जितने कोमल थे, किसी भी तरह के शोषण के विरुद्ध उतने ही कठोर थे।

ए.के. राय का जन्म बांग्लादेश (तात्कालीन भारत) के राजशाही जिले के सपूरा गाँव में 15 जून, 1935 को हुआ। आपका पूरा नाम अरुण कुमार राय था। ए.के. राय पाँच भाई-बहनों में सबसे बड़े थे। आपके पिता का नाम शिवेश चंद्र राय एवं माता का नाम रेणुका राय था। आपके पिता एक प्रसिद्ध अधिवक्ता और स्वतंत्रता सेनानी थे, जबकि आपकी माँ भी एक स्वतंत्रता सेनानी थीं और आजादी की लड़ाई में दोनों जेल जा चुके थे। आजादी के बाद राजशाही कोर्ट में ही वकालत करते रहने के बाद सन् 1960 में आपके पिता परिवार को लेकर दिनाजपुर (पश्चिम बंगाल) चले आए और रायगंज कोर्ट में वकालत करने लगे। आपने अपनी प्राथमिक शिक्षा पहले राजशाही में और फिर कोलकाता के रामकृष्ण मिशन स्कूल, बेलूर मठ में ग्रहण की। फिर आपने कोलकाता के सुरेंद्रनाथ कॉलेज से बीएससी और सन् 1959 में कोलकाता यूनिवर्सिटी से कैमिकल इंजीनियरिंग में एमटेक की पढ़ाई पूरी की।

माता-पिता का आप पर काफी प्रभाव था। आप शुरू से ही विद्रोही मिजाज के थे। सन् 1951 में छात्रों ने राजशाही में उर्दू की जगह बांग्ला भाषा को शिक्षा का माध्यम बनाने के लिए वहाँ पाकिस्तान सरकार के खिलाफ आंदोलन छेड़ रखा था। तब भारत आजाद हो गया था और बँटवारे के कारण राजशाही पूर्वी पाकिस्तान का हिस्सा बन गया था। तब आपकी उम्र 16 वर्ष की ही थी, फिर भी आप इस आंदोलन में कूद पड़े और राजद्रोह के आरोप में गिरफ्तार होकर पहली बार जेल यात्रा की। तब आप 2 माह, 16 दिन बाद जेल से छूटे थे।

दो वर्ष कोलकाता में काम करने के बाद सन् 1961 में धनबाद के सिंदरी

स्थित फर्टिलाइजर कॉरपोरेशन ऑफ इंडिया (एफसीआई) की पीएंडडी इकाई में बतौर रिसर्च इंजीनियर आपने अपनी नौकरी शुरू की। शुरू से ही आप में जो गरीबों के प्रति सेवा की ललक थी, वह यहाँ भी बनी रही। अपने वेतन में से अपने खाने भर का रखकर बाकी की रकम आप गरीबों पर खर्च कर देते थे। आपने पाया कि पास के बलियापुर ग्रामीण क्षेत्र के मजदूरों में अशिक्षा सबसे बड़ी समस्या है। तब आपने 'साथी' नाम से एक संगठन बनाया। गाँवों में रात्रि पाठशाला शुरू की। अपनी ड्यूटी के बाद आप गाँव में बच्चों को पढ़ाने लगे। 'साथी' संगठन से अनेक लोग जुड़े और यह जोर-शोर से काम करने लगा। प्रशासन ने इसे देश विरोधी गतिविधि करार देते हुए आपको कड़ी चेतावनी दी। इसी समय वाम दलों एवं समाजवादियों के 'बिहार बंद' को समर्थन देने पर आपको गिरफ्तार कर जेल भेज दिया गया। इसी दौरान वहाँ के निवासी बिनोद बिहारी महतो एवं आनंद महतो से आपका परिचय हुआ। आप एफसीआई में सन् 1966 में हुई मजदूरों की पहली हड़ताल के समर्थन में खड़े हो गए, जो सफल रही। पुलिस ने आपको मजदूरों को भड़काने के आरोप में गिरफ्तार कर लिया। जेल से छूटकर वापस आए तो आपने नौकरी से इस्तीफा दे दिया, जो आपके जीवन का टर्निंग प्वॉइंट बन गया। इस तरह प्रबंधन से लड़ते-झगड़ते आपने बस पाँच साल ही नौकरी की। इसके बाद पूरी तरह आप राजनीति और मजदूर आंदोलन से जुड़ गए।

आप सिंदरी विधानसभा क्षेत्र से तीन बार (1967, 1969 एवं 1971 में) विधायक बने। इसके अलावा आप धनबाद लोकसभा क्षेत्र से तीन बार (1977, 1980 एवं 1989 में) सांसद भी रहे। सन् 1967 के विधानसभा चुनाव में सिंदरी से माकपा के टिकट पर पहली बार आप चुनाव लड़े। पैसे का घोर अभाव था, पर साइकिल से प्रचार करके आप भारी मतों के अंतर से चुनाव जीतकर विधायक बन गए। दो वर्ष बाद सन् 1969 में विधानसभा के लिए मध्यावधि चुनाव आपने फिर लड़ा। जब ए.के. राय के सामने एक खान मालिक की तरफ से चुनाव के लिए जितने पैसे की जरूरत हो, उतने पैसे देने का प्रस्ताव आया तो आपने स्पष्ट इनकार करते हुए कह दिया कि आप किसी कोयला खान मालिक से पैसा नहीं लेंगे। इस बार भी ए.के. राय चुनाव जीतकर विधायक बने।

आप उसूलों की राजनीति करते थे, जो धीरे-धीरे दुर्लभ होती जा रही है। आपके राजनीतिक विरोधी भी आपको झारखंड की राजनीति का संत मानते थे। राम मंदिर आंदोलन के दौरान एक चुनाव में जब आपको किसी बूथ के बारे में बताया गया कि वहाँ सारे मुसलमानों ने एकजुट होकर आपको वोट दिया था, पर हिंदू वोट

विपक्ष में चले गए थे तो आपने कहा, "अगर हम केवल मुसलिम वोट से जीत भी जाते हैं तो यह हमारी राजनैतिक हार होगी, क्योंकि हम मिल्लत की राजनीति करते हैं।" आपकी एक चुनावी सभा में जब आपके किसी कार्यकर्ता ने एक भिखारी को पाँच रुपए दिए तो आपने भिखारी के हाथ से पैसे छीनकर उस कार्यकर्ता को यह कहते हुए लौटा दिए, "चुनाव के समय पैसा नहीं देना चाहिए। इससे कहीं-न-कहीं मतदान प्रभावित होता है। यह भिखारी अन्यत्र जाकर बोल सकता है कि ए.के. राय चुनाव में पैसा बाँट रहे हैं।"

आप राजनीति में प्रयोगधर्मिता में विश्वास करते थे। आपकी राजनैतिक समझ बड़ी स्पष्ट थी। आप राजनीति की उस धारा के प्रतिनिधि थे, जिसकी बुनियाद में नैतिकता थी, विचारधारा थी, चरित्र था, मूल्य थे, सिद्धांत थे और आदर्श था। आप मानते थे कि यदि कोई राजनीतिक लाइन सही होगी तो उसका विकास होगा और लाइन गलत होगी तो वह राजनीति देर-सबेर स्वतः समाप्त हो जाएगी।

माकपा से अलग होने के बाद आपने सन् 1972 में 'मार्क्सवादी समन्वय समिति' (मासस) का गठन किया। आपने 'बिहार कोलियरी कामगार यूनियन' एवं 'किसान संग्राम समिति' जैसे कई और संगठनों की भी स्थापना की। 'मासस' के संस्थापक अध्यक्ष होने के साथ-साथ आप 'बिहार कोलियरी कामगार यूनियन' के अध्यक्ष भी रहे। जेपी आंदोलन के दौरान आपने विधानसभा से इस्तीफा दे दिया और जेल गए। जेल में रहते हुए ही आपने सन् 1977 का लोकसभा चुनाव लड़ा और सांसद चुने गए।

सार्वजनिक जीवन में आने के बाद आपने अपना पूरा जीवन पार्टी और मजदूरों को समर्पित कर दिया था। ए.के. राय सादगी और ईमानदारी की मिसाल थे। आपकी कथनी और करनी में कोई अंतर नहीं था। आप सुविधाभोगी राजनीति से सदैव दूर रहे। आपने सिर्फ अपनी पेंशन ही नहीं, पूर्व सांसद को मिलने वाले किसी भी लाभ को नहीं लिया। नौवीं लोकसभा (1989-91) में सांसद के वेतन-भत्ते में किसी भी तरह के इजाफे का विरोध करनेवाले आप इकलौते सांसद थे। विरोध करते हुए संसद् में अपने संबोधन में आपने लोकपाल बिल नहीं ला पाने को संसद् की सबसे बड़ी नाकामी करार दिया था। तीन-तीन बार विधायक और सांसद रहने के बावजूद आपका जीवन 'सादा जीवन, उच्च विचार' का प्रतीक बना रहा। कभी पुलिस की सुरक्षा आपने नहीं ली। आपके पास न कोई घर था, न जमीन, न गाड़ी, न कोई बैंक बैलेंस। 10×12 के एक छोटे से कमरे में आपने अपनी जिंदगी काट दी। आपका पहनावा था बगैर प्रेस किया हुआ मामूली कुर्ता-पायजामा, जिसे आप खुद धोते थे।

आवास, कार्यालय में पंखा तक नहीं था और वहाँ सफाई भी आप खुद ही करते थे और जमीन पर चटाई बिछाकर सोते थे। आपने सदैव ट्रेन के स्लीपर क्लास में सफर किया, सांसद के बतौर दिल्ली जाने पर भी। आपका मानना था कि जिस देश की आबादी के एक हिस्से को दो जून की रोटी नहीं मिलर्त हो, उस देश के जनप्रतिनिधि को पेंशन नहीं लेनी चाहिए। आपके व्यक्तित्व और व्यवहार से आज के जनप्रतिनिधियों को बहुत कुछ, खासकर उनका दायित्व क्या है, सीखने की जरूरत है।

झारखंड अलग राज्य आंदोलन में आपकी भूमिका बेहद महत्त्वपूर्ण रही। जब झारखंड आंदोलन मृतप्राय हो चुका था और आंदोलन को सांगठनिक ढाँचा प्रदान करना एक बहुत बड़ी चुनौती थी, तब बिनोद बिहारी महतो और शिबू सोरेन के साथ मिलकर 4 फरवरी सन् 1973 को आपने 'झारखंड मुक्ति मोर्चा' का गठन किया; हालाँकि, खुद को इस संगठन से अलग रखा। झारखंड आंदोलन के एक समर्पित वरिष्ठ नेता के रूप में आपकी पहचान रही उत्तर बंगाल में जमींदारों के खिलाफ किसानों के आंदोलन से आपका जुड़ाव रहा। आप स्वदेशी के प्रबल हिमायती और विदेशी पूँजी निवेश के विरोधी थे। कोयला खदानों में आप मशीनीकरण के खिलाफ थे।

आप बहुत बड़े शिक्षाप्रेमी थे। कोलकाता में जब आपकी माँ की मृत्यु हुई तो भाइयों ने माँ के खाते से हिस्से के एक लाख रुपए ए.के. राय को दिए। आप उक्त राशि लेकर धनबाद आ गए और चंदनकियारी कॉलेज को पूरी रकम दे दी। इस कॉलेज को आपने ही शुरू किया था। महिलाओं का आप बेहद सम्मान करते थे। आपको चुनाव में हराकर रीता वर्मा के धनबाद से सांसद बनने के बाद आप एक झूमर प्रतियोगिता में मुख्य अतिथि के रूप में गए थे। जब एक झूमर कलाकार ने झूमर के दौरान आपको खुश करने की गरज से रीता वर्मा के लिए अपशब्द कहा, तो आप आगबबूला हो गए और कार्यक्रम छोड़कर जाने लगे। जब आपको मनाने की कोशिश हुई, तब आपने चेताया कि आपके सामने किसी महिला की बेअदबी हो, यह आपके सिद्धांत के खिलाफ है।

आपने सामाजिक कुरीतियों के खिलाफ भी अभियान चलाया। आपके विरोध और आंदोलन के कारण धनबाद कोयलांचल में सूदखोरों के आतंक पर लगाम लगी। आपका मानना था कि बिना काम किए खाना हराम है। आप कहते थे, "हर किसी को कुछ-न-कुछ अपने प्रयास से कमाना चाहिए, जो ऐसा नहीं करेगा, वही फर्जी तरीके से भोजन का जुगाड़ करेगा।" इसीलिए एक बार जब आप सांसद का

चुनाव हार गए तो अपने भोजन का खर्च निकालने के लिए आप थैले में भरकर किताब बेचते थे।

ए.के. राय पढ़ते बहुत थे और आपने लिखा भी बहुत है। लगातार विभिन्न अखबारों में छपनेवाले अपने लेखों द्वारा आप अपने विचारों को जनता के बीच ले जाते रहे। आपका लेखन अद्भुत था। आपकी पुस्तकों में 'धर्म और राजनीति', 'नई जनक्रांति', 'सांप्रदायिकता, क्षेत्रीयता, अलगाववाद की समस्या पर एक मार्क्सवादी विवेचन', 'मनमोहन सिंह के भारत में भगत सिंह की खोज, 'आजादी की लड़ाई अब मजदूर वर्ग को ही लड़नी है' प्रमुख हैं। साहित्य विज्ञान में आपकी समझ बेमिसाल थी। आगे चलकर आप महात्मा गांधी के व्यक्तित्व से भी काफी प्रभावित हुए।

एक दशक तक बीमार रहने के बाद ए.के. राय का 21 जुलाई, 2019 को धनबाद के एक अस्पताल में 84 वर्ष की आयु में निधन हुआ। बीमारी ने आपको बोलने-चलने से लाचार कर दिया था। गंभीर रूप से बीमार रहने पर भी आपने कभी अपने सिद्धांतों से समझौता नहीं किया। यदि मजदूर शोषण के खिलाफ ईमानदारी से लड़ाई लड़नेवाले नेताओं की चर्चा होगी तो ए.के. राय का नाम संभवत: पहले दो एक नामों में शामिल होगा। ए.के. राय का जीवन संघर्षों का दस्तावेज होने के साथ-साथ खुली किताब रहा, जिसे कोई भी पढ़ सकता था। आप ताउम्र अविवाहित रहे।

□

मानव विज्ञान

शरत चंद्र राय

शरत चंद्र राय मानव विज्ञान के एक बड़े विद्वान् थे। भारतीय मानव विज्ञान में आपका योगदान अतुलनीय है। जनजातीय संस्कृति, शारीरिक मानवशास्त्र तथा प्रागैतिहासिक पुरातत्वशास्त्र, जाति एवं लोक साहित्य के अध्ययन तथा व्यावहारिक मानवशास्त्र तथा जनजातीय नीति में आपका अमिट योगदान है। आपको भारतीय मानवजाति विज्ञान का जनक, पहला भारतीय मानवजाति विज्ञानी और पहला भारतीय मानव विज्ञानी माना जाता है। आपने मानवशास्त्र विषय की पढ़ाई को भारत के अन्य विश्वविद्यालयों में शुरू करने की वकालत की।

आपका जन्म 04 नवंबर, 1871 को पूर्वी बंगाल (अब बांग्लादेश) के खुलना जिले के करापाड़ा गाँव में हुआ था। आपका परिवार संभ्रांत था और अपने इलाके में इसका काफी प्रभाव था। आपके पिता पूर्णचंद्र राय बंगाल न्यायिक सेवा में कार्यरत थे। जब उनकी पोस्टिंग पुरुलिया जिले में हुई तो युवा शरत पहली बार आदिवासियों के संपर्क में आए। सन् 1885 में पिता की मृत्यु हो जाने पर शरत की शिक्षा कलकत्ता में मामा के घर पर रहकर हुई। सन् 1892 में आपने स्कॉटिश चर्च कॉलेज से अंग्रेजी विषय में स्नातक की शिक्षा प्रतिष्ठा के साथ पूरी की। इसके बाद आपने उसी कॉलेज से अंग्रेजी में एम.ए. किया और उसके बाद सन् 1895 में रिपन कॉलेज, कलकत्ता से कानून की पढ़ाई पूरी की।

शुरुआत में कुछ समय मैमनसिंह उच्च विद्यालय में प्रधानाध्यापक के रूप में काम करने के बाद आप राँची आ गए और यहाँ जी.ई.एल. मिशन उच्च विद्यालय में प्राचार्य के रूप में कार्य किया। राँची आने के बाद आपका झुकाव आदिवासियों की ओर हुआ। उनकी स्थिति से द्रवित होकर उनकी मदद करने के लिए आपने अध्यापन कार्य छोड़ अधिवक्ता के रूप में कार्य करने का निर्णय लिया। सन् 1897 में आपने अलीपुर, 24 परगना के जिला न्यायालय में वकालत शुरू की। एक साल बाद 1898 में ही आप अधिवक्ता के रूप में काम करने वापस राँची लौट आए। यहाँ आप न्यायिक आयुक्त के कोर्ट में वकालत करने लगे और शीघ्र ही आपने एक सफल वकील के रूप में अपनी पहचान बना ली।

अधिवक्ता के रूप में काम करते हुए छोटानागपुर (तब बिहार का एक प्रमंडल) क्षेत्र के सुदूर ग्रामीण इलाकों में जाते रहने के क्रम में आदिवासियों के

शोषण की ओर आपका ध्यान गया। मुंडा तथा अन्य जनजातियों के शोषण तथा उत्पीड़न पर सरकार की उदासीनता से आप आश्चर्यचकित हुए। छोटानागपुर की जनजातियों का जिस प्रकार शोषण हो रहा था, उससे आप बहुत दुःखी हुए और उनके लिए कुछ करने का निश्चय किया। आप एक अतिसंवेदनहीन प्रशासन के द्वारा मुंडा, उराँव एवं अन्य आदिवासी समूहों के किए जा रहे उत्पीड़न एवं न्यायालय की उनके प्रति उदासीनता से बहुत आहत हुए। आपने महसूस किया कि कोर्ट में वकालत करने वाले वकील आदिवासियों के मामलों को ठीक से इसलिए नहीं समझ पाते, क्योंकि उनके रीति-रिवाज, संस्कृति, पारंपरिक नियमों एवं भाषा का उन्हें कोई ज्ञान नहीं था। इसको ध्यान में रखकर आपने निर्णय लिया कि चाहे जितने वर्ष लगें, आप आदिवासियों के बीच रहकर उनकी भाषा को सीखेंगे, उनके रीति-रिवाज, संस्कृति एवं नियमों को समझेंगे और उसे लिपिबद्ध करेंगे, ताकि मानवता और तब की स्थापित औपनिवेशिक कानूनी प्रक्रियाओं को इसका लाभ मिले।

शरतचंद्र राय का मत था कि भारतीय प्रजातिशास्त्र में अनेक समस्याओं का समाधान प्रागैतिहासिक प्रमाण के आधार पर किया जा सकत है। राँची जिले के प्रागैतिहासिक स्थलों का अध्ययन करनेवाले आप तीसरे व्यक्ति और पहले भारतीय थे। आपके पहले ये अध्ययन वैलेंटिव वाल तथा डब्ल्यू.एच.पी. ड्राइवर ने ही किया था।

श्री राय ने असुर स्थल की खुदाई कर प्रागैतिहासिक पुरातत्वशास्त्र में महत्त्वपूर्ण योगदान दिया। आपके द्वारा खोजी गई स्थली राँची की ताम्र-कांस्य युगीन संस्कृति पर प्रकाश डालती है। छोटानागपुर में असुर मुंडा से भी पहले से निवास करते आ रहे थे। आपका निष्कर्ष था कि इन खुदाई स्थलों से प्राप्त पाषाण अस्त्र, पाषाणमूर्ति, मिट्टी के बरतन, ताँबे के उपकरण तथा आभूषण, काँसे तथा लोहे के उपकरण असुरों की देन थी। आपका मत था कि असुर सभ्यता सिंधु घाटी सभ्यता के समकालीन थी। अपने अध्ययन के आधार पर असुर संस्कृति की कई विशेषताओं का आपने जिक्र किया है, जिनमें असुर संस्कृति का शहर से प्रभावित होना, पहिए का आविष्कार, पहिया वाले वाहन का निर्माण, कच्ची ईंट से भवन निर्माण, पाषाण के साथ-साथ ताँबे तथा काँसे के उपकरणों का प्रयोग, हड्डी, पत्थर तथा शंख के आभूषण का निर्माण आदि प्रमुख हैं। असुर स्थल की खुदाई में प्राप्त तीन कुषाणकालीन स्वर्ण सिक्कों के आधार पर श्री राय ने निष्कर्ष निकाला था कि असुर सभ्यता कुषाण काल तक प्रचलित थी। शरतचंद्र का मानना था कि असुर स्थल का संबंध छोटानागपुर में रहने वाली असुर जनजाति से है, जो आज भी लोहे

को पिघलाकर तरह-तरह के उपकरण बनाती है। ये वही लोग हैं, जिनके पूर्वजों ने छोटानागपुर की असुर सभ्यता का निर्माण किया था। लेकिन पुरातत्वशास्त्री आपकी राय से सहमत नहीं हुए। पुरातत्वशास्त्री असुर स्थल और छोटानागपुर में निवास करने वाली असुर जाति के बीच कोई संबंध नहीं मानते।

जनजातीय संस्कृति के गहन अध्ययन के फलस्वरूप आपकी पहली पुस्तक 'मुंडा एंड देयर कंट्री' का प्रकाशन सन् 1912 में हुआ। यह पुस्तक किसी भारतीय द्वारा जनजाति के ऊपर लिखित प्रथम शोध-निबंध के रूप में जानी जाती है। आपकी यह पुस्तक तत्कालीन लेफ्टिनेंट गवर्नर सर एडवर्ड गेट को बहुत पसंद आई। उन्होंने श्री राय को अपना शोध जारी रखने के लिए प्रोत्साहित किया और वित्तीय सहायता भी प्रदान की। आपकी दूसरी पुस्तक 'उराँव ऑफ छोटानागपुर' राँची से सन् 1915 में प्रकाशित हुई। इस तरह आप मानवजाति वर्णनशास्त्र में रमते चले गए। इसके बाद भी आपके अनेक शोध निबंधों का प्रकाशन जारी रहा। आपकी तीसरी पुस्तक 'द बिरहोर' का प्रकाशन सन् 1925 में हुआ। इस पुस्तक में आपने बिरहोरों की सामाजिक, धार्मिक तथा राजनीतिक व्यवस्थाओं का उल्लेख किया है। आपने इस भ्रमणशील जनजाति के अध्ययन में 15 साल से भी अधिक समय दिया था। इसके बाद आपकी पुस्तकें 'उराँव रिलिजन एंड कस्टम' (1928 में), 'हिल भुइंया ऑफ ओरिसा' (1935 में), और 'द खारिया' (1937 में) प्रकाशित हुईं। मानवशास्त्रीय शोधों को लिपिबद्ध कर भावी पीढ़ियों के लिए सुरक्षित रखने के लिए, आपने सन् 1921 में शोध पत्रिका 'मैन इन इंडिया' का संपादन शुरू किया। इस पत्रिका का आप आजीवन संपादन करते रहे।

अपनी पुस्तक 'उराँव रिलिजन एंड कस्टम' में आपने उराँवों के बीच प्रचलित देशी सुधारवादी आंदोलन का विवरण प्रस्तुत किया है। इस पुस्तक में उराँवों के बीच प्रचलित हिंदूवाद के प्रभाव का उल्लेख किया गया है। इसमें टाना भगत आंदोलन की उत्पत्ति का भी जिक्र है। पुस्तक में श्री राय इस निष्कर्ष पर पहुँचते हैं कि टाना भगत आंदोलन केवल धार्मिक नहीं था, वरन् इसके पीछे सामाजिक तथा राजनीतिक आधार भी था। सामाजिक तथा आर्थिक स्थिति से ऊबकर उराँव जनजाति के सदस्य टाना भगत बने थे। श्री राय का मानना था कि टाना भगत आंदोलन उराँवों की परंपरागत विचारधारा तथा विश्वास पर आधारित था।

शरतचंद्र राय अपने समय के अनेक भावी मानवशास्त्रियों की प्रेरणा के स्त्रोत थे। आपके प्रयास से एस.एस. सरकार ने सन् 1935 में राजमहल पहाड़ी (झारखंड) के मालर यानी सौरिया पहाड़िया का अध्ययन किया। आपने दुमका के

एक अधिवक्ता चारुलाल को उड़ीसा के मयूरभंज के संतालों के अध्ययन के लिए प्रोत्साहित किया। इस तरह आपने न केवल पेशेवर मानवशास्त्रियों का ही मार्गदर्शन किया, वरन् मानवशास्त्रीय शोध की परंपरा को इस देश में बनाए रखा।

आपने लोक साहित्य के संग्रह तथा अभिलेखन पर विशेष बल दिया तथा मानवशास्त्रियों से लोक साहित्य के अध्ययन की जोरदार अपील की। आप मानते थे कि लोक साहित्य मानव मस्तिष्क का प्रागैतिहास है। लोक साहित्य वह सांस्कृतिक भंडार है, जो हमें पूर्वजों द्वारा सांस्कृतिक धरोहर के रूप में दिया गया है। अतः उसे लिपिबद्ध कर अपनी भावी पीढ़ी के लिए सुरक्षित रखना हमारा पावन कर्तव्य है।

शरत चंद्र राय भारतीय शोध के प्रति समर्पित थे। बिहार तथा उड़ीसा के शोध समाज के क्रियाकलापों में आपकी गहन अभिरुचि थी इस समाज की स्थापना जनवरी, 1915 में की गई थी, जिसके आप महासचिव बने। इस संगठन के मानवशास्त्र तथा लोकसाहित्य शाखा का प्रधान श्री राय को बनाया गया।

छोटानागपुर की जनजातियों की समस्याओं में गहन अभिरुचि तथा उनके समाधान के प्रति समर्पित होने के कारण श्री राय का चयन बिहार विधान परिषद् के सदस्य के रूप में किया गया। सन् 1921 से सन् 1937 के बीच आपको कई बार बिहार विधान परिषद् का सदस्य बनाया गया। अपने सामाजिक जीवन में तथा बिहार उड़ीसा विधान परिषद् के सदस्य होने के नाते श्री राय हमेशा जनजाति समुदाय के कल्याण हेतु आवाज उठाते रहे। आपने जनजातियों की शिक्षा तथा संस्कृति के विकास की आवश्यकता पर सदैव जोर दिया। साइमन कमीशन के साथ वार्त्ता के लिए सन् 1928 में गठित राजकीय समिति के सदस्य के रूप में भी आपका चयन किया गया। मानवशास्त्रीय अध्ययन के प्रति अभिरुचि होने के कारण आपने सन् 1933 में अधिवक्ता का पेशा छोड़ दिया।

शरतचंद्र राय की अभिरुचि सामाजिक कार्यों में भी थी। एक समाजसेवी के रूप में भी आपका योगदान अनमोल है। आप कई वर्षों तक जिला बोर्ड के उपाध्यक्ष रहे। आप बंगाली बाल-बालिका विद्यालय नियंत्रण संस्था, राँची के अध्यक्ष भी रहे। इसके अतिरिक्त आप हरिजन सेवा समिति, नशाखोरी उन्मूलन समिति, मुंडा-उराँव किसान सभा तथा ब्रह्मचर्य संघ के भी अध्यक्ष रहे।

श्री राय का सुझाव था कि कृषक श्रमिक, दस्तकारी श्रमिक तथा जनजातियों की आर्थिक समस्याएँ समान हैं। अतः उन सभी समूहों के लिए शिक्षा तथा रोजगार की व्यवस्था होनी चाहिए। आपने प्रशासक, न्यायिक पदाधिकारी, वन विभाग पदाधिकारी तथा उत्पाद शुल्क पदाधिकारियों के लिए मानवशास्त्रीय प्रशिक्षण का

सुझाव दिया। इससे न्यायिक, प्रशासनिक, वन तथा आबकारी विभागों के काम में न केवल गुणात्मक परिवर्तन होगा, वरन् जनजातियों तथा अन्य लोगों की संस्कृति को समझने का भी सुअवसर प्राप्त होगा। आपकी राय थी कि राष्ट्रीय स्तर की समस्याओं के समाधान में मानवशास्त्रियों की सहायता अपेक्षित है।

आपको सन् 1913 में सामाजिक सेवा के उपलक्ष्य में 'केसरी हिंद रजत पदक' प्रदान किया गया। सन् 1920 में आपका 'लंदन लोक साहित्य समाज' के सदस्य के रूप में चयन हुआ। यह गौरव प्राप्त करने वाले आप प्रथम भारतीय थे। उसी साल आपको भारतीय विज्ञान कांग्रेस के मानवशास्त्रीय तथा पुरातत्वशास्त्रीय खंड का अध्यक्ष बनाया गया। सन् 1932 तथा सन् 1933 में लगातार दो बार अखिल भारतीय पूर्वी सम्मेलन के मानवशास्त्र तथा लोक साहित्य खंड के अध्ययन के लिए आपका चयन किया गया। आपका अंतरराष्ट्रीय मानवजातीय विज्ञान के सदस्य के रूप में भी चयन किया गया। सन् 1941 में आपके 70वें जन्मदिवस के अवसर पर अखिल भारतीय विज्ञान कांग्रेस की ओर से आपके सम्मान में एक अभिनंदन ग्रंथ, जिसका शीर्षक था, 'एसेज इन ऐंथ्रोपोलोजी', तैयार किया गया। दुर्भाग्यवश, इस अभिनंदन ग्रंथ के प्रकाशन के एक सप्ताह पूर्व ही आपकी मृत्यु हो गई। आप प्रथम व्यक्ति थे, जिन्हें सन् 1920 में पटना विश्वविद्यालय में 'विश्वविद्यालय रीडरशिप आख्यान' प्रस्तुत करने का गौरव प्राप्त हुआ।

शरतचंद्र राय का 30 अप्रैल, 1942 को बुद्ध पूर्णिमा के दिन 70 वर्ष की अवस्था में झारखंड (तब बिहार) के राँची में निधन हो गया। आपकी मृत्यु से भारत ही नहीं, वरन् विश्वभर के मानवशास्त्रियों को गहरा आघात पहुँचा।

□

समाज सेवा

सीताराम रुँगटा

विरल एवं बहुआयामी व्यक्तित्व के धनी स्व. सीताराम रुँगटा का जन्म बगड़ (झुंझनूं, राजस्थान) निवासी स्व. माँगीलाल रुँगटा-श्रीमती शेवों देवी के घर 27 दिसंबर, 1920 को चाईबासा में हुआ था। आपके पिता माँगीलाल जी सन् 1896 में राजस्थान से चाईबासा आए। प्रारंभिक शिक्षा-दीक्षा तथा मैट्रिक तक की पढ़ाई चाईबासा के ही जिला स्कूल में पूर्ण करने के पश्चात् आगे की पढ़ाई के लिए आपको कलकत्ता भेजा गया। आपने कलकत्ता के संत जेवियर्स कॉलेज से विज्ञान की पढ़ाई की। तत्पश्चात्, विद्यासागर कॉमर्स कॉलेज, कलकत्ता में बी.कॉम (अंतिम वर्ष) तक अध्ययन किया। उस वक्त बी.कॉम तक की पढ़ाई गिने-चुने लोग ही करते थे, जिन्हें उच्च शिक्षित कहा जाता था। 'सीताबाबू' के नाम से विख्यात सादगीपूर्ण जीवन जीने वाले स्व. सीताराम जी मृदुभाषी होने के साथ-साथ सरल हृदय, मिलनसार, सफल उद्यमी तथा दूरदर्शी प्रतिभा के धनी थे। प्रत्येक जाति, समुदाय एवं धर्म के लोगों के दिलों में आपके प्रति अत्यंत आदर एवं सम्मान का भाव था। आपका विवाह राजेश्वरी देवी के साथ 27 मई, 1939 को हुआ, जिनसे दो पुत्र एवं दो पुत्रियाँ प्राप्त हुईं।

आपने अपने व्यावसायिक जीवन की शुरुआत झारसुगुड़ा और भुवनेश्वर में हवाई पट्टी के निर्माण कार्य से की और आगे चलकर तत्कालीन बिहार एवं ओड़िशा स्थित आयरन अयस्क, मैगनीज अयस्क एवं दूसरे खनिजों के खनन कार्य का प्रबंध-संचालन किया। कुशल प्रबंधन-नेतृत्व तथा व्यवहारकुशलता की खूबी से आपने खनन व्यवसाय में उल्लेखनीय कामयाबी हासिल की और रुँगटा माईंस लिमिटेड ने लौह अयस्क, मैंगनीज अयस्क के खनन में देशभर में ख्याति अर्जित कर अपनी अलग पहचान बनाई।

समाज सेवा में आपका योगदान अद्वितीय था। चाईबासा में हमेशा सामाजिक, सांस्कृतिक एवं साहित्यिक कार्यक्रमों के आयोजन में अगुवाई करते थे। ऐसा कहा जाता है कि कोई भी व्यक्ति जब आपके पास किसी भी प्रकार की मदद की आस लिये आता था, चाहे वह शिक्षा, स्वास्थ्य या विवाह से संबंधित हो, खाली हाथ नहीं लौटता था। जब चाईबासा में मोटर गाड़ियाँ बहुत कम थीं, उस समय किसी के लिए भी आकस्मिक चिकित्सा की जरूरत होने पर या शादी में दुल्हे को बारात के

लिए नि:शुल्क कार उपलब्ध कराने का आपने स्थायी प्रबंध कर रखा था। चाईबासा शहर को आपने हरदम अपने घर की तरह माना और उसी तरह सजाने-सँवारने की कोशिश की। पिछली शताब्दी के पाँचवें दशक में आपने आधुनिक सुविधाओं का लाभ चाईबासा के नागरिकों तक पहुँचाने के लिए वहाँ बिजली उत्पादन और वितरण शुरू किया। वहाँ टेलीफोन एक्सचेंज स्थापित करने के लिए आपने अपनी जमीन दी। चाईबासा नगरपालिका के अध्यक्ष रहते हुए ही आपने वहाँ पिछली शताब्दी के छठे दशक में जलापूर्ति व्यवस्था शुरू कराई। आपकी पहल, प्रयास और सहयोग से ही चाईबासा में पहले पहल कई बैंकों की शाखाएँ खुलीं। आप रोटरी क्लब, चाईबासा के संस्थापक सचिव बने और बाद में इसके अध्यक्ष बने। सन् 1980-82 की अवधि में आप 'बिहार प्रादेशिक मारवाड़ी सम्मेलन' के अध्यक्ष रहे और बाद में सन् 1982-86 में 'अखिल भारतवर्षीय मारवाड़ी सम्मेलन' के राष्ट्रीय उपाध्यक्ष बने। 'बिहार प्रादेशिक मारवाड़ी सम्मेलन' के आतिथ्य में जमशेदपुर में आयोजित 'अखिल भारतवर्षीय मारवाड़ी सम्मेलन' के 13वें राष्ट्रीय अधिवेशन के स्वागत समिति के आप अध्यक्ष बनाए गए।

शिक्षा के क्षेत्र में आपकी गहन अभिरुचि थी। आपने बिहार (वर्तमान झारखंड) और ओड़िशा में कई विद्यालय एवं महाविद्यालय की स्थापना में महती भूमिका निभाई। आप टाटा कॉलेज, चाईबासा के संस्थापक कोषाध्यक्ष थे और उसी वर्ष आप टाटा कॉलेज के सचिव बने और सन् 1962 में राँची विश्वविद्यालय के अंगीभूत कॉलेज बनने तक इस पद कर कायम रहे। सन् 1969 में आपने महिला कॉलेज, चाईबासा की स्थापना की। उन दिनों समूचे खनन क्षेत्र, जो कि बिहार के सिंहभूम एवं ओड़िशा के क्योंझर एवं मयूरभंज जिलों को मिलाकर बनता था, में कोई भी पृथक महिला कॉलेज नहीं हुआ करता था। आप महिला कॉलेज के प्रारंभ से सचिव रहे और सन् 1980 में इसके राँची विश्वविद्यालय के अंगीभूत कॉलेज बनने तक उस पद पर बने रहे। आपने बतौर सदस्य अपनी सेवाएँ राँची विश्वविद्यालय के सीनेट और सिंडिकेट को भी दी। राँची विश्वविद्यालय उन दिनों दक्षिण बिहार (मौजूदा झारखंड) का एकमात्र विश्वविद्यालय हुआ करता था। अपने क्षेत्र के अन्य कॉलेजों, जैसे वीमेंस कॉलेज, जमशेदपुर को-ऑपरेटिव कॉलेज जमशेदपुर और जी.सी. जैन कॉलेज, चाईबासा की प्रबंधन समिति के सदस्य के तौर पर भी आपने अपनी सेवाएँ दीं। वैसे तो उस वक्त शिक्षा को ज्यादा महत्त्व नहीं दिया जाता था, किंतु दूरदर्शी होने के नाते आप भविष्य में इसका महत्त्व भाँप चुके थे, अत: शिक्षा को प्रोत्साहन देने के लिए स्कूली स्तर पर अत्यधिक सक्रिय भूमिका निभाई।

आप एम.एल. रुँगटा हायर सेकेंडरी स्कूल, चाईबासा और श्री मारवाड़ी हिंदी मध्य विद्यालय, चाईबासा के सचिव, सूरजमल जैन शिक्षा सदन, चाईबासा के कोषाध्यक्ष और स्कॉट गर्ल्स मिडिल स्कूल, चाईबासा के अध्यक्ष रहे।

आपकी खेल-कूद में भी गहन अभिरुचि थी। इसी के नाते हमेशा युवाओं एवं महिला खिलाडियों को प्रोत्साहित कर उनकी मदद के लिए तत्पर रहते थे। सन् 1952 से सन् 1982 तक आप 'सिंहभूम स्पोर्ट्स एसोसिएशन' के महामंत्री पद रहे और बाद में इसके उपाध्यक्ष बने, जिसका आपने सन् 1994 तक निर्वहन किया। इसी प्रकार चाईबासा टॉउन क्लब के आप सन् 1994 तक सचिव रहे। आपके मार्गदर्शन पर राज्य स्तरीय फुटबॉल टूर्नामेंट्स और बैडमिंटन चैंपियनशिप्स का आयोजन चाईबासा जैसे राज्य के सुदूर स्थान पर नियमित रूप से होता था। आप बिहार बैडमिंटन एसोसिएशन के उपाध्यक्ष एवं बिहार क्रिकेट एसोसिएशन के आजीवन सदस्य थे।

सीताराम जी एक धार्मिक व्यक्ति थे। जगद्गुरु शंकराचार्य स्वामी श्री स्वरूपानंद सरस्वती जी महाराज के प्रति अनन्य भक्ति एवं समर्पण का सिलसिला तो परिवार में सदा विद्यमान रहा। गुरुजी के आशीर्वाद से आप प्रतिवर्ष वनवासी शिविर का आयोजन मनोहरपुर के निकट पोसैता स्थित विश्व कल्याण आश्रम (जो कि एक सुदूर और आदिवासी क्षेत्र है) में करते थे, जिसमें धार्मिक प्रवचन, रामायण कथा मंचन और अन्य धार्मिक गतिविधियाँ संचालित होती थी। आपके प्रयास से काँची कामकोटि मठ, तमिलनाडु के जगत्गुरु शंकराचार्य जयेंद्र सरस्वती जी, श्रृंगेरी मठ, कर्नाटक के जगत्गुरु शंकराचार्य अभिनवतीर्थ जी, ज्योतिर्मठ बद्रिकाश्रम हिमालय, उत्तराखंड के जगत्गुरु शंकराचार्य कृष्णाबोधाश्रम जी और करपात्री जी महाराज का आगमन सन् 1970 और 80 के दशक में चाईबासा में हुआ करता था। यह चाईबासा और इसके इर्द-गिर्द रहने वाले लोगों के लिए सुनहरा अवसर होता था कि वे इतने बड़े-बड़े, सिद्ध एवं प्रख्यात संतों का दर्शन और आशीर्वाद प्राप्त कर सके। आप अखिल भारतीय आध्यात्मिक उत्थान मंडल ट्रस्ट, जबलपुर के उपाध्यक्ष भी रहे।

गौमाता के प्रति आपमें असीम प्रेम था। सन् 1951 में आप श्री चाईबासा गौशाला के सचिव बने और सन् 1989 तक इस पद पर रहकर गौ संरक्षण व संवर्धन को बढ़ावा देते रहे। बाद में आप इसके अध्यक्ष बने और सन् 1994 तक इस पद पर रहे। आपके प्रोत्साहन की वजह से चक्रधरपुर (झारखंड) और बड़बिल (ओड़िशा) के गौ-प्रेमियों ने भी अपने क्षेत्र में गौशाला की स्थापना की।

देशभक्ति की भावना आपमें कूट-कूट कर भरी थी। आप भारत स्काउट्स एंड गाइड्स और एन.सी.सी. एवं इसी तरह के अन्य संस्थानों के क्रिया-कलापों में गहन रुचि लेते थे। आप भारत स्काउट्स एंड गाइड्स, बिहार के अध्यक्ष थे और सन् 1974 में तत्कालीन राष्ट्रपति वी.वी. गिरि द्वारा उन्हें 'सिल्वर एलिफेंट अवॉर्ड' से नवाजा गया, जो कि स्काउट्स एंड गाइड्स आंदोलन का सर्वोच्च सम्मान है। आप अपने क्षेत्र में हमेशा राज्य स्तरीय 'जम्बूरी' और एन.सी.सी. कैंप लगाने को प्रोत्साहन देते थे।

आप सन् 1946 में चाईबासा नगरपालिका के 5 वर्षों के लिए उपाध्यक्ष चुने गए। सन् 1951 में इसके अध्यक्ष बने एवं सन् 1989 तक की लंबी अवधि तक इस पद पर बने रहे, जो कि लोगों में आपकी विश्वसनीयता और भरोसे का परिचायक है। सन् 1950 के दशक में न्यायाधीशों की कमी होने की वजह से सम्मानित एवं निष्पक्ष व्यक्ति को मानद न्यायाधीश बनाया जाता था। अतः आपको चाईबासा सिविल कोर्ट का प्रथम श्रेणी का मानद न्यायाधीश बनाया गया। न्यायाधीश के रूप में आपके द्वारा लिए गए न्यायिक निर्णय आज भी लोगों के जेहन में हैं।

सन् 1962 में आप ईस्टर्न जोन माइनिंग एसोसिएशन के अध्यक्ष बने और लगातार सन् 1994 तक उस पद पर बने रहे (उल्लेखनीय है कि ईस्टर्न जोन माइनिंग एसोसिएशन झारखंड एवं ओड़िशा के खनन व्यवसायियों की शीर्ष संस्था है)। सन् 1975-77 की अवधि में आप फेडरेशन ऑफ मिनरल इंडस्ट्रीज के अध्यक्ष रहे, जो खनन संबंधी प्राइवेट एवं पब्लिक सेक्टर उद्योगों की राष्ट्रीय संस्था है। आपको बिहार इंडस्ट्रीज एसोसिएशन, पटना (सन् 1979-81) और बिहार चैंबर ऑफ कॉमर्स, पटना (सन् 1983-85) का भी अध्यक्ष बनाया गया। माइनिंग इंजीनियर्स एसोसिएशन ऑफ इंडिया द्वारा आपको मानद सदस्यता प्रदान की गई।

व्यवसाय एवं उद्योग के प्रति आपके योगदान को देखकर, आयात-निर्यात सलाहकार परिषद्, मिनिस्ट्री ऑफ कॉमर्स (भारत सरकार), नई दिल्ली का मानद सदस्य मनोनीत किया गया। आप खनिज सलाहकार बोर्ड, मिनिस्ट्री ऑफ स्टील एण्ड माइंस (भा.स.) के भी सदस्य रहे। आपको मिनिस्ट्री ऑफ रेलवे (भा.स.) के तहत रेलवे यूजर्स कंसलटेटिव कमिटि, साउथ ईस्टर्न रेलवे का सदस्य बनाया गया। आप लौह, मैंगनीज एवं क्रोमाइट अयस्क मजदूर कल्याण कोष परामर्श समिति, मिनिस्ट्री ऑफ लेबर (भा.स.), नई दिल्ली के भी सदस्य रहे। आप बिहार और ओड़िशा राज्यों के लौह, मैंगनीज एवं क्रोमाइट अयस्क मजदूर कल्याण कोष परामर्श समिति, खनिज सलाहकार समिति, बिहार श्रमिक सलाहकार बोर्ड, बिहार

डाक एवं तार परामर्श काउंसिल, बिहार वाणिज्य कर परामर्श काउंसिल, बिहार आयात-निर्यात परामर्श काउंसिल और बिहार बाल-विकास काउंसिल, पटना के भी सदस्य रहे। डिविजनल स्तर पर आप छोटानागपुर योजना एवं प्रगति बोर्ड, राँची तथा छोटानागपुर प्रांतीय यातायात प्राधिकार, राँची के भी सदस्य बनाए गए। जिला स्तर पर तो आप अमूमन सभी सरकारी संस्थाओं के सदस्य हुआ करते थे, जैसे कि खास-महल समिति (सिंहभूम), जिला कानून निगरानी समिति (सिंहभूम), जिला नाविक एवं सैनिक बोर्ड (सिंहभूम), शिक्षा विकास समिति (सिंहभूम), जिला विकास समिति (सिंहभूम), जिला कॉ-ऑपरेटिव बैंक समिति, सिंहभूम इत्यादि। इतनी जगहों पर सक्रिय तौर पर अपनी उपस्थिति दर्ज करवाना आपके जैसे विरल व्यक्तित्व के लिए ही संभव था।

17 अप्रैल, 1994 को आप 74 वर्ष की आयु में इस संसार से विदा हो गए। उक्त दिवस चाईबासावासियों के लिए तो वज्रपात के समान था। जैसे ही आपके निधन की खबर फैली, चाईबासा और आस-पास के क्षेत्र के लोगों ने अपना कामकाज बंद कर शोक जताया। आपको मंदिरों, चर्चों और मस्जिदों में भी प्रार्थना सभाएँ आयोजित कर श्रद्धांजलि दी गई। स्व. सीताराम रुँगटा से मिले संस्कारों का ही प्रतिफल है कि आपके स्वर्गवास के बाद भी आपके पुत्रद्वय नंदलाल एवं मुकुंद तथा पौत्र सिद्धार्थ गरीबों की मदद जारी रखने के साथ ही शिक्षा, स्वास्थ्य तथा सामाजिक-धार्मिक क्षेत्र में अनेकानेक कार्य करते हुए आपके द्वारा स्थापित परम्परा को आज तक कायम रखे हुए हैं। स्व. सीताराम रुँगटा की स्मृति में आपके परिजनों ने अनेक निर्माण कार्य झारखंड और ओड़िशा में करवाए हैं। झारखंड में आपकी स्मृति में आपके परिवार द्वारा अनेक संस्थानों में निर्माण कराए गए हैं, जिनमें चाईबासा के बिरसा मुंडा स्टेडियम में पैवेलियन, महिला कॉलेज में टीचर रेजिडेंसियल ब्लॉक, श्री मारवाड़ी हिंदी मध्य विद्यालय में एक ब्लॉक, रवींद्र भवन कॉम्प्लेक्स में पॉलीक्लीनिक ब्लॉक, बार लाइब्रेरी एनेक्सी, भारत स्काउट्स एंड गाइड सेंटर में एक ब्लॉक, चाईबासा नगरपालिका कार्यालय में एनेक्सी, चाईबासा के लुपुंगगुटु स्थित सेंट जेवियर्स हाई स्कूल में स्वच्छ पेयजल की व्यवस्था, जमशेदपुर के सुंदरनगर स्थित महिला कल्याण समिति में ट्रेनिंग ब्लॉक, चक्रधरपुर के उर्दू टाउन मध्य विद्यालय में शैक्षणिक ब्लॉक, राँची के नागरमल मोदी सेवा सदन में चिकित्सा कक्ष और फेडरेशन ऑफ झारखंड चैंबर्स ऑफ कॉमर्स एंड इंडस्ट्रीज के भवन में एक्जीक्यूटिव हॉल प्रमुख हैं।

□

स्वतंत्रता आंदोलन

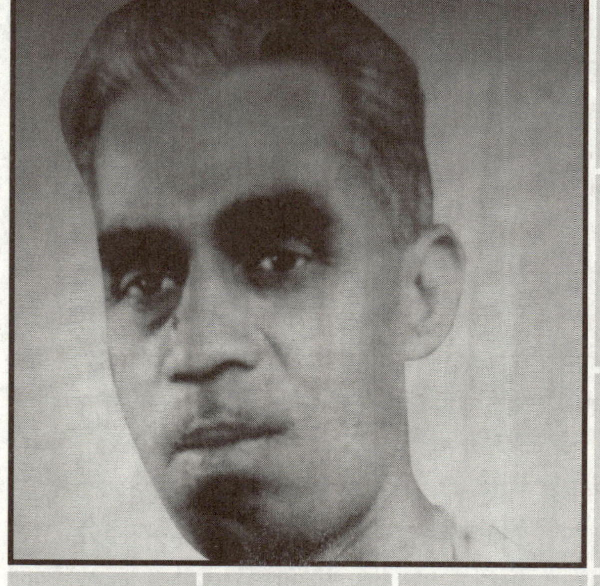

यदुवंश सहाय

डाल्टनगंज (अब मेदिनीनगर), पलामू के यदुवंश सहाय की गिनती अग्रणी स्वतंत्रता सेनानियों में होती थी। आप गांधी जी के अनुयायी थे और पलामू जिले में स्वतंत्रता आंदोलन के उस धड़े का नेतृत्व करते थे, जो अहिंसावादी था। आप संविधान सभा के 284 सदस्यों में से एक थे। संविधान सभा के द्वारा तैयार भारत के संविधान पर यदुवंश सहाय के भी हस्ताक्षर हैं। आपने संविधान सभा की कई महत्त्वपूर्ण बहसों में हिस्सा लिया। संविधान सभा में आपने पाँचवीं अनुसूचि और सरायकेला-खरसांवा को बिहार में रखने की बात उठाई थी, जिस कारण आज यह क्षेत्र बिहार से अलग राज्य बन जाने पर झारखंड का अंग है। अपने निधन से एक महीना एक दिन पहले आपने देश के संविधान पर हस्ताक्षर किया था।

यदुवंश सहाय मूलत: पलामू जिला के सीमावर्ती बिहार के औरंगाबाद जिला के सरडीहा गाँव के निवासी थे। आपका जन्म एक कृषक परिवार में श्री नजीर सहाय के पुत्र के रूप में सन् 1901 में हुआ था। आपकी आरंभिक पढ़ाई वहीं हुई। आपने कॉलेज की शिक्षा लंगट सिंह कॉलेज, मुजफ्फरपुर से और वकालत की डिग्री पटना विश्वविद्यालय से हासिल की। पढ़ाई के बाद आपने औरंगाबाद में वकालत शुरू की और साथ ही साथ आजादी की लड़ाई में भी सक्रिय हो गए। आपके मामा, जो पुलिस इंस्पेक्टर थे, नहीं चाहते थे कि उनका भांजा राजनीति में जाए। अत: उन्होंने राजनीति से दूर रखने के लिए आपको डाल्टनगंज भेज दिया। परंतु यहाँ आकर स्वतंत्रता संग्राम में आपकी सक्रियता कम होने की बजाय बढ़ गई। आप 1922 से ही कांग्रेस की गतिविधियों में सक्रिय हो गए। स्वतंत्रता आंदोलन से जुड़ी कई महत्त्वपूर्ण सभाओं में आप उपस्थित रहे। 31 दिसंबर, 1929 को कांग्रेस द्वारा अपने लाहौर सम्मेलन में 26 जनवरी, 1930 का दिन पूरे भारत में प्रथम स्वतंत्रता दिवस के रूप में मनाने के लिए पारित किए गए प्रस्ताव के आप साक्षी बने। आजादी की लड़ाई में भाग लेने के लिए आपने अपना सब कुछ दाँव पर लगा दिया।

अंग्रेजों के मन में आपके प्रति बहुत खौफ हुआ करता था। सन् 1930, सन् 1932, सन् 1940 और सन् 1942 में स्वतंत्रता संग्राम में भागीदारी करते हुए आपको जेल जाना पड़ा। सन् 1942 में 'यदु बाबू' (यदुवंश सहाय) को हजारीबाग जेल में रखा गया था। यहाँ लोकनायक जयप्रकाश नारायण, कृष्ण बल्लभ सहाय

और प्रख्यात लेखक रामवृक्ष बेनीपुरी से आपके संबंधों की शुरुआत हुई। रामवृक्ष बेनीपुरी से तो आपके संबंध इतने आत्मीय हो गए कि उनके बेटे देवेंद्र बेनीपुरी ने डाल्टनगंज में आपके घर पर रहकर जिला स्कूल में अपनी पढ़ाई की। आजादी की लड़ाई के दौरान जब डॉ. राजेंद्र प्रसाद डाल्टनगंज आए तो 'यदु बाबू' के घर पर रुके। आपके घर पर जेपी और उनकी पत्नी प्रभावती जी का भी रुकना हुआ था। जेपी और यदु बाबू हम उम्र थे, तो दोनों के बीच घनिष्ठता बढ़ गई। यदु बाबू का घर जेपी का पलामू का घर बन गया। जेपी का आपके निधन के बाद भी आपके घर पर आना-जाना लगा रहा।

सन् 1946 में जब अंतरिम सरकार के गठन के लिए चुनाव हुए तो आप 'दक्षिण पश्चिम पलामू साधारण ग्रामीण' क्षेत्र से विधायक चुने गए। इससे पहले आप सन् 1937 में भी विधायक चुने गए थे। आप जमींदारी प्रथा के उन्मूलन के सशक्त पैरोकार थे और इसके लिए लगातार प्रयत्नशील रहे। 31 मार्च, 1949 को बिहार विधानसभा में अपने भाषण में आपने कहा, "मैं तो चाहता हूँ कि गवर्नमेंट राँची में छह महीना रहे, ताकि सरकार की नजर वहाँ के गरीब निवासियों पर पड़े, जो जमींदारों के तथा जमींदारों के एजेंटों के जुल्म से पीसे जा रहे हैं। हमारे श्री बाबू एक दफा पलामू गए थे और वहाँ उन्होंने देखा होगा कि किस तरह जनता तबाह हो रही है।"

आप किसानों के बीच बहुत लोकप्रिय थे। किसानों की समस्याओं के समाधान को लेकर आप सदैव सक्रिय रहे। सन् 1942 के 'करो या मरो' आंदोलन के ठीक पहले 6 अगस्त को जब आपकी गिरफ्तारी हुई या फिर वह सड़क दुर्घटना, जो आपकी मृत्यु का कारण बनी, दोनों ही बार आप किसानों की सभा में ही भाग लेने जा रहे थे। किसानों के मुद्दे पर आप अपने ही नाना से भिड़ गए थे, जो तब पलामू के डीसी थे।

आदिवासियों को लेकर भी आप बहुत संवेदनशील थे। आदिवासियों की समस्या को संविधान सभा में रखते हुए आपने कहा था, "आदिम जातियों की समस्या या इस समस्या का समाधान एक बड़ा कठिन और नाजुक प्रश्न है। इसलिए इन समस्याओं के समाधान का उपबंध बनाने में हमें इस बात का ध्यान रखना चाहिए कि हम उन लोगों के हाथ न बाँध दें, जो कबायलियों का हित-साधन करना चाहते हैं। यह सच है और हम सभी हर एक आदमी इस पर एक मत है कि आदिम जातियों की जो समस्या है, वह बहुत पुरानी है, हाल की नहीं है। उनका शोषण, उनकी गरीबी, उनकी आर्थिक तथा सामाजिक दीनावस्था यह सब ऐसी बातें हैं,

जिनके लिए न केवल प्रांतीय सरकारों को, बल्कि केंद्रीय सरकार को खासतौर पर ध्यान देने की जरूरत है।" आपने उनकी सहायता के लिए आदिम जाति सेवा मंडल की स्थापना की। आदिवासी छात्रों की सुविधा के लिए आपने आदिवासी छात्रावास प्रारंभ कराया। आपने अखबारों में लिखने का काम भी किया।

यदु बाबू महात्मा गांधी की नोआखाली में शांति और सद्भावना के लिए की गई मुहिम में बिहार सरकार की तरफ से शामिल हुए थे। इस दौरान आपको गांधी जी के काफी करीब आने का अवसर मिला। 26 जनवरी, 1947 को आपने नोआखाली के बानसा गाँव में तिरंगा फहराया था। नोआखाली में गांधी जी के साथ 20 जनवरी से 31 जनवरी, 1947 तक बिताए गए हर दिन का विवरण और वहाँ पर देखे हालात को आपने अपनी डायरी में दर्ज किया। आपकी डायरी नोआखाली और वहाँ बापू के द्वारा शांति के लिए किए गए प्रयासों का महत्त्वपूर्ण दस्तावेज है। आपकी डायरी से पता चलता है कि गांधी जी वहाँ एक शूद्र के घर पर ठहरे थे। डायरी में आपने लिखा है कि 'कुछ लोग पूछते हैं कि गांधी जी ने नोआखाली में क्या किया? प्रश्न तो यह होना चाहिए कि गांधी जी नहीं आते तो यहाँ की क्या दशा होती? कोई दूसरा व्यक्ति क्या इतना भी कर सकता था?'

किसानों की एक सभा में भाग लेने के लिए डाल्टनगंज से बालूमाथ जाने के क्रम में आप एक सड़क दुर्घटना में गंभीर रूप से घायल हो गए। आपको बचाने के लिए राज्य के बड़े डॉक्टरों के द्वारा किए गए अथक प्रयास के बावजूद 25 फरवरी, 1950 को महज 50 वर्ष की उम्र में आपकी मृत्यु हो गई। आपको अंतिम विदाई देने के लिए डाल्टनगंज में जन सैलाब उमड़ पड़ा था। पलामू ही नहीं पूरा बिहार आपके निधन से शोकमग्न हो गया। पटना के 'सदाकत आश्रम' में कांग्रेस पार्टी का झंडा झुका दिया गया। 27 फरवरी, 1950 को संसद् में भी एक मिनट का मौन रखकर आपको श्रद्धांजलि दी गई। प्रधानमंत्री जवाहरलाल नेहरू ने भी आपके निधन पर शोक जताया।

पलामू में आजादी के आंदोलन के इस प्रमुख नेता को राज्य सरकार से उचित सम्मान अब तक नहीं मिला है। पलामू स्थित नीलांबर-पीतांबर विश्वविद्यालय के कुलपति ने वैसे हाल ही में अपने विश्वविद्यालय में आपके योगदान विषयक शोधपीठ की स्थापना की घोषणा की है। इसी तरह झारखंड के पेयजल एवं स्वच्छता विभाग के मंत्री मिथिलेश ठाकुर ने आपके सम्मान में एसएसजेएस नामधारी कॉलेज के परीक्षा हॉल का नामकरण आपके नाम पर करने की घोषणा की है।

□

कला-छऊ नृत्य

केदारनाथ साहू

केदारनाथ साहू एक सुप्रसिद्ध भारतीय शास्त्रीय नर्तक थे, जिनकी देश-विदेश में पहचान थी। आप छऊ नृत्य की सरायकेला परंपरा के अग्रणी प्रतिपादक थे। आप राजकीय छऊ नृत्य कला केंद्र, सरायकेला के संस्थापक निदेशक थे, जहाँ आप सन् 1974 से सन् 1988 तक निदेशक रहे। सेवानिवृत्ति के बाद सरायकेला में ही आपने छऊ नृत्य का अपना एक केंद्र शुरू किया, जिसमें हर वर्ष देश-विदेश के विद्यार्थी रहकर प्रशिक्षण लेते हैं। आपने छऊ नृत्य कला का विदेशों में बहुत प्रचार किया, जिससे यह नृत्य पूरी दुनिया में लोकप्रिय हुआ और इससे झारखंड की पूरी दुनिया में पहचान बनी।

मान्यता है कि छऊ नृत्य कला का जन्म लगभग 5 हजार वर्ष पूर्व सरायकेला में ही हुआ। श्री साहू के अनुसार, छऊ नृत्य का एक लोकप्रिय आधार रहा है और सैन्याभ्यास से इसकी उत्पत्ति हुई है, पर इसका इस क्षेत्र के लोकनृत्यों और आदिवासी नृत्यों से कोई नजदीकी संबंध नहीं है। अपनी उत्पत्ति से लेकर बहुत हाल तक तो यह कला राजघरानों तक ही सिमटी रही, पर श्री साहू उसे जनसाधारण के बीच ले गए। वर्तमान केंद्र निदेशक तपन पटनायक, जो आपके शिष्य रहे, कहते हैं कि छऊ कला के आम लोगों के बीच जाने के कारण ही वे इस कला से जुड़े और आज केंद्र के निदेशक पद पर हैं। शैरोन लोवेन (डेट्रॉयट, अमेरिका), गोपाल प्रसाद दुबे, शशधर आचार्य जैसे कई ख्यातिप्राप्त छऊ नर्तक श्री साहू के शिष्य रहे।

श्री साहू मूलतः उड़ीसा के थे पर आपका परिवार कई पीढ़ियों पूर्व सरायकेला में बस गया था। आपका जन्म सन् 1921 में सरायकेला में हुआ। आपने 4 वर्ष की आयु से ही नृत्य का अभ्यास शुरू कर दिया था, जब सरायकेला राजपरिवार द्वारा आपको महल में नृत्याभ्यास के लिए चुन लिया गया। आपके पिता और दादा भी नर्तक थे। कुँवर विजय प्रताप सिंहदेव आपके गुरु थे। युवावस्था में आप नृत्य में महिला पात्रों की भूमिका निभाते थे। आपने छऊ नर्तक के रूप में शुरुआत कुँवर विजय प्रताप सिंहदेव के दल के साथ किया पर बाद में आपने अपना दल बनाया और देश-दुनिया में अनेक स्थानों पर कार्यक्रम किए। आपने अपने दल के साथ पूर्वी यूरोप, यूएसए, दक्षिण अमेरिका और दक्षिण-पूर्व एशिया के कई शहरों में छऊ नृत्य प्रस्तुत किया। इस कला के प्रति आपके समर्पण और इसकी समृद्धि के

लिए किए गए आपके योगदान को भारत सरकार द्वारा सन् 2005 में 'पद्मश्री' देकर सम्मानित किया गया। आपको सन् 1981 में संगीत नाटक अकादमी अवॉर्ड भी मिला। आपको मिले अनेक पुरस्कारों और सम्मान में बिहार नृत्य, नाटक एवं संगीत अकादमी की फेलोशिप (1953), संस्कृति विभाग, भारत सरकार की सीनियर फेलोशिप (1980), 'नृत्य विलास' (1980), उत्कल पाठक संसद् द्वारा 'नृत्य श्री' (1986), 'झारखंड रत्न' (2002), प्रमुख हैं। सन् 2000 में एबीआई, यूएसए द्वारा इंटरनेशनल डाइरेक्ट्री ऑफ डिस्टिंग्विस्ड लीडरशीप अवॉर्ड आपको प्रदान किया गया।

16 वर्ष की किशोरावस्था में ही आपको महात्मा गांधी, रवींद्रनाथ टैगोर, जवाहरलाल नेहरू, नेताजी सुभाष चंद्र बोस, सरोजिनी नायडू और डॉ. राजेंद्र प्रसाद जैसे देश के स्वतंत्रता आंदोलन के अग्रणी नायकों के समक्ष अपनी प्रतिभा का प्रदर्शन करने का अवसर मिला और उनकी प्रशंसा पाई। सन् 1938 में अपने गुरु के नेतृत्व में सरायकेला छऊ नर्तकों के एक दल के साथ आपने देश और विदेश में फ्रांस, इंग्लैंड और इटली के कई शहरों में अपनी कला का सफल प्रदर्शन किया और इस नृत्यविधा की ओर कलाप्रेमियों का ध्यान आकृष्ट किया। आपने सोवियत राष्ट्रपति बुल्गानिन एवं प्रधानमंत्री ख्रुश्चेव के सामने छऊ नृत्य प्रस्तुत कर उनकी तारीफ बटोरी। आपने इंदिरा गांधी, राजीव गांधी और आर. वेंकटरमण के समक्ष अपना नृत्य प्रस्तुत कर उन्हें भी प्रभावित किया। आपने सन् 1960 के दशक में बुल्गारिया, हंगरी, चेकोस्लोवाकिया, युगोस्लाविया और पूर्वी यूरोप के कई अन्य देशों एवं सन् 1980 के दशक में यूएसए में अनेक कार्यक्रम प्रस्तुत किए और कई पुरुषों और महिलाओं को सरायकेला छऊ नृत्य में प्रशिक्षित किया। आपने सन् 1985 में पेरिस और सन् 1987 में यूएसएसआर (सोवियत रूस) में आयोजित 'इंडिया फेस्टिवल' में भाग लिया और सन् 1988 में कोरिया, इंडोनेशिया एवं मलयेशिया में अपने कार्यक्रम प्रस्तुत किए। आपने सन् 1988 में मेक्सिको में आयोजित 'इंटरनेशनल कर्वेंटिनो फेस्टिवल' में भाग लिया और इसके पड़ोसी देशों वेनेजुएला, कोस्टारिका, पनामा वगैरह में बेहद सफल कार्यक्रम प्रस्तुत किए। सन् 1990 में आपने चीन में आयोजित पहले 'अंतरराष्ट्रीय लोककला उत्सव' में भाग लिया और पड़ोसी देश मंगोलिया में भी कार्यक्रम किया। सन् 1996 में बांग्लादेश में आयोजित 'फेस्टिवल ऑफ इंडिया' में आप अपने दल के साथ शामिल हुए। सन् 1999 में आप ब्राजील में आयोजित 'इंटरनेशनल स्प्रिंग फेस्टिवल' में आमंत्रित किए गए और उसमें अपने दल के साथ शामिल हुए। आपका एकल नृत्य 'अर्धनारीश्वर' दर्शकों के बीच बहुत

लोकप्रिय था और इसकी बहुत सराहना हुई। इसके अलावा आपके द्वारा किए जाने वाले लोकप्रिय एकल नृत्य थे, 'मयूर' और सागर'।

'छऊ' शब्द की उत्पत्ति और इसके अर्थ—छाया, छद्म, गुप्त, छावनी जैसे कई शब्दों से जोड़ा जाता है, पर श्री साहू मुखौटे के साथ किए जाने वाले इस नृत्य के लिए 'छाया' के प्रयोग को ही उपयुक्त मानते थे।

छऊ के भविष्य को लेकर आपको चिंता रहती थी। आपकी यह चिंता बेवजह नहीं थी। आप देख रहे थे कि तमाम समर्पण और प्रयास के बावजूद 'सरायकेला छऊ केंद्र' के पास संसाधनों का अभाव, प्रशिक्षण के लिए उपयुक्त स्थान की कमी, सीखने वाले प्रतिभावान् बच्चों के लिए छात्रवृत्तियों की अपर्याप्त संख्या, शिक्षित नर्तकों के लिए प्रदर्शन के सीमित अवसरों के कारण छऊ कला का अपेक्षित तरीके से विकास नहीं हो पा रहा था। आपकी राय थी कि छऊ को बचाने के लिए इसका दायरा बढ़ाना होगा। आपका सुझाव था कि स्कूलों में छऊ नृत्य को एक विषय के रूप में शामिल कर लेने से छऊ में शिक्षित लोगों को छऊ शिक्षक के रूप में रोजगार के अवसर मिलेंगे। आप चाहते थे कि राज्य सरकार छऊ नृत्य के पेशेवर समूहों को सहयोग दे। छऊ के प्रदर्शन के लिए इस क्षेत्र और इसके बाहर नियमित अवसर बनाने की जरूरत पर भी आप बल देते रहे। श्री साहू कहते थे कि छऊ के इतनी सदियों तक अनुष्ठानों और धार्मिक जीवन का अंग होने और फिर इसे राजघरानों का भी संरक्षण प्राप्त हो जाने के कारण ही ऐसे परंपरागत नृत्यों की कला बची रही। पर अब जब न तो राजसी संरक्षण है और धार्मिक मान्यताओं का भी ह्रास हो रहा है, तब श्री साहू छऊ नृत्य और इसको अपना कॅरियर बनाने वाले नर्तकों के भविष्य के प्रति आशंका व्यक्त करते थे। आप कहते थे कि अब समाज को ही ऐसे परंपरागत नृत्यों को बचाने के लिए आगे आना होगा और इनके लिए स्थान सुनिश्चित करना होगा।

जीवन के अंतिम वर्षों में आप अस्वस्थ रहने लगे। लंबी बीमारी के बाद 8 अक्तूबर, 2008 को 88 वर्ष की अवस्था में आपका निधन हो गया। आपके पाँच पुत्र और चार पुत्रियों में से दो पुत्र विजय और मलय छऊ नर्तक हैं और परिवार की छऊ नृत्य परंपरा को आगे बढ़ा रहे हैं।

□

योग, समाज सेवा

स्वामी सत्यानंद सरस्वती

परमहंस स्वामी सत्यानंद सरस्वती जी अपने जीवन के अंतिम चरण में साधना और एकांतवास के लिए बिहार (वर्तमान झारखंड प्रदेश) में देवघर से 12 कि.मी. दूर रिखिया गाँव में आए थे। लेकिन स्वामी जी की आध्यात्मिक ऊर्जा और आत्मभाव की ज्योति के प्रकाश से वहाँ कोई वंचित नहीं रह पाया। रिखिया में स्वामी जी ने जो किया, वह कोई सामाजिक क्रांति से कम नहीं है लेकिन वे इन सब से पूर्णत: निर्लिप्त थे।

स्वामी जी का जन्म अल्मोड़ा में सन् 1923 की मार्गशीर्ष पूर्णिमा को हुआ। छह वर्ष की अल्पायु से ही आपको आध्यात्मिक अनुभव होने लगे थे। इन आध्यात्मिक अनुभवों के प्रति अपनी तीव्र जिज्ञासाओं के समाधान के लिए आप गुरु की खोज में निकल पड़े और उन्नीस वर्ष की अवस्था में आपको ऋषिकेश में अपने गुरु स्वामी शिवानंद सरस्वती का सान्निध्य प्राप्त हुआ। 12 सितंबर, 1947 को स्वामी शिवानंद जी ने आपको परमहंस संन्यास में दीक्षित किया। गुरु आश्रम में बारह साल की कठोर सेवा साधना कर आपने आध्यात्मिक जीवन के हर आयाम में दक्षता प्राप्त की। सन् 1956 में स्वामी शिवानंद जी ने आपको संपूर्ण विश्व में योग का प्रचार-प्रसार कर योग-विद्या को जनमानस के लिए सुलभ बनाने की जिम्मेदारी दी। गुरु-आज्ञा की पूर्ति हेतु स्वामी सत्यानंद जी ने सन् 1963 में बिहार योग विद्यालय, मुंगेर की स्थापना की और इसके माध्यम से संपूर्ण विश्व में योग का परचम लहराया। आप सर्वत्र योग एवं तंत्र के अग्रगण्य प्रतिपादक माने जाने लगे और इसके लिए पूरे विश्व में आपकी ख्याति हुई। सन् 1984 में मुंगेर में ही आपने 'शिवानंद मठ' की स्थापना की, जो एक दातव्य सामाजिक संस्था है, और जिसका उद्देश्य है—सेवा, करुणा, प्रेम और स्नेह की नीतियों पर चलते हुए ग्रामीण क्षेत्र में समाज के कमजोर एवं पिछड़े वर्ग के विकास को सुगम बनाना। उसी वर्ष स्वामी जी ने यौगिक तकनीकों पर वैज्ञानिक शोध करने के उद्देश्य से 'योग शोध संस्थान' की स्थापना की।

सन् 1983 में जब स्वामी सत्यानंद जी की उपलब्धियाँ अपने चरमोत्कर्ष पर थीं, तभी अपने द्वारा अर्जित सभी उपलब्धियों का त्यागकर सन् 1988 में क्षेत्र-संन्यास लेकर अपने जीवन के अगले पड़ाव के लिए दैवीय-आदेश की आकांक्षा के साथ तीर्थ-यात्रा पर निकल पड़े। सन् 1989 में त्र्यंबकेश्वर में चातुर्मास साधना

के दौरान आपको रिखिया आने का दैवीय आदेश प्राप्त हुआ। साधना क्रम में ही स्वामी जी को 'छह सौ सहस्त्र इक्कीस सौ जाप' की आवाज सुनाई दी। कुछ दिन के पश्चात् आपको पुनः एक आवाज सुनाई दी 'चिताभूमौ' और एक वीरान बंजर भूमि की झलक, पूरी बारीकियों के साथ एक चलचित्र की भाँति स्पष्ट दिखाई दी। और आज वही बंजर जमीन स्वामी सत्यानंद जी की तपस्थली 'रिखियापीठ', देवघर, झारखंड के नाम से विश्व-प्रसिद्ध है। 23 सितंबर, 1989 को स्वामी सत्यानंद जी ने रिखियापीठ में कदम रखा। 14 जनवरी, 1990 को स्वामी सत्यानंद ने वहाँ मंत्र पुरश्चरण और पंचाग्नि जैसी कठिन साधना का श्रीगणेश किया। यह साधना चारों दिशाओं में अग्नि-कुंड तथा ऊपर से सूर्याग्नि के मध्य ध्यान में बैठकर मकर संक्रांति से लेकर कर्क संक्रांति तक की जाती है। लगभग सत्तर वर्ष की अवस्था में नौ वर्षों तक ऐसी कठोर साधना, जिसमें तापमान लगभग 90 डिग्री तक रहता था, स्वामी जी जैसे विरले संत के ही वश की बात थी।

पंचाग्नि साधना के दूसरे साल सन् 1991 में स्वामी जी को ध्यान में एक जली हुई झोंपड़ी और बगल में एक पेड़ के नीचे रोती-बिलखती एक महिला अपने बच्चे के साथ बैठी दिखाई दी। स्वामी जी ने स्वामी सत्यसंगानंद जी, जो वर्तमान में रिखियापीठ की पीठाधीश्वरी हैं, को बुलाया तथा उस महिला का पता कर उसकी समुचित सहायता करने का निर्देश दिया। उसी वर्ष मंत्र पुरश्चरण साधना के संकल्प के समय उन्हें एक स्पष्ट आवाज सुनाई दी—"अपने पड़ोसियों से प्रेम करो। मैंने जितनी सुख-सुविधाएँ तुम्हें दी हैं, वो सब अपने पड़ोसियों के साथ बाँटो। मैंने तुम्हें रहने के लिए जगह दी, खाने के लिए भोजन दिया, यही सब तुम अपने पड़ोसियों को दो।" पंचाग्नि साधना के दौरान स्वामी सत्यानंद जी के हृदय में आत्मभाव की अलख जगी और उनके गुरु स्वामी शिवानंद जी की शिक्षाओं—सेवा, प्रेम और दान को व्यावहारिक रूप प्रदान करने का ईश्वरीय आदेश प्राप्त हुआ। और यहीं से ग्रामवासियों के जीवन के उज्ज्वल भविष्य का मार्ग प्रशस्त हुआ। स्वामी जी के रिखिया आगमन को यहाँ के ग्रामवासी अपने लिए दैवीय आशीर्वाद मानते हैं तथा स्वामी जी को तो वे भगवान का स्वरूप ही मानते थे।

जिस समय स्वामी सत्यानंद सरस्वती का पदार्पण रिखिया में हुआ, उस समय रिखिया और उसके आस-पास के गाँवों की स्थिति बहुत ही दयनीय थी। अधिकतर ग्रामवासी मूलभूत आवश्यकताओं से भी वंचित थे। रहने के लिए सही घर नहीं, पहनने के लिए पर्याप्त वस्त्र नहीं, खाने के लिए दो समय का भोजन नहीं उपलब्ध हो पाता था। उनके बच्चे नंग-धड़ंग गलियों में घूमते रहते थे, पढ़ाई-लिखाई या

स्कूल से उनका दूर-दूर तक कोई संबंध नहीं था।

स्वामी सत्यानंद जी गरीबों को दान देने की विचारधारा में विश्वास नहीं रखते थे। उनका विश्वास जरूरतमंद लोगों की सहायता कर उन्हें स्वावलंबी बनाने में था। इसीलिए उन्होंने इसके लिए शतचंडी महायज्ञ के आयोजन को आधार बनाकर सन् 1995 में वैश्विक सुख, शांति और समृद्धि का संकल्प लेकर 'बारह वर्षीय राजसूय यज्ञ' का श्रीगणेश किया और सन् 2007 में सेवा, प्रेम और दान को अपनी मुख्य गतिविधि बनाने का आदेश देकर 'रिखियापीठ' के स्थापना की घोषणा की।

यज्ञ को माध्यम बनाकर स्वामी सत्यानंद जी ने ग्रामवासियों की मूलभूत आवश्यकताओं की सामग्री उन्हें 'यज्ञ-प्रसाद' के रूप में देना आरंभ किया। पंचायत के प्रत्येक परिवार को अन्न, वस्त्र, पात्र, कंबल, रिक्शा, ठेला, गाय, बैल आदि 'यज्ञ-प्रसाद' के रूप में दिए जाने लगे। जिन्हें घर की आवश्यकता थी, उनके लिए घर बनवाए गए और इस क्रम में ग्रामवासियों को ही ईंट बनाने व घर बनाने के प्रशिक्षण भी दिए जाने लगे। महिलाओं को सिलाई, कढ़ाई, बुनाई आदि का प्रशिक्षण देकर उन्हें सिलाई मशीन दी जाने लगी। किसानों को हल-बैल, कुदाल-फावड़ा, खाद-बीज मुहैया कराए जाने लगे। सिंचाई के लिए कुएँ खुदवाए जाने लगे, मोटर पंप वितरित किए जाने लगे।

पंचायत के वृद्ध लोग अपने घर में उपेक्षित महसूस किया करते थे, घर के एक कोने में पड़े रहते थे, सेवा-सुश्रुषा तो दूर की बात, कोई ढंग से बात भी नहीं करता था। स्वामी सत्यानंद जी इन वृद्धों को अपना सहयात्री बुलाते थे। उन्होंने इन लोगों के लिए मासिक पेंशन की व्यवस्था की। बैठे-बिठाए पैसे मिलने से घर में उनकी खातिरदारी शुरू हो गई, बहुएँ उनका विशेष खयाल रखने लगीं, समय पर खाना मिलने लगा। विधवाओं को तो हेय दृष्टि से देखा जाता था। घर, परिवार या समाज में उनका कोई सम्मान नहीं था। स्वामी सत्यानंद जी ने उन सारी विधवाओं को पहनने के लिए रंगीन साड़ियाँ दी और आश्रम में प्रतिदिन दो घंटे संकीर्तन करने का आदेश दिया तथा पुरस्कारस्वरूप सभी के लिए मासिक पेंशन की व्यवस्था करवाई। घर-परिवार में अपने नाती-पोतों के साथ खेलते-खिलाते संकीर्तन गाया करती थीं, जिससे उन बच्चों में भी अच्छे संस्कार के बीज पड़ने लगे। बच्चे, जिनके पास इन वृद्धों की कोई अहमियत नहीं थी, वे उनकी बात मानने लगे, उनकी सेवा करने लगे, क्योंकि इन दादा-दादियों से अब उन्हें लेमन-चूस और झाल-मूढ़ी के लिए थोड़े पैसे मिल जाते थे। इस प्रकार घर-परिवार और समाज में इन वृद्धों की हैसियत बढ़ी और उन्हें सम्मान मिलना शुरू हो गया।

"मैं अपने पड़ोसियों को उच्च गुणवत्ता वाली विश्व स्तरीय स्वास्थ्य सुविधाएँ प्रदान करूँगा" की अवधारणा के साथ ग्रामवासियों के स्वास्थ्य-लाभ हेतु स्वामी जी ने 'शिवानंद दातव्य चिकित्सालय' की स्थापना की, जहाँ इन लोगों को निःशुल्क चिकित्सकीय सुविधाएँ एवं दवाइयाँ दी जाने लगीं। विशेष चिकित्सा शिविरों के आयोजन होने लगे, जिसमें भिन्न-भिन्न रोगों के दक्ष चिकित्सक बड़े-बड़े शहरों से यहाँ आकर इनका इलाज करते। हजारों-हजार लोगों के मोतियाब्दि के ऑपरेशन कोलकाता भेजकर करवाए गए। कुछ अन्य रोग, जिनका उपचार यहाँ संभव नहीं वैसे मरीजों को दिल्ली, मुंबई, चेन्नई आदि जैसे जगहों पर भेजकर उपचार करवाया जाने लगा। टी.बी. जैसी गंभीर बीमारी का तो इस इलाके से नामो-निशान ही मिट गया है। जनमानस की स्वास्थ सुविधा के साथ-साथ स्वामी जी ने पालतू मवेशियों के स्वास्थ्य, संरक्षण, पालन-पोषण एवं संवर्धन के आधुनिक तरीकों से इन ग्रामवासियों को परिचित कराया। देश के अन्य शहरों से आए पशु-चिकित्सक गाँव-गाँव जाकर इन ग्रामवासियों को प्रशिक्षित करते थे।

ग्रामवासी ज्यादातर श्रमिक वर्ग के थे। साक्षरता और पढ़ाई कहाँ तक जीवन संगत है, उनकी समझ में नहीं आता था। दिन भर मजदूरी करना, गोबर उठाना, बकरी चराना, जलावन के लिए लकड़ियाँ चुनना उनके बच्चों की दिनचर्या थी। इन अनपढ़ ग्रामवासियों को साक्षर बनाने के लिए स्वामी जी ने एक मनोवैज्ञानिक एवं नायाब तरीका अपनाया। संन्यासियों को गाँव भेजकर ग्रामवासियों को रामचरितमानस के पाठ करने का प्रशिक्षण देना प्रारंभ करवाया। स्वामी जी के अनुसार रामचरितमानस भारतीय जनमानस के लिए साक्षरता का सर्वोत्तम माध्यम है; इसमें साक्षरता भी है और सद्विचार भी। सवेरे-शाम माँ-बाप व बच्चों का बैठकर रामचरितमानस का पाठ करने पर मन पर असर पड़ना और मन में थोड़ा राम-सीता का आदर्श आना तो स्वभाविक है। ढोल, मृदंग और हारमोनियम के साथ रामायण-पाठ में उनकी रुचि बढ़ने लगी और धीरे-धीरे एक-दो साल में उन्हें रामायण पढ़ना आने लगा। इसका असर उनके बच्चों पर भी हुआ। बच्चों की जेनेटिक संरचना, उनके संस्कार परिष्कृत हुए। किसी भी समाज को उठाने के लिए, समाज की चेनना को उठाना पड़ता है। और समाज की चेतना को उठाने के लिए सबसे उत्तम माध्यम हैं—बच्चे, क्योंकि बच्चे ही समाज तथा देश के भविष्य होते हैं। गाँवों में सरकारी स्कूल तो थे, पर केवल नाम के ही, विद्यार्थियों की उपस्थिति लगभग नगन्य रहती थी। स्वामी जी ने स्कूल आने वाले विद्यार्थियों के लिए स्कूल-ड्रेस, किताब, नोटबुक, पेंसिल आदि सभी आवश्यक सामान सुलभ करवाए। फुटबॉल, वालीबॉल, क्रिकेट तथा अन्य

खेल-कूद के सामान भी उपलब्ध करवाए और देखते-ही-देखते सारी कक्षाओं की उपस्थिति शत-प्रतिशत होने लगी।

गाँव के बच्चों को स्वामी जी कन्या और बटुक कहकर बुलाते थे। पंचायत के सात से तेरह वर्ष के कन्या-बटुकों को आश्रम-परिसर में अंग्रेजी, कंप्यूटर, रामायण, गीता, संकीर्तन, नृत्य, संगीत, नाट्य कला के साथ-साथ वेद-मंत्रों के पाठ, हवन, रूद्राभिषेक आदि के प्रशिक्षण की व्यवस्था कर उनके समग्र शिक्षा की व्यवस्था स्वामी जी ने सुनिश्चित करवाई। स्वामी जी के प्रयासों से सबसे बड़ी चीज जो इन बच्चों को समझ में आ गई, वह यह है कि मनुष्य अपने भाग्य का निर्माता स्वयं है, जिसके लिए उसे संघर्ष करना पड़ेगा और उस संघर्ष में सबसे जरूरी है, शिक्षा प्राप्त करना। ऐसी व्यवस्था बनाई गई कि यहाँ बच्चे जब पढ़ने के लिए आते हैं तो आश्रम इनकी पढ़ाई के साथ-साथ इनकी सारी जरूरतों को पूरा करता है। इनको साल में आठ-दस बार पूरी ड्रेस मिलती है। यहाँ के बच्चों को घर से कपड़ा देने की जरूरत नहीं पड़ती है। इनके लिए दिवाली-दशहरा आश्रम मनाता है। जो लड़कियाँ 10+2 के लिए देवघर जाती हैं, उन्हें साइकिल व स्कूटी दी जाती हैं। इनकी शिक्षा का, जो भी सामान है, सब आश्रम से मिल जाता है। समाज में लिंग-भेद की विचारधारा को समाप्त करने के उद्देश्य से स्वामी जी ने पौराणिक 'कन्या-पूजा' को रिखियापीठ में आयोजित यज्ञों का अंग बनाया। इन कन्याओं को देवी-तत्त्व के आवाहन का माध्यम बनाकर घर-परिवार तथा समाज में इन्हें उत्तम स्थान दिलवाया। यज्ञ के दौरान इनकी विधिवत् पूजा की जाती है। इन कन्या-बटुकों को प्रतिदिन प्रदोष भोजन के रूप में पोषक और स्वादिष्ट व्यंजन प्राप्त हो, ऐसी परिकल्पना के साथ स्वामी जी ने 'अन्नपूर्णा क्षेत्रम्' का निर्माण करवाया।

स्वामी सत्यानंद जी ने हमेशा व्यावहारिकता एवं वास्तविकता की चर्चा की। स्वामी सत्यानंद जी को अपनी एकांत साधना में अपने ग्रामवासियों के दु:ख-दर्द की अनुभूति होती थी। इन ग्रामवासियों के चहुँमुखी विकास के लिए स्वामी जी ने जो कुछ भी किया, वो सब केवल और केवल उनके आत्मभाव की अभिव्यिक्त थी।

स्वामी सत्यानंद जी ने स्वेच्छा से 86 वर्ष की अवस्था में 5 दिसंबर, 2009 को अपने भौतिक शरीर का परित्याग कर महासमाधि ली। स्वामी जी द्वारा प्रतिपादित सेवा, प्रेम और दान की समस्त गतिविधियों का निर्वहन स्वामी सत्यसंगानंद सरस्वती के मार्गदर्शन में आज भी रिखियापीठ में निर्बाध रूप से निरंतर चलायमान है। स्वामी सत्यसंगानंद सरस्वती के अथक प्रयासों से आज रिखियापीठ विश्व के मानचित्र पर आत्मभाव के व्यावहारिक मॉडल के रूप में प्रस्थापित हो गया है।

□

चिकित्सा

डॉ. के.के. सिन्हा

स्नायुविज्ञान (न्यूरोलॉजी) के मास्टर कहे जाने वाले डॉ. कृष्णकांत सिन्हा को जटिल बीमारियों का सफल इलाज करने के लिए जाना जाता है। चिकित्सा के क्षेत्र में एक समय आप लगभग पूरे देश में झारखंड की पहचान बन गए थे। आपने ऐसे कितने ही लोगों की जान बचाई होगी, जिन्होंने जिंदगी की आस छोड़ दी थी। पूरे झारखंड और देश के अन्य राज्यों तक हर इलाज से थक चुके मरीजों के लिए आप आखिरी उम्मीद थे। आपकी ख्याति का यह आलम था कि तब, जब हवाई यात्रा भी सामान्य बात नहीं थी, तब आपको दिखाने ऐसे मरीज भी आते थे जिन्हें चार्टर्ड विमान से लाया जाता था। रोग को सही-सही समझने की विलक्षण क्षमता, सही निदान, संक्षिप्त इलाज और बहुत कम कीमत की कम दवा लिखना आपकी खासियत थी।

डॉ. के.के. सिन्हा का जन्म बिहार के पटना जिले के मनेर में 11 जनवरी, 1931 को हुआ था। आपके पिता शिक्षक थे। पढ़ने में आप शुरू से ही अच्छे थे। आपकी स्कूली शिक्षा गाँव के स्कूल में ही हुई। सन् 1946 में मैट्रिक की परीक्षा फर्स्ट डिविजन से पास करने के बाद आपने आइएससी की पढ़ाई बी.एच.यू. से की। तब डॉ. सर्वपल्ली राधाकृष्णन वहाँ के वाइस चांसलर थे, जो बाद में भारत के राष्ट्रपति बने। आपने डॉक्टरी की पढ़ाई के लिए सन् 1948 में बिहार के दरभंगा मेडिकल कॉलेज में दाखिला लिया और सन् 1953 में एम.बी.बी.एस. की परीक्षा पास की, जिसमें आपको मेडिसिन में ऑनर्स के साथ गोल्ड मेडल मिला। सरकारी नौकरी करते हुए ही आपने वहीं से जनरल मेडिसिन में एमडी किया। फिर फरवरी, 1958 में आप आगे की पढ़ाई के लिए इंग्लैंड चले गए, जहाँ आपको एडिनबरा में दाखिला मिला। आपको वहाँ स्टैनली डेविडसन एवं रोनाल्ड हंटर जैसे विद्वान् शिक्षकों से पढ़ने और सीखने का अवसर मिला। न्यूरोलॉजी की ओर आपका झुकाव वहीं पैदा हुआ और वहाँ इसमें काफी सीखने और काम करने को मिला। वहाँ से न्यूरोलॉजी में एम.डी. और एम.आर.सी.पी. की डिग्री और इंग्लैंड के विभिन्न अस्पतालों में काम का तजुर्बा हासिल कर आप सन् 1961 में भारत लौट आए।

आप जुलाई, 1962 में राँची आ गए और यहाँ के राजेंद्र मेडिकल कॉलेज के मेडिसिन विभाग में काम करने लगे। इधर न्यूरोलॉजी में आपकी रुचि बढ़ती

गई, तब आप सन् 1964 में अमेरिका के शिकागो गए और वहाँ वेस्टर्न यूनिवर्सिटी मेडिकल स्कूल में दुनिया के जाने-माने न्यूरोलॉजिस्ट्स के साथ डेढ़ साल अनुभव प्राप्त कर फिर वापस राँची लौट आए। यह अस्पताल इतना बड़ा था कि अकेले इसके न्यूरोलॉजी वार्ड में ही 275 बेड थे। सन् 1976 में बिहार सरकार द्वारा सरकारी नौकरी में कार्यरत डॉक्टरों की निजी प्रैक्टिस पर प्रतिबंध लगा देने पर आपने मेडिकल कॉलेज की नौकरी से त्यागपत्र दे दिया और उसके बाद चार दशक से ज्यादा समय तक राँची में सिर्फ अपने घर पर ही आपने मरीजों को देखा और उनका इलाज किया। कई बार जब कोई गंभीर रोग से ग्रस्त गरीब मरीज आपके पास आता, जिसके ठीक होने की उम्मीद न के बराबर होती, तो भी अपनी जिम्मेदारी मानकर उसे ठीक करने का आप पूरा प्रयास करते और उसके ठीक होने पर आपको बहुत खुशी होती। आपके पास इलाज के लिए देशभर से बड़े-बड़े लोग आते थे, पर आपने इलाज में कभी गरीब-अमीर, छोटे-बड़े का फर्क नहीं किया।

आपको सुबह से रात तक मरीजों को देखने का जुनून था। यह काम आप पूरी निष्ठा से करते थे। मरीजों को देखना और उनका इलाज करने को ही आपने अपने जीवन का लक्ष्य बना लिया। आपके द्वारा दिन भर मरीजों को देखने के बावजूद आपको दिखाने वाले मरीजों की तादाद इतनी होती थी कि मरीज को आपसे दिखाने के लिए नंबर लेकर छह-छह महीने इंतजार करना पड़ता था। अपनी मृत्यु के कुछ दिन पूर्व तक आपने मरीजों का इलाज किया।

आपको किताबें पढ़ने का बहुत शौक था। आप मेडिकल रिसर्च पेपर पढ़ने में काफी वक्त गुजारते थे। आप मानते थे कि एक डॉक्टर के लिए नियमित रूप से पढ़ना, अपडेट होना बहुत जरूरी है। उसके पास चिकित्सा विज्ञान का जो भी ज्ञान है, वह रोज पुराना पड़ जाता है। इसी को ध्यान में रखते हुए आपने 'एकेडमिक मेडिकल फोरम' की शुरुआत की। इसी उद्देश्य से आपने 'फिजिशियन इंडिया' के नाम से एक जर्नल भी शुरू किया। आपने सन् 1984 से सन् 1990 तक न्यूरोलॉजिकल सोसाइटी ऑफ इंडिया के वार्षिक सी.एम.ई. प्रकाशन 'प्रोग्राम इन क्लीनिकल न्यूरोसाइंसेज' को निकालने की जिम्मेदारी निभाई। चिकित्सा क्षेत्र में हो रहे नवीनतम बदलावों से अवगत रहने के लिए आप अपने क्षेत्र से जुड़े हर राष्ट्रीय एवं अंतरराष्ट्रीय सेमिनार में जरूर भाग लेते थे।

आप सन् 1990 में 'एसोसिएशन ऑफ न्यूरोसाइंटिस्ट्स ऑफ ईस्टर्न इंडिया' के संस्थापक सचिव बने और इस पद पर सन् 1997 तक रहे। सन् 2000 में 'द एसोसिएशन ऑफ फिजीशियंस ऑफ इंडिया' के झारखंड चैप्टर की स्थापना

होने पर आपको निर्विरोध इसका संस्थापक अध्यक्ष चुना गया। इनके अलावा भी आपने राष्ट्रीय एवं क्षेत्रीय स्तर पर कई मेडिकल संगठनों का नेतृत्व किया। देश में न्यूरोलॉजी में आपकी इतनी प्रतिष्ठा थी कि भारत में न्यूरोलॉजी के पिता माने जाने वाले डॉ. वाडिया की पुस्तक में आपके तीन लेख शामिल किए गए थे। इसे डॉ. के.के. सिन्हा बहुत बड़ी उपलब्धि मानते थे।

एक बार दैनिक अखबार 'हिंदुस्तान' द्वारा किए गए एक सर्वेक्षण में आपको झारखंड का सबसे लोकप्रिय व्यक्ति पाया गया था। सन् 1980 के दशक में जब सुप्रसिद्ध लेखक खुशवंत सिंह आपसे राँची में मिले तो उन्होंने आपसे मुलाकात का जिक्र अपने साप्ताहिक कॉलम में करते हुए लिखा कि "राँची को दो चीजों के लिए जाना जाता है—मेन रोड और डॉ. के.के. सिन्हा।" आपने कभी अपने पास न तो मोबाइल फोन रखा और न ही इसका इस्तेमाल किया। आपको राजनीति में जाने का भी आकर्षक प्रस्ताव मिला, पर आपने चिकित्सा के माध्यम से लोगों की सेवा करने को ही अपना धर्म माना और सारी जिंदगी इसी में गुजार दी। आपको विश्वास था कि अगले 40-50 साल में अभी जिन रोगों का इलाज नहीं हो पाता, उन सबका इलाज संभव हो जाएगा। इसके अलावा आप शास्त्रीय संगीत सुनने के बहुत शौकीन थे। आप मानते थे कि दिमाग और शरीर पर संगीत का जबरदस्त असर पड़ता है। आप कहते थे कि संगीत से आपको बहुत ताकत मिलती है और यही आपके लिए विश्राम करने का सबसे बड़ा साधन है। आप मानते थे कि मनुष्यता सबसे बड़ा धर्म है।

उम्रजनित रोगों से कुछ दिन पीड़ित रहने के बाद 87 साल की उम्र में 26 अप्रैल, 2019 को राँची में डॉ. सिन्हा का निधन हो गया। डॉ. सिन्हा ने अपनी काबिलीयत, अगाध चिकित्सकीय ज्ञान एवं अनुभव, और मरीजों के प्रति अपने गैर-व्यावसायिक नजरिए से चिकित्सा के क्षेत्र में औरों के सीखने और अनुसरण करने के लिए बहुत उच्च प्रतिमान स्थापित किए।

□

राजनीति

यशवंत सिन्हा

यशवंत सिन्हा देश के एक जाने-माने राजनीतिज्ञ और पूर्व प्रशासक हैं। आप भारत की तीन सरकारों में वित्त मंत्री रहे और एक बार आपने केंद्र सरकार में विदेश मंत्री की जिम्मेदारी भी सँभाली। आपको देश के पहले ऐसे गैर-कांग्रेसी वित्त मंत्री होने का श्रेय है, जिन्होंने संसद् में 5 आम बजट और 2 अंतरिम बजट पेश किए। देश में सन् 1991 में शुरू किए गए आर्थिक सुधारों का खाका तैयार करने का श्रेय आपको ही दिया जाता है। आपके प्रयास से ही सन् 1999 के रेल बजट में झारखंड में 211 कि.मी. लंबे कोडरमा-हजारीबाग-बरकाकाना-राँची रेलमार्ग की घोषणा हुई और फिर इसका निर्माण कार्य शुरू हुआ, जिसके फलस्वरूप हजारीबाग को रेल से जोड़ने की क्षेत्र की जनता की चिर-प्रतिक्षित माँग पूरी हो पाई। इस रेल-मार्ग पर अब रेल परिचालन हो रहा है और इस पर राँची-पटना के बीच झारखंड-बिहार की पहली वंदेभारत ट्रेन चल रही है।

आपका जन्म 6 नवंबर, 1937 को पटना में हुआ था। आपने सन् 1958 में राजनीति शास्त्र में स्नातकोत्तर (एम.ए.) करने के बाद सन् 1960 तक पटना विश्वविद्यालय में यही विषय पढ़ाया। सन् 1960 में संघ लोक सेवा आयोग की परीक्षा में पूरे देश में 12वें स्थान के साथ सफल होकर आप भारतीय प्रशासनिक सेवा में शामिल हुए और प्रशिक्षण के बाद अपने कॅरियर की शुरुआत झारखंड (तब बिहार) के हजारीबाग जिले के गिरिडीह अनुमंडल (अब जिला) के अनुमंडल पदाधिकारी के रूप में की। अपने कार्यकाल के दौरान कई महत्त्वपूर्ण प्रशासनिक पदों पर आसीन रहते हुए आपने इस सेवा में 24 से अधिक वर्ष बिताए। इस बीच सन् 1971-1974 के दौरान आपने जर्मनी में भारतीय राजनयिक के रूप में भी काम किया।

आपने सन् 1984 में भारतीय प्रशासनिक सेवा से त्यागपत्र दे दिया और जनता पार्टी के सदस्य के रूप में सक्रिय राजनीति से जुड़ गए। सन् 1984 में ही आपने पहली बार हजारीबाग से जनता पार्टी की टिकट पर लोकसभा का चुनाव लड़ा, पर सफल न हो सके। सन् 1986 में आपको पार्टी के अखिल भारतीय महासचिव का दायित्व मिला। सन् 1988 में आप पहली बार राज्यसभा के सदस्य चुने गए। सन् 1989 में जनता दल का गठन होने पर आपको पार्टी का महासचिव बनाया गया।

सन् 1990 में देश में चंद्रशेखर के नेतृत्व में सरकार बनी तो यशवंत सिन्हा उनके मंत्रिमंडल में पहली बार वित्त मंत्री बने और नवंबर सन् 1990 से जून सन् 1991 तक कार्य किया। बाद में आप भारतीय जनता पार्टी में चले गए। सन् 1995 में बिहार विधानसभा के लिए हुए चुनाव में आप राँची से निर्वाचित होकर विधायक बने और विधानसभा में विपक्ष के नेता बनाए गए। हवाला मामले की चार्जशीट में आपका नाम आने पर आपने पार्टी के बड़े नेता अडवाणी जी का अनुकरण करते हुए विधानसभा की सदस्यता और विपक्ष के नेता पद से त्यागपत्र दे दिया और इस तरह प्रदेश की राजनीति में आपके आने का संक्षिप्त अध्याय समाप्त हुआ।

सन् 1998 में आप पहली बार हजारीबाग निर्वाचन क्षेत्र से लोकसभा के सदस्य के रूप में निर्वाचित हुए। मार्च, 1998 में अटल बिहारी वाजपेयी मंत्रिमंडल में दूसरी बार देश के वित्त मंत्री बने। सन् 1999 में हजारीबाग से दुबारा लोकसभा का चुनाव जीतकर अटल बिहारी वाजपेयी के नेतृव में ही बनी अगली सरकार में आप तीसरी बार देश के वित्त मंत्री बने और इस पद पर 1 जुलाई, 2002 तक बने रहे। इसके बाद आपको पहली बार देश का विदेश मंत्री बनाया गया। विदेश मंत्री के रूप में आपने जुलाई, 2002 से वाजपेयी सरकार के मई, 2004 में कार्यकाल समाप्त होने तक काम किया। आप सन् 2004 में हजारीबाग से लोकसभा का चुनाव जीतने में सफल नहीं हो सके। सन् 2009 में आपने हजारीबाग से ही तीस्री बार लोकसभा का चुनाव जीता। इस बीच सन् 2005 से सन् 2009 तक दूसरी बार राज्यसभा के सदस्य रहे। 26 वर्षों के साथ के बाद 21 अप्रैल, 2018 को आपने भारतीय जनता पार्टी छोड़ दी।

भाजपा छोड़ने के बाद भी आप सार्वजनिक जीवन में सक्रिय रहे हैं। आपने पूर्व केंद्रीय मंत्री अरुण शौरी और सुप्रसिद्ध वकील प्रशांत भूषण के साथ मिलकर देश के राफेल डील जैसे अहम मुद्दों पर मुखरता से सवाल उठाए और इस मामले के संबंध में सुप्रीम कोर्ट में याचिका भी दायर की। लगभग तीन वर्ष के बाद 13 मार्च, 2021 को आपने ऑल इंडिया तृणमूल कांग्रेस में शामिल होकर पुनः सक्रिय राजनीति में वापसी की। इसका कारण बताते हुए आपने कहा, "देश दोराहे पर खड़ा है। हम जिन मूल्यों पर भरोसा करते हैं, वे खतरे में हैं। न्यायपालिका समेत सभी संस्थानों को कमजोर किया जा रहा है। यह पूरे देश के लिए एक अहम लड़ाई है। यह कोई राजनीतिक लड़ाई नहीं है, बल्कि लोकतंत्र बचाने की लड़ाई है।" आप तृणमूल कांग्रेस के राष्ट्रीय उपाध्यक्ष बनाए गए। तृणमूल कांग्रेस से इस्तीफा देकर विपक्ष के साझा प्रत्याशी के रूप में आपने सन् 2022 में राष्ट्रपति का चुनाव लड़ा।

राजनीति में चंद्रशेखर को आप अपना सच्चा हितैषी और पथ-प्रदर्शक मानते थे।

वित्त मंत्री के रूप में आपको व्यापक रूप से कई प्रमुख आर्थिक सुधारों का श्रेय दिया जाता है, जिनके फलस्वरूप भारतीय अर्थव्यवस्था दृढ़तापूर्वक विकास पथ पर अग्रसर हुई। आपके द्वारा किए गए सुधारों में वास्तविक ब्याज दरों में कमी, ऋण भुगतान पर कर में छूट, दूरसंचार क्षेत्र को स्वतंत्र करना, राष्ट्रीय राजमार्ग प्राधिकरण के लिए धन मुहैया कराने में मदद और पेट्रोलियम उद्योग को नियंत्रण मुक्त करना प्रमुख हैं। उत्तर से दक्षिण और पूरब से पश्चिम को राष्ट्रीय उच्च पथ से जोड़ने के आपके सुझाव पर ही प्रधानमंत्री अटल बिहारी वाजपेयी की बेहद चर्चित और सफल योजना 'स्वर्णिम चतुर्भुज योजना' अस्तित्व में आई, जिसके तहत देश के चार महानगरों दिल्ली, कोलकाता, चेन्नई और मुंबई को फोर-लेन सड़क से जोड़ने का काम हुआ। इस योजना को वाजपेयी जी ने देश की 'भाग्यरेखा' की संज्ञा दी।

सन् 1984 का अपना पहला चुनाव यहाँ से हार जाने के बावजूद आपने हजारीबाग, जहाँ सिविल सेवा में रहते हुए भी आपने बसने की सोची थी, को अपना घर बना लिया और अगले तीन दशक तक अपनी राजनीति यहीं से की। अपने संसदीय क्षेत्र हजारीबाग में लोगों से संपर्क करने के लिए आपको पदयात्रा करना पसंद था और आपने कई बार इसका सहारा लिया। आपने हजारीबाग को रेल से जोड़ने के मुद्दे पर आंदोलन करते हुए अपनी पहली जेल-यात्रा की। हजारीबाग से जुड़े दूसरे मुद्दों पर आंदोलन करते हुए आपको दो अन्य मौकों पर भी जेल जाना पड़ा। सन् 2014 में आपने तत्कालीन वित्त मंत्री अरुण जेटली से हजारीबाग केंद्रीय कारागृह, जिसमें स्वतंत्रता आंदोलन के दौरान डॉ. राजेंद्र प्रसाद, खान अब्दुल गफ्फार खान, कवि सूर्यकांत त्रिपाठी 'निराला' जैसे लोग बंद रहे और जयप्रकाश नारायण, तो सन् 1942 में इस जेल से भाग ही निकले, को 'राष्ट्रीय विरासत स्मारक' घोषित करने का अनुरोध किया। आपके वित्त मंत्री रहने के दौरान केंद्रीय प्रत्यक्ष कर बोर्ड एवं केंद्रीय उत्पाद और सीमा शुल्क बोर्ड द्वारा हजारीबाग में अपने द्वितीय और तृतीय श्रेणी के कर्मचारियों के लिए प्रशिक्षण केंद्र खोले गए। दुर्भाग्यवश, यूपीए सरकार आने पर इन केंद्रों को बंद कर दिया गया।

आपके द्वारा लिखी गई अपनी आत्मकथा 'रिलेंटलेस' के नाम से पुस्तक रूप में प्रकाशित हो चुकी है। 'कन्फेशंस ऑफ ए स्वदेशी रिफॉर्मर' नामक पुस्तक में वित्त मंत्री के रूप में आपने अपने द्वारा बिताए गए वर्षों का विस्तृत ब्योरा दिया है। इसके अलावा आपने आदित्य सिन्हा के साथ 'इंडिया अनमेड' नामक पुस्तक

का सह-लेखन किया है। आपकी पढ़ने, बागवानी और लोगों से मिलने तथा अन्य अनेक क्षेत्रों में दिलचस्पी है।

फ्रांस की सरकार ने 25 अप्रैल, 2015 को आपको 'ऑफिसर डे ला लेजियन डी 'होनूर' का अपना सर्वोच्च नागरिक सम्मान प्रदान किया। नेपोलियन बोनापार्ट द्वारा स्थापित यह सम्मान आपको अंतरराष्ट्रीय मुद्दों पर और फ्रांस एवं भारत के बीच राजनयिक संबंधों के विकास में आपके अमूल्य योगदान के लिए प्राप्त हुआ।

आपकी पत्नी नीलिमा सिन्हा भारत में बच्चों के साहित्य की प्रमुख लेखकों में से एक हैं। आपके दो पुत्र और एक पुत्री है। आपके पुत्र जयंत सिन्हा सन् 2014 से हजारीबाग संसदीय क्षेत्र से लोकसभा के सदस्य हैं और नरेंद्र मोदी सरकार के पहले कार्यकाल में वित्त राज्यमंत्री और नागर विमानन राज्य मंत्री के तौर पर कार्य कर चुके हैं।

□

स्वतंत्रता आंदोलन

बाबू रामनारायण सिंह

चतरा के बाबू रामनारायण सिंह एक जाने-माने स्वतंत्रता सेनानी थे, जिन्होंने डॉ. राजेंद्र प्रसाद, जयप्रकाश नारायण जैसे अग्रणी स्वतंत्रता सेनानियों के साथ मिलकर आजादी की लड़ाई में बढ़-चढ़कर हिस्सा लिया। आपको 'छोटानागपुर केशरी' के नाम से जाना जाता था। आप आजादी के आंदोलन के दिनों के उन नेताओं में से एक थे, जिनमें गांधी के विचारों और राजनैतिक, आर्थिक तथा सामाजिक मान्यताओं की गहरी छाप थी। आप विचार और व्यवहार दोनों ही नजरिए से गांधी जी के पक्के अनुयायी थे। गांधी जी की ही तरह आप भी यह महसूस करते थे कि सत्ता हासिल होने के बाद नेताओं के भीतर सुख और वैभव की अदम्य लालसा जगेगी, लिहाजा, सत्ता केंद्र और जनता के बीच दूरी बढ़ती जाएगी, जिसका अर्थ भारत में सिर्फ सत्ता परिवर्तन होगा और तब आम जनता के लिए इस आजादी का कोई मतलब नहीं रह जाएगा।

बाबू रामनारायण सिंह का जन्म हजारीबाग जिला (अब चतरा जिला) अंतर्गत हंटरगंज थाने में तेतरिया गाँव में एक साधारण एवं आर्थिक रूप से विपन्न परिवार में वर्ष 1885 में हुआ। आपके पूर्वज मुगल शासन के दौरान (1770 में) उत्तर प्रदेश के रायबरेली जिले के फूआ नवादा नामक स्थान से आकर हजारीबाग जिले में बस गए थे। आपके पिता बाबू भोला सिंह एक साधारण किसान होते हुए भी फारसी भाषा के अच्छे जानकार थे और अपने बच्चों को शिक्षित करने के लिए जागरूक थे। फिर भी रामनारायण सिंह की प्रारंभिक शिक्षा काफी विलंब से सन् 1898 में ही शुरू हो सकी। आप अच्छे विद्यार्थी साबित हुए और आपका विद्यार्थी जीवन बहुत उज्ज्वल रहा। प्राथमिक शिक्षा गाँव के स्कूल में होने के बाद आपने सन् 1908 में हजारीबाग जिला स्कूल से इंट्रेंस परीक्षा पास की। इसके बाद आगे की शिक्षा के लिए आप कलकत्ता चले गए जहाँ सन् 1911 में सेंट जेवियर्स कॉलेज से आई.ए. की परीक्षा पास की। इसी क्रम में आप डॉ. राजेंद्र प्रसाद के संपर्क में आए और तभी से आपके मस्तिष्क में सार्वजनिक जीवन में भाग लेने के विचार ने जगह बना ली। आपने सन् 1913 में श्री सुरेंद्रनाथ बनर्जी के रिपन कॉलेज से बी.ए. की पढ़ाई पूरी की। इसके बाद आपने यूनिवर्सिटी कॉलेज में कानून की पढ़ाई शुरू की, पर परिवार की आर्थिक दशा ठीक न होने के कारण पढ़ाई अधूरी छोड़कर लौट आए।

लौटकर आपने पहले एक शिक्षक और फिर सन् 1914 में असिस्टेंट सेटलमेंट ऑफिसर के पद पर नियुक्त होकर दो वर्ष तक सरकारी नौकरी की। सन् 1916 में आपने पटना के लॉ कॉलेज में फिर से कानून की पढ़ाई शुरू की और सन् 1919 में पढ़ाई पूरी कर सन् 1920 से पटना में ही वकालत शुरू की। पर दो-तीन महीने बाद ही आप घर लौट आए और चतरा के सब-डिवीजनल कोर्ट में वकालत करने लगे। आपको एक वर्ष भी वकालत करते नहीं हुए थे, जब महात्मा गांधी ने देश को स्वतंत्र कराने के लिए अहिंसात्मक असहयोग आंदोलन शुरू कर दिया और सभी देशवासियों, विशेषकर वकीलों और विद्यार्थियों को इस आंदोलन में शामिल होने के लिए आह्वान किया। रामनारायण सिंह के हृदय में देशभक्ति का जो बीज पहले ही से अंकुरित हो चुका था, उसके चलते इस आंदोलन में शामिल होने से अपने को रोकना आपके लिए संभव नहीं था। आप भी इस आंदोलन में कूद पड़े और तब से आपने देश-सेवा का जो व्रत लिया, वो जीवनपर्यंत जारी रहा।

सार्वजनिक जीवन का प्रारंभ आपने अपने चतरा अनुमंडल से ही किया। चतरा अनुमंडल कांग्रेस समिति बनने पर आप उसके पहले सेक्रेटरी बने और फिर उसके सभापति बने। सन् 1924 में आप हजारीबाग जिला बोर्ड के प्रथम चुने हुए वाइस चेयरमैन बने, जिसके स्थायी चेयरमैन जिला मजिस्ट्रेट थे। इस पद पर आपने चार वर्षों तक काम किया और इस दौरान लगातार चेयरमैन से आपकी टकराहट चली। जिला बोर्ड का वाइस चेयरमैन होने के कारण आपका कार्यक्षेत्र चतरा अनुमंडल से बढ़कर पूरा हजारीबाग जिला हो गया। इसी क्रम में आप हजारीबाग जिला कांग्रेस कमिटी के सभापति बने और सन् 1946 तक लगातार इस पद पर बने रहे। सन् 1921 से सन् 1940 तक लगभग हरदम ही आप प्रांतीय कांग्रेस समिति, प्रांतीय कांग्रेस कार्यकारिणी समिति तथा अखिल भारतीय कांग्रेस समिति के सदस्य बने रहे।

जब कांग्रेस ने सन् 1940 का अपना राष्ट्रीय अधिवेशन बिहार के किसी ग्रामीण इलाके में करने का निर्णय लिया, तो डॉ. राजेंद्र प्रसाद की मदद और अपने प्रभाव से आपने वह अधिवेशन रामगढ़ (अब झारखंड में) में कराया। मौलाना आजाद की अध्यक्षता में हुए उस अधिवेशन में भाग लेने के लिए महात्मा गांधी, जवाहरलाल नेहरु, वल्लभ भाई पटेल सहित कांग्रेस के लगभग सभी अग्रणी नेता रामगढ़ आए। भारत छोड़ो आंदोलन (सन् 1942) में भी आपकी सक्रिय भागीदारी रही। स्वतंत्रता आंदोलन में सक्रियता के कारण आप कई बार जेल गए। अपने सार्वजनिक जीवन में आप शुरू से ही कांग्रेस से जुड़े रहे, पर महात्मा गांधी की मृत्यु के बाद आपने कांग्रेस से अपना नाता तोड़ लिया। कांग्रेस से अलग होने के बाद

आपने सन् 1951 में आचार्य कृपलानी द्वारा 'किसान मजदूर प्रजा पार्टी' बनाने में उनका साथ दिया। पर वहाँ से भी आप जल्द ही हट गए।

सन् 1921 से भारत को आजादी मिलने तक आपको आठ बार सजा हुई और जेल जाना पड़ा। आपके जेल में रहने के दौरान अंग्रेजी राज के अफसरों द्वारा आपके परिवार को काफी सताया गया। अंग्रेज सरकार की आप पर सदैव कड़ी नजर रही। इस बात का अनुमान इस घटना से लग सकता है कि बिहार में भूकंप होने पर एकमात्र आपको छोड़कर, डॉ. राजेंद्र प्रसाद सहित हर छोटे-बड़े राजनीतिक बंदी को राहत कार्य के लिए जेल से रिहा कर दिया गया। पर आप कभी देश सेवा के अपने संकल्प से नहीं डिगे। अंग्रेजी शासन में आप आखिरी बार सन् 1942 में नजरबंद हुए और सवा दो साल बाद सन् 1944 में भागलपुर जेल से रिहा होकर बाहर आए। एक बार तो आपको आजादी के बाद सन् 1956 में भी जेल जाना पड़ा। तब लगभग दो महीने मथुरा जेल में बंद रहने के बाद आप इलाहाबाद उच्च न्यायालय के आदेश से जमानत पर रिहा हुए। बाद में उत्तर प्रदेश की राज्य सरकार ने आप पर किया हुआ मुकदमा उठा लिया।

सर्वप्रथम सन् 1927 में आप समूचे छोटानागपुर डिवीजन की ओर से इंडियन लेजिस्लेटिव असेंबली के सदस्य बने और अंग्रेजी राज के अंत तक, जब-जब कांग्रेस दल असेंबली में रहा, बाबू रामनारायण सिंह सदैव असेंबली के सदस्य रहे। सन् 1946 में जब संविधान सभा बनी तो आप उसके भी सदस्य बनाए गए। सन् 1952 में हुए पहले लोकसभा चुनाव में निर्दलीय उम्मीदवार के रूप में आपने हजारीबाग पश्चिम सीट से सफलता पाई।

बाबू रामनारायण सिंह क्षेत्रीय और केंद्रीय व्यवस्था के बीच संतुलन के पक्षधर थे। अपने लेखन और भाषणों के द्वारा आपने जहाँ आजादी और स्वराज की सार्थकता, जनता की सरकार के गुण, प्रशासन तंत्र के जनता के प्रति कर्तव्यों और आम जनता के साथ उसके रिश्तों को परिभाषित किया, तो दूसरी ओर जमीन से जुड़े मुद्दों, आर्थिक शोषण, जमींदारी और सामंती प्रथा, भूस्वामित्व के विकेंद्रीकरण, गरीबी, मानव समाज के लिए टेक्नोलॉजी के महत्त्व और अनियंत्रित तकनीकी विकास के खतरे के प्रति सचेत किया और साथ ही झारखंड क्षेत्र की समस्याओं को भी अपने चिंतन और राजनीतिक क्रियाकलापों का आधार बनाया। झारखंड आज एक अलग राज्य है तो इसकी पृष्ठभूमि तैयार करने में जिन पुरानी पीढ़ी के नेताओं ने अपना योगदान दिया था उनमें आप भी एक थे। संसद् में पहली बार बाबू रामनारायण सिंह ने अलग झारखंड राज्य के लिए आवाज उठाई।

बाबू रामनारायण सिंह पंचायती राज व्यवस्था के प्रबल हिमायती थे। संविधान सभा की बैठकों में आपने महात्मा गांधी की पंचायती राज व्यवस्था की परिकल्पना को तथ्यपूर्ण ढंग से रखा। आपका मानना था, "किसी प्रकार की दलबंदी देश के लिए सर्वथा घातक है। इसलिए वर्तमान सभी राजनैतिक दलों का यथाशीघ्र अंत होना चाहिए और देश में पक्षपरक राज्य के बदले सभी भारतवासियों के सहयोग से एक पवित्र पंचायती राज्य का निर्माण हो, जिसके द्वारा बिना किसी भेदभाव के प्रत्येक भारतवासी का सदा कल्याण होता है।"

एक सड़क दुर्घटना में जख्मी होने पर चतरा के एक अस्पताल में इलाज के क्रम में बाबू रामनारायण सिंह का 24 जून, 1964 को निधन हो गया।

□

उद्योग

दोराबजी टाटा

सर दोराबजी टाटा ने न तो झारखंड में जन्म लिया और न ही यहाँ आकर बसे, लेकिन झारखंड के विकास की कोई भी कहानी जमशेदपुर में उनके द्वारा स्थापित टाटा स्टील के बगैर नहीं कही जा सकती। औद्योगिक दृष्टि से देश-दुनिया में टाटा स्टील, जो पहले टाटा आयरन एंड स्टील कंपनी के नाम से जाना जाता था, आज भी झारखंड की पहचान है। टाटा स्टील की स्थापना के समय तो वह स्थान, साकची जंगल के बीच बसा एक छोटा सा गाँव ही था, पर उसे सर दोराबजी ने एक आधुनिक, स्वच्छ, सुंदर और सुव्यवस्थित औद्योगिक शहर में बदल दिया। 2 जनवरी, 1919 को भारत के वायसराय लॉर्ड चेम्सफोर्ड ने जमशेदजी टाटा की स्मृति में इस जगह को 'जमशेदपुर' नाम दिया, जो आज भी झारखंड की शान है। झारखंड के विकास में इसीलिए सर दोराबजी टाटा का योगदान सदैव अविस्मरणीय रहेगा। टाटा स्टील की स्थापना के क्रम में और फिर इसके चेयरमैन होने के नाते आप जमशेदपुर आते रहे और इस क्रम में आपने 114 वर्ष पूर्व यहाँ से जो नाता जोड़ा, वह आज भी अटूट है।

दोराबजी टाटा हीराबाई और जमशेदजी नुसेरवानजी टाटा के बड़े पुत्र थे। आप एक ऐसे व्यवसायी परिवार के सदस्य थे, जो पक्के तौर पर राष्ट्रवादी भारतीय था। आपका जन्म 27 अगस्त, 1859 को बंबई में, पारसी रीति-रिवाज के अनुरूप, अपनी नानी के घर पर हुआ। आपने अपनी स्कूली शिक्षा प्रोप्राइटरी हाई स्कूल, बंबई में पाई। सन् 1875 से सन् 1879 तक आप अपनी शिक्षा के लिए इंग्लैंड में रहे, जहाँ दो वर्षों तक आप कैम्ब्रिज विश्वविद्यालय के छात्र रहे। वहाँ से लौटकर आपने अपनी शिक्षा सन् 1882 में बंबई विश्वविद्यालय के सेंट जेवियर्स कॉलेज से पूरी की और अपनी स्नातक की डिग्री हासिल की। आपने पढ़ाई समाप्त होने के बाद दो वर्षों तक 'बंबई गजट' अखबार के कार्यालय में काम किया और पत्रकारिता सीखी। सन् 1884 में आप अपने पिता के सूत व्यवसाय से जुड़ गए और तीन वर्षों तक इस व्यवसाय की बारीकियाँ सीखीं। सन् 1897 में आपका विवाह मैसूर की मेहरबाई भाभा से हुआ। सुप्रसिद्ध वैज्ञानिक होमी जे. भाभा मेहरबाई के भाई के पुत्र थे।

जमशेदपुर में टाटा स्टील प्लांट की स्थापना एक संयोग था। मध्य भारत के कई स्थानों में लगभग तीन साल की अथक खोज के बाद स्टील प्लांट की स्थापना

के लिए वर्तमान झारखंड राज्य के ही सीनी जंक्शन का चुनाव किया गया था, पर वहाँ पर्याप्त जमीन उपलब्ध न होने के कारण उसे छोड़कर साकची को अंतिम रूप से चुन लिया गया। यह स्थान बंगाल–नागपुर रेलवे के कालीमाटी स्टेशन के करीब था और यहाँ खरकाई और स्वर्णरेखा नदी के कारण पानी भी बारहों महीने पर्याप्त मात्रा में उपलब्ध था। दोराबजी के द्वारा टाटा स्टील की स्थापना 26 अगस्त, 1907 को हुई। सन् 1908 में यहाँ प्लांट और शहरी ढाँचे के निर्माण का काम शुरू हुआ। यहाँ पिग आयरन का सन् 1911 में और स्टील का उत्पादन सन् 1912 में शुरू हुआ। और इस तरह देश का पहला इस्पात संयंत्र जमशेदपुर में स्थापित हुआ और इस शहर को भारत की 'स्टील सिटी' के रूप में पहचान मिली। इस स्टील प्लांट के यहाँ खुलने से बड़ी संख्या में इस क्षेत्र के बहुत से, खासकर गरीब लोगों को, काम मिला। जमशेदपुर में टाटा स्टील में एक समय 36,000 लोग, इसकी कोयला–खानों में 4,500 लोग, लौह–अयस्क खानों में 8,000 लोग और लाइमस्टोन एवं डोलोमाइट की खदानों में और 4,000 लोग एवं अन्य मिलाकर कुल लगभग 60,000 लोग कार्यरत थे।

सन् 1907 में, जब स्टील प्लांट की स्थापना की तैयारी अपने अंतिम चरण में थी और इसके लिए जरूरी पूँजी के लिए इंग्लैंड में एक साल से बातचीत चल रही थी, तब देश में स्वदेशी आंदोलन अपने चरम पर था। राष्ट्रीयता की भावना से ओतप्रोत दोराबजी ने तब एक साहसी पर जोखिम भरा निर्णय लिया और भारत की जनता से ही इस प्लांट के लिए पूँजी जुटाने में अपना योगदान करने की अपील करने का निर्णय लिया। 27 अगस्त, 1907 को इसके निमित्त विवरण–पुस्तिका (प्रोस्पेक्टस) का प्रकाशन हुआ और तीन सप्ताह में प्लांट के निर्माण के लिए जरूरी 16.30 लाख पौंड की पूरी राशि भारत के 8,000 लोगों के योगदान से जमा हो गई। बाद में जब कार्यशील पूँजी की जरूरत सामने आई तब इस राशि की व्यवस्था भी देश के अंदर ही की गई। और इस तरह आपने स्वदेशी पूँजी के भरोसे पर देश में अन्य औद्योगिक इकाईयों की स्थापना का रास्ता खोल दिया।

टाटा समूह के इतिहास और विकास में आपका स्थान बहुत महत्त्वपूर्ण है। आपने टाटा समूह को बहुत आगे बढ़ाया। जमशेदजी टाटा की भारत में एक आधुनिक स्टील प्लांट, हाइड्रो–इलेक्ट्रिक पावर प्लांट और बैंगलोर में स्थापित हुए 'इंडियन इंस्टिट्यूट ऑफ साइंस' की कल्पना और उनके द्वारा की गई शुरुआत को सन् 1904 में उनकी मृत्यु के बाद अमली जामा पहनाने का श्रेय सर दोराबजी टाटा को ही जाता है। अपने प्रबंधन में आपने टाटा समूह, जिसमें पहले सिर्फ तीन कॉटन

मिलें और बंबई का ताज होटल ही था, का बहुत विस्तार किया और इसमें निजी क्षेत्र में भारत का सबसे बड़ा इस्पात संयंत्र, तीन बिजली कंपनियाँ और देश की एक अग्रणी बीमा कंपनी को जोड़ा। भारत के उद्योग जगत् को आपके योगदान के लिए ब्रिटिश सरकार ने सन् 2010 में आपको 'सर' की उपाधि प्रदान की।

दोराबजी को खेल-कूद के क्षेत्र में गहरी रुचि थी। खेल-कूद में अपनी गंभीर भागीदारी के दम पर आपने इंग्लैंड में क्रिकेट और फुटबॉल के 'कॉलेज कलर्स' प्राप्त किए। सन् 1927 में 'भारतीय ओलंपिक एसोसिएशन' का गठन होने पर आपको इसका पहला अध्यक्ष बनने का गौरव मिला। अध्यक्ष के नाते आपने सन् 1924 में पेरिस में हुए ओलंपिक खेलों में भाग लेने के लिए गए भारतीय ओलंपिक दल का पूरा खर्च उठाया। प्रथम और द्वितीय विश्वयुद्ध के बीच के अधिकतर वर्षों में दोराबजी अंतरराष्ट्रीय ओलंपिक समिति के सदस्य रहे।

अपनी पत्नी की सन् 1931 में ल्युकेमिया रोग से मृत्यु के एक वर्ष बाद सन् 1932 में आपने खून संबंधी रोगों के गहन अध्ययन के लिए 'लेडी टाटा मैमोरियल ट्रस्ट' की स्थापना की। दोराबजी ने अपनी मृत्यु के कुछ पहले स्थान, राष्ट्रीयता, पंथ के आधार पर बगैर किसी भेदभाव के शिक्षा एवं शोध, आपदा मदद और दूसरे सहायतार्थ उद्देश्यों के लिए एक और ट्रस्ट फंड की स्थापना की। उस ट्रस्ट को अब 'दोराबजी टाटा ट्रस्ट' के तौर पर जाना जाता है। देश में समाज सेवा और समाज विज्ञान के अध्ययन और प्रशिक्षण का अग्रणी संस्थान 'टाटा इंस्टिट्यूट ऑफ सोशल साइंसेज', फिजिक्स, मैथेमेटिक्स एवं संबद्ध विज्ञान में मौलिक शोध का सबसे प्रतिष्ठित संस्थान 'टाटा इंस्टिट्यूट ऑफ फंडामेंटल रिसर्च' एवं कैंसर और संबद्ध रोगों के इलाज का देश के सबसे विश्वसनीय अस्पतालों में से एक 'टाटा मेमोरियल हॉस्पिटल' इसी ट्रस्ट से संबद्ध हैं। इसके अलावा भारत के शीर्ष वैज्ञानिक और अभियांत्रिक शोध संस्थान, इंडियन इंस्टिट्यूट ऑफ साइंस, बैंगलोर की स्थापना के लिए जब कोष की बात आई, तो प्रारंभिक राशि दोराबजी ने ही प्रदान की।

3 जून, 1932 को जर्मनी के बाद किस्सींजेन शहर में 72 वर्ष की आयु में आपका निधन हुआ। आपकी कोई संतान नहीं थी। जमशेदपुर में दोराबजी के द्वारा टाटा स्टील की स्थापना की वजह से ही आपके बाद भी वहाँ टाटा समूह की टाटा मोटर्स सहित कई बड़ी औद्योगिक इकाइयों की स्थापना हुई, जिससे झारखंड को औद्योगिक प्रगति और रोजगार सृजन के क्षेत्र में लाभ हुआ।

□

चित्रकला

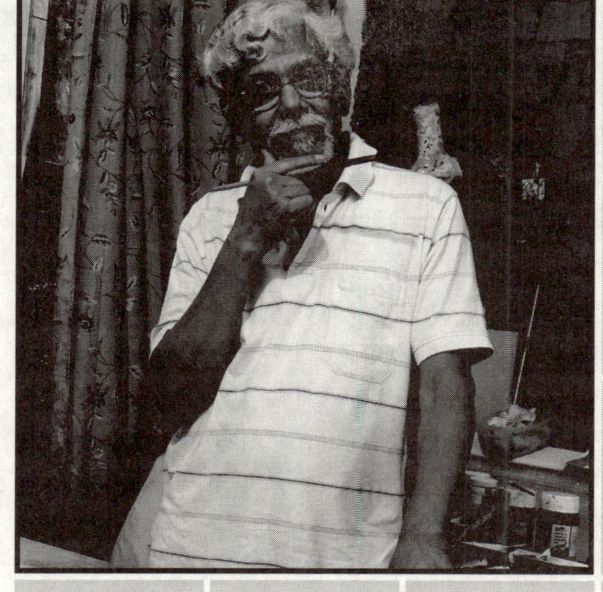

हरेन ठाकुर

राँची में रहनेवाले हरेन ठाकुर झारखंड के सुविख्यात कलाकार हैं जिन्होंने अपने शानदार काम और मेहनत की बदौलत देशभर में चित्रकला, मूर्तिकला और भित्तिकला के क्षेत्र में राज्य को पहचान और प्रतिष्ठा दिलाई है। चित्रकला की अपनी विशिष्ट शैली के कारण आपको देशभर के कला समीक्षकों एवं कलाप्रेमियों के बीच बेहद सम्मान की दृष्टि से देखा जाता है।

वैसे तो पश्चिम बंगाल के बाँकुड़ा जिले का विष्णुपुर आपका पैतृक स्थान है, पर आपका जन्म धनबाद कोयलांचल के पाथरडीह नामक स्थान में 22 फरवरी, 1953 को हुआ, जहाँ तब आपके पिता डाक विभाग में कार्यरत थे। आपकी स्कूली शिक्षा प. बंगाल के पुरुलिया में हुई। आप अपने पैतृक गाँव के सुप्रसिद्ध विष्णुपुर संगीत घराना से आते हैं, पर परिवार के अन्य सदस्यों की तरह संगीत साधना की बजाय बचपन से ही आपको अपने पड़ोस में मूर्तिकारों को पूजा के लिए मूर्तियाँ बनाते देखना प्रिय था। आप घंटों वहाँ बैठकर मूर्तियों को बनते हुए गौर से देखते रहते। धीरे-धीरे मन में बात बैट गई कि आपको यही करना है और इस तरह बचपन से ही संगीत की जगह कला साधना आपके जीवन का लक्ष्य बन गई। आपकी दिलचस्पी को देखते हुए आपके बड़े भाई ने मैट्रिक के बाद सन् 1970 में शांति निकेतन के 'कला भवन' में फाइन आर्ट्स में डिप्लोमा के पाँच वर्षीय पाठ्यक्रम में आपको दाखिल करा दिया। वहाँ आपको राम किंकर बैज, बिनोद बिहारी मुखर्जी, दिनकर कौशिक, सोमनाथ होर, सलीम मुंशी, विश्वरूप बोस, सर्वरी राय चौधरी जैसे देश के कला जगत् के दिग्गजों से सीखने का अवसर मिला। पहली बार, पढ़ने के दौरान ही सन् 1974 में कोलकाता की 'एकेडमी ऑफ फाइन आर्ट्स' में लगी सामूहिक प्रदर्शनी में आपकी पेंटिंग्स प्रदर्शित हुईं। सन् 1974-75 में आपको 'विश्व भारती मेरिट स्कॉलरशिप' भी मिली। सन् 1975 में आपने अपना डिप्लोमा पूरा कर लिया। इसके बाद सन् 1980 में नेशनल स्कूल ऑफ ड्रामा, दिल्ली से 'क्रिएटिव थिएटर डिजाइनिंग' में भी एक कोर्स किया। सन् 1976 में आपने आजीविका के तौर पर जवाहर विद्या मंदिर, श्यामली, राँची में कला शिक्षक के रूप में योगदान दिया।

राँची में आपको एक अलग सा ही माहौल मिला, जिसमें मन कहाँ लगना था! शिक्षण कार्य से जल्द ही मन उचटने लगा। काम छोड़कर राँची से जाने की सोचने लगे। कलाप्रेमी हरेन ठाकुर ने शांतिनिकेतन जैसे संस्थान में कला के अध्ययन और साधना में पाँच वर्ष बिताए थे। मन में तो शांतिनिकेतन रचा-बसा हुआ था। राँची के लोगों में तब कला के प्रति अब जैसा उत्साह नहीं हुआ करता था। पर तभी आपको कला भवन, शांतिनिकेतन के पूर्व प्राचार्य और आधुनिक भारतीय कला के प्रवर्तकों में से एक नंदलाल बोस की कलाकारों के लिए कही एक बात याद आई, "जहाँ रहते हो, उसे ही शांतिनिकेतन बना लो, यानी उसे अपने अनुरूप बना लो।" तब इन्होंने अपने स्कूल के प्रांगण को ही अपना कला क्षेत्र बना लिया और जब समय मिला और जहाँ उपयुक्त जगह मिली, वहाँ बच्चों को साथ लेकर चित्रकला और कलाकृतियों का निर्माण करने लगे। इससे स्कूल के बच्चों और फिर धीरे-धीरे इनके काम को देखकर बच्चों के अभिभावकों में कला के प्रति रुचि पैदा हुई और अनेक बच्चों ने कला के क्षेत्र में कदम रखा। स्कूल से बाहर आम जन में कला के प्रति रुझान पैदा करने के लिए आपने सन् 1985 में 'मेकॉन' (भारत सरकार का एक प्रतिष्ठान) के सहयोग से इसके 'इस्पात क्लब' में तीन दिनों का कला शिविर लगाया, जिसमें देश के कई जाने-माने कलाकारों ने कैनवास पर चित्र बनाए। इसे देखने बड़ी संख्या में लोग आए। इस उत्साह को देखते हुए फिर तो हर वर्ष ही 'पलास' के नाम से वार्षिक कला शिविर लगाया जाने लगा और यह राँची के कला से जुड़ी गतिविधियों के कैलेंडर का एक महत्त्वपूर्ण और बहुप्रतीक्षित कार्यक्रम बन गया। विद्यार्थियों द्वारा आजीविका के लिए तब चुने जाने वाले मेडिकल, इंजीनियरिंग जैसे परंपरागत क्षेत्रों के अलावा धीरे-धीरे कला को भी एक आजीविका के रूप में अपनाने के लिए तैयार करने में अपने अथक प्रयास के दम पर आप सफल रहे। इस तरह आपने राँची में कला के लिए एक जीवंत वातावरण बनाने में अपना योगदान दिया। राँची में आम जन में कला के प्रति जागरूकता पैदा करने और इसकी कद्र स्थापित करने में आपकी महत्त्वपूर्ण भूमिका रही है। आप पूरे झारखंड में भी कला क्षेत्र के विकास और कला जगत् के विस्तार के लिए सदैव प्रयत्नशील रहे। इसी उद्देश्य से आपने सन् 1994 में छोटानागपुर के कलाकारों को एक मंच पर लाकर संगठित करने के लिए 'छोटानागपुर आर्ट्स रिसर्च एंड डेवलपमेंट सोसाइटी (कार्ड्स)' के नाम से एक संस्था का गठन किया।

सन् 1992 में आपको पहली बार सार्वजनिक रूप से अपनी पसंदीदा सहायक कला भित्तीचित्र और मूर्ति बनाने का तब अवसर मिला जब राँची के डोरंडा क्षेत्र में स्थित श्री कृष्ण पार्क के सौंदर्यीकरण की जिम्मेदारी आपको मिली। इनके काम से प्रभावित राँची क्षेत्रीय विकास प्राधिकरण ने राँची के काँके डैम को पर्यटक स्थल के रूप में विकसित करने के लिए आपको वहाँ 'रॉक गार्डेन' बनाने की जिम्मेदारी दी। 'रॉक गार्डेन' अपनी खूबसूरती और अनूठेपन के कारण बनते ही राँची शहर का सबसे लोकप्रिय पर्यटक स्थल बन गया। इसके बाद आपने राँची शहर के प्रसिद्ध पर्यटक स्थल टैगोर हिल के सौंदर्यीकरण का काम भी किया। सन् 2014 में शिक्षण कार्य से सेवानिवृत्त होने के बाद आप तीन वर्षों तक 'मेकॉन' के कला सलाहकार रहे। इस दौरान आपने 14 दिनों की मूर्तिकला की एक कार्यशाला का आयोजन किया, जिसमें 22 देशों के कलाकार शामिल हुए और रद्दी सामग्री एवं स्क्रैप से कई उपयोगी और सजावटी चीजें बनाकर मेकॉन कॉलोनी के रोज गार्डन के एक भाग में एक दर्शनीय 'मूर्तिकला' उद्यान बना दिया। राँची में आपकी कलाकारी के नमूने चारों तरफ दिख जाएँगे।

पुरुलिया में आदिवासियों के बीच बीते अपने बचपन और फिर शांतिनिकेतन में संतालों को नजदीक से देखते रहने के कारण आप आदिवासी जीवन के प्रति आकर्षित हुए और उसे जानने-समझने में सदा आपकी रुचि रही। उनकी संस्कृति और जीवन-मूल्यों के आप पर पड़े गहरे प्रभाव के कारण आप सदा जमीन से जुड़े रहे और आप पर प्राकृतिक वातावरण का सम्मोहन बना रहा। फिर राँची में आपको आदिवासी समुदाय को और अच्छी तरह देखने-समझने का मौका मिला। आपने अपनी चित्रकला में आदिवासियों की सरलता, उनके जीवन की लय, प्रकृति से उनकी निकटता को उकेरा और आपके इसी काम ने कलाप्रेमियों और पारखियों का ध्यान अपनी ओर आकृष्ट किया। आपकी चित्रकला में आदिवासी जीवन की संवेदनाओं और समकालीन कला के सम्मिश्रण की उत्कृष्ट प्रस्तुति होती है। आपके काम में आदिवासी जन-जीवन की झलक और उसका प्रभाव स्पष्ट दिखता है। आपकी पेंटिंग्स मनुष्य-प्रकृति संबंध, मनुष्य-पशु संबंध, मृत्यु के बाद जीवन, प्राकृतिक छटा, दैनिक जीवन जैसे विषयों पर आधारित होती हैं, जिसके कारण इन्हें देखने वाला व्यक्ति सहजता से इनसे जुड़ाव महसूस करता है। आपकी चित्रकारी मानो यह संदेश देती है कि जब हम प्रकृति के साथ हैं तो सुरक्षित हैं। मिस्र के भित्ति चित्रों एवं गुफा चित्रों से प्रेरित आपकी ज्यामितीय लंबी न्यूनतम लकीरों वाली

चित्रकारी अब आपकी शैली के रूप में देशभर में अपनी पहचान बना चुकी है। माध्यम के रूप में कैनवास पर नेपाली राइस पेपर का मिश्रित उपयोग और हलके रंगों का प्रयोग आपकी चित्रकला की विशेषता है। कला समीक्षक कहते हैं कि आपकी कृतियों में जो शांति, सुकून और पवित्रता झलकती है, उससे यह समझना आसान है कि आप झारखंड से हैं, आपको वहाँ की मिट्टी और संस्कृति की अच्छी समझ है और एक कलाकार के तौर पर आप पूरी सच्चाई के साथ उसे कैनवास पर उतारने में सक्षम हैं। आप मानते हैं कि कला की सहज अभिव्यक्ति कला का सर्वश्रेष्ठ रूप होता है।

आपकी पेंटिंग्स की प्रदर्शनी देश के जाने-माने इंडिया इंटरनेशनल सेंटर, नई दिल्ली (2012), जहाँगीर आर्ट गैलरी, मुंबई (2016), नेशनल गैलरी ऑफ मॉडर्न आर्ट, बेंगलुरु (2019) सहित कोलकाता, राँची, हैदराबाद, भुवनेश्वर, जयपुर, पटना, पुणे जैसे देश के कई प्रमुख शहरों में आयोजित हो चुकी है। राँची स्थित 'ऑड्रे हाउस' को जब 'ऑड्रे आर्ट गैलरी' में परिवर्तित किया गया, तो वहाँ पहली प्रदर्शनी आपकी पेंटिंग्स की ही लगी, जिसका उद्घाटन तत्कालीन राष्ट्रपति प्रणब मुखर्जी ने किया। आपकी पेंटिंग्स देश-विदेश में अनेक निजी गैलरियों को सुशोभित कर रही हैं।

चित्रकारी के क्षेत्र में अपने उत्कृष्ट कार्य से किए गए योगदान के लिए आपको अनेक बार सम्मानित किया गया। आपको मिले अनेक पुरस्कारों में प्रमुख हैं—'शिल्पी सम्मान', राँची (1992), एकेडमी ऑफ फाइन आर्ट्स, कोलकाता से प्राप्त 'सुकुमार दास अवॉर्ड' (1997), 'कैमलिन आर्ट फाउंडेशन अवॉर्ड' (2005), 'झारखंड रत्न अवॉर्ड' (2006)। सन् 1990 में प्रवासी बंगाली क्लब के निमंत्रण पर आपने कनाडा और न्यूयार्क (यूएस) की यात्रा की। कला से जुड़े सवालों पर कार स्ट्रीट स्टूडियोज (सिडनी, ऑस्ट्रेलिया), राज्यसभा टी.वी. के 'गुफ्तगू' कार्यक्रम सहित आपके कई इंटरव्यू प्रसारित हो चुके हैं।

आप देश में कला जगत् की कई महत्त्वपूर्ण संस्थाओं जैसे पूर्वी क्षेत्र सांस्कृतिक केंद्र, नंदन कला संग्रहालय शांतिनिकेतन, कैमलिन आर्ट फाउंडेशन (ज्यूरी) से जुड़े हुए हैं और इस क्षेत्र के विकास में अपना योगदान देते रहते हैं। अब भी कला के लिए आपमें युवाओं जैसा जोश है। आपकी पत्नी शर्मीला ठाकुर खुद एक बहुत अच्छी कलाकार हैं और आपकी सहकर्मी भी हैं। आपकी पत्नी ने आपको झारखंड की जमीन से मजबूती से जोड़े रखा है। आज के युवा कलाकारों के लिए हरेन ठाकुर

कहते हैं, "कला साधना एक जीवनपर्यंत चलने वाली यात्रा है, जिसमें कलाकार की सफलता का रास्ता अपने पहले काम में अपने अगले काम के सूत्र ढूँढ़कर आगे बढ़ते रहने से तय होता है। कला के क्षेत्र में जल्दबाजी से सम्मान नहीं मिलता और न ही इसे पाने का कोई शॉर्टकट रास्ता है।"

□

संदर्भ सूची

1. ‘जमशेदजी नुसेरवानजी टाटा—अ क्रोनिकल ऑफ हिज लाइफ’, फ्रैंक हैरिस।

2. ‘द धोनी टच, अनरैवलिंग द इनिग्मा दैट इज महेंद्र सिंह धोनी’, भरत सुंदरेसन।

3. ‘जनसरोकार के पत्रकार हरिवंश’, डॉ. आर.के. नीरद।

4. ‘डॉ. बुल्के स्मृति ग्रंथ’, संपादक-दिनेश्वर प्रसाद, श्रवणकुमार गोस्वामी।

5. ‘फ़ादर कामिल बुल्के, भारतीय संस्कृति के अन्वेषक’, शैल सक्सेना।

6. ‘कर विजय हर शिखर’, प्रेमलता अग्रवाल।

7. ‘श्री प्रभुदयाल हिम्मतसिंहका अभिनंदन ग्रंथ’, संपादक-राधाकृष्ण नेवटिया, जुगलकिशोर जैथलिया।

8. ‘रिलेंटलेस, एन ऑटोबायोग्राफी’, यशवंत सिन्हा।

9. ‘गौरीशंकर डालमिया स्मृति’, प्रस्तुति-गोविंद प्रसाद डालमिया, संपादिका-डॉ. मंजु मेहरिया।

10. ‘स्वतंत्रता सेनानी राम नारायण सिंह, व्यक्तित्व एवं कृतित्व’, डॉ. प्रमोद कुमार।

11. ‘श्रद्धांजलि, महात्मा नारायण दास ग्रोवर का सादर स्मरण’, संपादक-डॉ. रामानुज प्रसाद।

12. ‘श्रवणकुमार गोस्वामी और उनके उपन्यास’, रतन वर्मा।

13. ‘राँची, तब और अब’, श्रवणकुमार गोस्वामी।

14. 'ग्लोबलाइजेशन ऑफ होप, मीटिंग रिमार्केबल वीमेन इन इंडीजिनश विलेजेज ऑफ इंडिया', इवा वैलेन्सटेंनर।

15. 'डॉ. दिनेश्वर प्रसाद, कृति और स्मृति', संपादक-डॉ. अशोक प्रियदर्शी, डॉ. नागेश्वर सिंह, डॉ. मृदुल प्रसाद, नीला प्रसाद।

16. 'लोक साहित्य और संस्कृति', डॉ. दिनेश्वर प्रसाद।

17. विकिपीडिया

□□□